KB234880

마풍협성

송진용 新무협 판타지 소설

FANTASTIC ORIENTAL HEROES

마풍협신 5

송진용 新무협 판타지 소설

초판 1쇄 찍은 날 § 2007년 9월 28일
초판 1쇄 펴낸 날 § 2007년 10월 8일

지은이 § 송진용
펴낸이 § 서경석

편집장 § 문혜영
편집 § 서지현 · 유혜림

펴낸곳 § 도서출판 청어람
등록번호 § 제1081-1-89호
등록일자 § 1999. 5. 31
어람번호 § 제2-1304호

주소 § 경기도 부천시 원미구 심곡1동 350-1 남성B/D 3F (우) 420-011
전화 § 032-656-4452 팩스 § 032-656-4453
http://www.chungeoram.com
E-mail § eoram99@chollian.net

ⓒ 송진용, 2007

ISBN 978-89-251-0925-1 04810
ISBN 978-89-251-0730-1 (세트)

魔風

風星

俠星

[완결]

풍
마협성

FANTASTIC ORIENTAL HEROES

송진용 新무협 판타지 소설

시대가 혼란스럽고, 민초의 삶이 고달파질수록 영웅의 출현은 불가피해진다.

"한(恨)은 목숨보다 더 지독하거든. 너도 그걸 네 개쯤 가져 봐.

그럼 목이 다섯 번 떨어질 때까지는 죽을 수 없을 거야."

불사귀(不死鬼)라고 불리는 사내, 도수백(陶秀柏)의 이야기다!

[협성(俠星)]

5

도서출판 청어람

目次

魔風俠星

第一章

화산으로 돌아오다

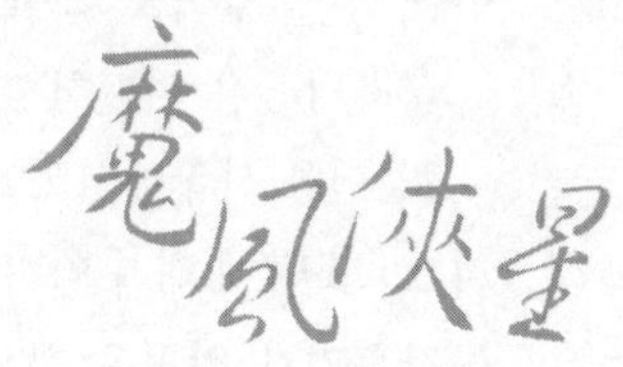

"사랑이라는 것도 다 쓸데없어."

상초혜의 얼굴에 원망과 슬픔이 어렸다.

"결국 이렇게 될 일이라면 누가 사랑을 하겠어?"

처연해져서 말하지만 그녀를 바라보는 장유기의 눈빛은 여전히 딱딱하고 차갑기만 했다.

"당신이 자초한 일이오."

"내가 말인가요?"

"당신이 종남산을 피로 씻는 걸 내가 좋아할 줄 알았소?"

"당신 때문이었어요."

"인정하오. 그래서 더욱 안타깝구려."

"나는 당신을 사랑해요. 때문에 당신을 위한 일이라면 무엇이든 할 수 있어요. 그게 잘못인가요?"

"하, 당신은 여전히 조금도 깨닫지 못하는군."

"당신을 사랑했고, 그 대가가 이처럼 초라하다는 걸 깨달았지요. 그 밖에 내가 알아야 할 게 더 있나요?"

장유기가 허공을 향해 탄식했다. 그럴수록 상초혜는 더욱 애가 탔다.

"나는 당신의 심성이 조금은 바뀌었을 줄 알았소. 사랑이라는 건 정말 쓸데없군."

장유기의 어조에도 쓸쓸한 기색이 어렸다.

상초혜가 그의 옷자락을 붙들고 간절하게 말한다.

"사랑은 분명히 나를 아주 많이 변하게 했어요. 당신은 그것을 느끼지 못하나요? 나를 보세요. 내가 변하지 않았어요?"

"당신의 심성은 조금도 변하지 않았소. 아니, 그전보다 더 악랄해졌으니 내가 당신을 위해 해준 건 아무것도 없는 셈이지. 나는 그게 슬프다오."

"당신은 나를 위해 아주 많은 걸 해주었어요. 나는 그걸로 충분해요. 그래서 이제는 내가 당신을 위해 무엇이든 해드리려고 하는걸요?"

"당신은 나를 아주 잘못 알고 있소."

"말해주세요. 당신은 어떤 사람인가요? 아직도 내가 알아야 할 게 남아 있다면 모두 다 알고 싶어요. 당신에 대한 것이라면 머리카락부터 발끝까지 온몸 구석구석을 내 몸처럼 알고 싶어요."

“당신은 눈에 보이는 것만을 말하는군. 언제나 그렇지. 당신의 사랑도, 당신의 노여움도 오직 눈에 보이는 것 때문이야.”

“그래요. 나는 눈에 보이는 것만을 진실이라고 믿어요. 보이지 않는 건 알 수 없으니 어떻게 믿을 수 있지요? 보이는 건 감출 수 없으나 보이지 않는 건 얼마든지 감추고 거짓말을 할 수 있잖아요.”

“나는 당신의 그런 생각을 조금이라도 바꾸고 싶었고, 당신의 사악한 마음을 조금이라도 부드럽게 변화시키고 싶었지. 내 사랑이면 그게 가능하리라고 생각했소.”

“당신은 나를 그렇게 만들었어요.”

“아니오. 당신 스스로는 변했다고 여기겠지만 당신의 본성은 하나도 변하지 않았소.”

“……”

“나는 당신이 종남산에 와서 행한 일을 보고 당신을 변화시키겠다는 내 생각이 잘못되었다는 걸 깨달았지. 당신은 조금도 변하지 않았던 거야.”

“장 랑, 그렇게 말하지 마세요. 무서워요.”

“아, 결국 당신에게 주었던 내 사랑은 다 쓸데없는 것에 지나지 않았소. 나는 그게 화가 나는구려.”

“제발 그렇게 말하지 마세요. 지금부터라도 당신이 원하는 사람이 되도록 노력할게요.”

상초혜가 장유기의 낡은 옷자락을 더욱 거머쥐었다.

그녀는 마룻바닥에 무릎을 꿇고 있었는데, 세상에서 오직 한 사람에게만 그렇게 할 뿐이라는 걸 장유기는 잘 알고 있었다.

그는 자신이 상초혜를 만나던 일을 떠올렸고, 그녀와 사랑을 나누던 일을 하나하나 떠올려 보았다.

가슴이 아파온다. 눈시울이 붉어졌다.

세상이 모두 마녀라고 부르는 그녀였지만 장유기 한 사람을 위해서는 지극히 헌신적이었다.

장유기는 그녀의 그런 마음에 감동했고, 그래서 그녀를 변화시킬 수 있으리라고 믿었는데 지금 돌아온 건 절망과 분노뿐이었다.

잠시 눈을 감고 마음을 가라앉힌 장유기가 그녀를 내려다보며 차갑게 말했다.

"내가 당신을 찾아온 건 당신이 그리워서가 아니오."

"당신, 당신……."

"나는 이처럼 자유로운 몸이 되었으니 다시는 종남산으로 찾아가지 말라는 말을 해주러 온 것이었소."

상초혜는 장유기의 마음을 돌려놓을 수 없다는 걸 깨달았다. 하지만 미련과 안타까움이 그녀를 더 간절해지게 한다.

"그러겠어요..내 목숨이 붙어 있는 한, 아니, 죽어 귀신이 되어서도 이후로는 결코 종남산에 발을 들이지 않겠어요. 종남산의 짐승 한 마리, 풀잎 하나 상하게 하지 않겠어요. 맹세할게요. 그러니 제발 떠나겠다는 말만은 하지 말아주세요."

그녀가 절박하게 말하고 바라보지만 장유기는 너무도 간단히 말했다.

"나는 떠나겠소."

"제발……."

상초혜의 얼굴이 어느덧 눈물로 얼룩졌다. 그 곱던 볼도 파리해져서 안쓰럽기 짝이 없어 보인다.

"그동안 우리의 정리를 생각해 보세요. 나는 아직도 부드러웠던 당신의 말과 따뜻하던 손길을 잊지 못하고 있답니다. 바로 조금 전의 일처럼 명백히 기억하고 있지요. 당신에게도 나에 대한 그런 기억이 남아 있잖아요?"

"……."

"내가 당신에게 얼마나 사랑스러웠던지, 당신이 나를 얼마나 아끼고 위해주었는지 생각해 보세요."

장유기의 눈빛이 아득해졌다.

"그건 모두 진실이었어요. 세상 사람들이 나를 손가락질하고 욕해도 당신은 언제나 내 편이 되어주었지요. 우리가 서로 사랑하는 걸 두고 세상 사람들은 몹시 비웃고 헐뜯었어요. 하지만 당신은 조금도 아랑곳하지 않고 변함없이 나를 사랑해주었어요."

장유기의 입가에 희미한 미소가 떠올랐다. 상초혜가 더욱 간절한 음성으로 말했다.

"당신… 그 마음이, 그 추억이 모두 거짓이었던 건가요? 벌써 그 일들을 잊은 건가요?"

애써 그녀의 얼굴을 외면하고 멍하니 허공을 바라보고 있는 장유기의 두 눈 깊은 곳에 고통이 물결쳤다.

한참 만에야 그가 어눌한 어조로 다시 말했다.

"그래도 나는 떠나겠소."

"아―"

상초혜가 크나큰 절망으로 주저앉았다. 믿을 수 없다는 듯, 이건 꿈이라는 듯 초점없는 눈으로 장유기를 올려다본다.

이제 그녀는 할 말을 잃었다. 두 눈에서 뜨겁고 굵은 눈물이 주르륵 흘러내려 가슴을 적신다.

띠집 문 앞에 멍하니 서서 그들의 말을 듣고 모습을 바라보던 기요성도 눈물을 흘렸다. 상초혜의 간절함과 애절함이 어린 꼬마의 가슴에 그대로 밀려들었던 것이다.

장유기가 한 가닥 미련과 추억의 끈마저 놓아버린 듯 딱딱한 얼굴로 다시 말했다.

"나는 이제 사문에서 도망친 몸이 되었소. 이 넓은 천하에 돌아갈 곳이 없는 처량한 신세가 된 거지. 하지만 당신을 원망하지는 않소. 자업자득이니까."

"내가 어떻게 해드릴까요? 당신이 제자리를 찾아갈 수만 있다면 스스로 손을 묶고 종남파에 찾아가 내가 저지른 짓에 대해 죽음으로 용서를 빌겠어요."

장유기의 눈꼬리가 파르르 떨렸다.

자신을 위해 제 목숨마저 희생하겠다는 상초혜의 말에 감동을 받은 것이다. 또다시 갈등이 인다.

하지만 그렇게 하도록 놔둘 수는 없었다. 나는 편해질 테지만 그녀는 목숨을 잃게 될 것이기 때문이다.

장유기는 적어도 그녀의 목숨과 제 목숨이 동등하게 취급되어야 한다고 생각했다. 내가 살자고 그녀를 죽일 순 없다.

그러자 역시 매정하게 떠나는 것밖에는 방법이 없다는 생각이 들었다. 그녀의 원망과 미움과 증오를 받겠지만 그것만이 그녀를 살리는 길인 것이다.

마음을 정한 그가 더욱 냉정하게 말했다.

"당신이 종남산에 찾아가 목숨으로 죄를 빈다고 해도 소용없는 일이오. 나는 이제 결코 종남산으로 돌아가지 않을 테니까. 나는 모든 게 싫어졌소. 당신의 악독함이 나를 절망하게 했기 때문이오. 세상도 싫고 강호는 더더욱 싫소. 나는 이 길로 멀리 떠나 다시는 세상에 나오지 않을 작정이니 당신은 나를 찾으려는 헛된 수고를 하지 말기 바라오. 보중하시오."

"장 랑!"

상초혜가 손을 뻗었지만 장유기는 매몰차게 그녀를 뿌리치고 돌아섰다.

상초혜는 끝까지 그에게 자신의 뱃속에 들어 있는 생명에 대해서는 말하지 않았다. 장유기가 그럴 시간도 주지 않았을 뿐더러 그런 말을 꺼낼 정신도 없었던 것이다.

오직 장유기의 마음을 돌이켜 보려는 간절함뿐이었는데 그것도 허사가 되었다.

그녀가 엎어져 애절하게 부르지만 장유기는 성큼성큼 걸어

띠집을 나갔다.

"너는 이곳에 있어서는 안 돼."

멍하니 넋을 잃고 서서 눈물만 주룩주룩 흘리고 있는 기요성을 냉큼 안아 든 장유기가 그대로 몸을 날리더니 한줄기 맹렬한 질풍이 되어서 비곡을 떠났다.

"장 랑!"

등 뒤에서 처절하게 부르짖은 상초혜의 음성이 들려왔지만 끝내 뒤돌아보지 않는다.

기요성을 옆에 끼고 절벽에 달라붙은 장유기는 미끄럽기 짝이 없는 잔도 위를 마치 평지 달리듯 했다.

기요성은 머릿속이 어질어질하고, 발아래 으르렁거리며 쏟아져 내려가는 급류에 오금이 저려와 장유기에게 꼭 매달려 눈마저 질끈 감아버렸다.

귓전에 휙휙거리는 바람 소리가 한동안 들리더니 뚝 멎었다. 장유기가 멈추어 선 것이다.

기요성은 가만히 눈을 떠보았다. 낯선 곳에 와 있는데, 어디가 어디인지 분간할 수 없을 만큼 울창한 숲 속이었다.

'이제 다시는 고모 곁으로 돌아갈 수 없겠구나.'

그런 생각이 어린아이의 가슴을 아프게 했다. 비곡에서 상초혜와 함께 보냈던 지난 석 달이 꿈속인 것처럼 느껴진다.

'이제 누가 고모의 배를 쓰다듬어 주며 아기에게 말을 해줄까. 이제 누가 고모와 함께 놀아줄까. 고모는 그 적막한 곳에 홀로 남았으니 얼마나 슬플까……'

그런 생각만으로도 상심해서 아무 말도 하고 싶지 않았다. 이대로 벙어리가 되어버려도 좋을 것 같다.

장유기는 한 사람의 풍채 좋은 도사와 마주 서 있었다.

장유기와 같이 삼십대 중반으로 보이는 도사인데 하고 있는 복장이 화려하고 멋을 낸 것이 종남산의 도사들과는 달라 보였다.

도사가 웃는 낯으로 장유기에게 말했다.

"그래, 이별은 잘 하고 왔는가?"

"덕분에."

장유기가 어두운 얼굴로 짧게 대답했다. 모든 게 귀찮다는 표정이 역력하지만 중년의 도사는 아랑곳하지 않았다.

"자네는 이제 어디로 갈 텐가? 종남산의 기린아로서 종남신검이라는 이름을 얻었지만 이제는 이 넓은 천지간에 오갈 데 없는 처량한 신세가 되었으니 내 가슴이 다 아프네."

"그대에게 신세를 졌지만 동정을 받고 싶지는 않소."

"나를 따라 북경으로 가지 않겠는가?"

중년의 도사가 진지하게 묻는다. 장유기는 생각할 것도 없다는 듯 말이 떨어지기 무섭게 머리를 설레설레 흔들었다.

"인간 세상을 떠나려는 참인데 북경이 웬 말이오? 나는 나의 이런 모습이 밉고 싫소. 그래서 나로부터도 멀리멀리 떠나 숨을 작정이오. 다시는 세상에 나오지 않겠소."

"쯧쯧……."

중년의 도사가 혀를 찼다.

"내가 위험을 무릅쓰고 자네를 참회동에서 꺼내준 건 그런 짓을 하라고 한 게 아닐세. 오가는 거야 자네 마음대로겠으나 장차 강호에 미칠 영향은 지대할 걸세."

다시 생각해 보라는 듯 그윽한 눈길로 바라보지만 장유기는 머리를 가로젓기만 했다.

그는 사부의 금인(禁印) 때문에 참회동을 나올 수가 없었다. 상초혜가 찾아와 그 난리를 피우는 걸 알면서도 차마 스스로 금인을 찢어버리고 뛰쳐나올 수 없었던 것이다. 그래서 그는 사문에 더욱 죄를 지었다는 마음을 가져야 했다.

자신이 참회동에 갇혀 있는 한 그녀가 언제 또 종남산에 뛰어들어 와 사형제들을 해칠지 알 수 없었다.

종남산에는 그녀를 막을 만한 고수가 그리 많지 않았고, 그녀는 언제나 모두가 방심하고 있을 때를 교묘하게 틈타 난입했으므로 더욱 막기 힘들었다.

한바탕 참극을 벌이고는 고수들이 달려오기 전에 미꾸라지처럼 빠져나가니 희생당하는 사람들은 아무 죄 없는 이대와 삼대제자들이 대부분이었다.

장유기는 오직 자기가 참회동에서 나가는 것만이 그러한 참극을 막을 수 있는 유일한 길임을 잘 알았다.

그래서 참회동의 문을 박차고 뛰어나가려고 할 때마다 빗장 위에 붙어 있는 사부의 금인이 비수가 되어 그의 가슴을 찔렀다.

장유기는 제 손으로 도저히 사부의 금인을 찢어버릴 수가 없었다.

그것을 찢어버리는 행위는 곧 사부를 부정하는 행위나 다름 없으니 그렇다. 제자 된 자로서 어찌 그럴 수 있을 것인가.

그가 제 머리카락을 쥐어뜯으며 괴로워할 때 굳게 닫혀 있는 참회동의 문밖에서 낯선 음성이 들려왔다.

"내가 볼 때 종남산의 참극은 오직 그대만이 멈추게 할 수 있을 것 같군. 그런데 그대는 정말 사문의 율법을 깨뜨리면서까지 참회동에서 나올 생각이 있는가?"

깊이 생각하던 장유기는 그렇다고 대답했다.

멋대로 참회동을 뛰쳐나간다면 당장 사문으로부터 파문당할 게 뻔했다. 그렇게 되면 다시는 강호에서 낯을 들고 행세할 수가 없다.

하지만 장유기는 제 한 몸이 파문당하여 사문의 배신자요 강호의 배덕자로 손가락질받을망정 애꿎은 사형제들이 계속 죽어나가게 할 수는 없다고 생각했다.

사부의 실망과 상심이 크겠지만 천하의 배은망덕한 놈이라는 오명을 스스로 뒤집어쓰지 않는 한 사문의 비극을 막을 수 없는 것이다.

그가 나가겠다고 하자 밖에서 '욱!' 하고 힘을 쓰는 소리가 들려왔다.

그 즉시 어른 팔뚝만 한 빗장이 우지끈, 하며 맥없이 부러지고, 그 위에 붙어 있던 금인도 찢어져 버렸다.

굳게 닫혀 있던 참회동의 문이 활짝 열렸다.

그 앞에 우뚝 서 있는 낯선 도사를 본 장유기가 잔뜩 눈살을 찌푸렸다. 하고 있는 모습으로 보아 중원의 도교 문파들 중에서도 이단아로 취급받는 모산파의 도사였기 때문이다.

그가 어떻게 종남파의 중지(重地)인 이곳까지 올 수 있었는지 의문이고, 어떻게 자신이 이곳에 갇혀 있으며, 종남파가 직면한 불행을 알고 있는 건지도 의문이었다.

하지만 그것을 묻기도 전에 도사는 굉장한 지력으로 장유기의 손발을 묶고 있는 굵은 쇠줄마저 간단히 끊어버렸다.

"가세."

그가 뒤도 돌아보지 않고 몸을 날렸다. 학정봉 남쪽의 천길 벼랑 위에서 스스로 몸을 던지듯 뛰어내린 것이다.

곧 장유기도 그를 따라 몸을 던졌고, 두 사람은 각기 검고 흰 학이라도 된 것처럼 거울 같은 벼랑을 차며 훌훌 날아 사라졌다.

장유기는 누구인지도 모르는 도사에게 신세를 졌다. 그가 무단으로 사문의 중지에 침입했고, 사부의 금인을 훼손했지만 그걸 따질 형편이 되지 못하는 것이다.

장유기의 생각을 방해하지 않으려는 듯 한동안 물끄러미 바라보고 있던 도사가 천천히 말했다.

"자네의 생각이 그렇다니 어쩔 수 없는 일이지. 하지만 내게 빚을 졌다는 건 잊지 말기 바라네."

“어떻게 해주면 좋겠소?”

“하하, 오늘은 내가 어쩌다 자네를 도와주었지만, 살다 보면 자네에게 도움을 청할 날이 올지도 모르지. 그때 무시하지 말고 나를 위해 한 번 힘을 써주기 바라네.”

“좋소. 그런데 나는 아직 당신의 이름도 모르니 곤란하군.”

“나는 도중문이라고 하네. 모산파의 도사지.”

“도중문이라······.”

잠시 생각해 보았지만 장유기는 그런 이름을 들어본 적이 없었다.

그가 이름이나마 들어 알고 있는 모산파의 도사라면 매청헌(梅淸憲)이 있을 뿐이다.

장강 이남에서 그의 명성이 워낙 쟁쟁했던지라 강호에서는 그를 모르는 자가 없기도 했다.

매청헌은 천하를 다툴 만한 고수로서 이미 강호 구석구석에 모산파의 위세를 널리 떨치고 있었던 것이다.

그 한 사람으로 인해 모산파가 구대문파를 우습게 여긴다는 말이 떠돌 정도였다.

장유기는 한 번도 그 매청헌을 보지 못했다. 그러나 도중문이 간단히 쇠사슬을 끊어버리던 손가락의 힘과 학정봉에서 뛰어내리던 경공신법으로 보았을 때 그 또한 매청헌에 못지않은 고수일 것이라고 생각했다.

하지만 강호에서 이름조차 들어보지 못했으니, ‘모산파에는 과연 이처럼 뛰어난 자가 얼마나 숨어 있는 걸까?’ 하는 의문과 두려움을 갖지 않을 수 없었다.

도중문의 얼굴을 기억해 두려는 듯 한동안 바라보던 장유기가 머리를 끄덕였다.

"좋소. 남자라면 은원을 분명히 해야지. 당신에게 한 번 신세를 졌으니 언제든 당신의 요구 한 가지를 들어주겠소."

"좋네, 좋아. 자네는 역시 호한이야. 종남파에서 자네를 잃었으니 애석할 뿐일세."

"더 이상 종남파에 대하여 말하지 마시오."

장유기가 단호하게 말했다.

그는 자신의 사문을 '내 사문'이라고 말하지 못하고 이제는 남들처럼 종남파라고 불러야 하는 처지가 되었다는 걸 느끼고 비통해졌으나 내색하지 않았다.

도중문이 크게 머리를 끄덕였다.

"그렇게 하지."

장유기가 잠시 생각하더니 물었다.

"그런데 도 형은 내가 어디에 있는지 어떻게 찾아내려오?"

세상을 떠나 깊이 숨기로 작정했는데, 아직은 자기 자신도 어느 산중으로 들어갈지 정하지 못했다. 그러니 장차 도중문이 어떻게 알고 찾아와 빚을 갚으라고 할지 의아했던 것이다.

도중문이 껄껄 웃었다.

"자네가 어디에 있든 세상 밖으로 아주 사라져 버리는 게 아니지 않은가? 천하가 아무리 넓다 한들 찾기로 마음먹으면 찾지 못할 리가 있나? 자네는 그런 걱정은 하지 말고 부디 보중하기 바라네."

말을 마치기 무섭게 훌쩍 몸을 던져 이내 사라져 버린다.

도중문이 서 있던 곳을 멍하니 바라보던 장유기가 탄식했다.

"우리도 그만 가자."

기요성을 다시 번쩍 안아 든다.

그때쯤은 기요성도 제정신을 되찾고 있었으나 아무 말도 하지 않았다.

이틀 후 장유기는 화산 기슭에 기요성을 내려놓았다.

"사문으로 돌아가라. 사부와 사형제들을 잊어서는 안 되는 거야. 한 번 맺은 인연을 소중히 여기지 않으면 너도 나처럼 쓸모없는 자가 되고 마느니라."

그래도 기요성은 입을 꾹 다문 채 아무 말도 하지 않았다. 장유기와 눈을 마주치지도 않는다.

상관하지 않고 장유기가 다시 말했다.

"비곡에서 있었던 일은 모두 잊어라. 아무에게도 말해서는 안 된다. 내가 너를 이곳에 데려다 주었다는 것도 말해서는 안 된다."

그가 말하지 않아도 기요성 또한 그래야 한다는 걸 알고 있었다.

비곡에 대하여 말하면 사부나 사숙들은 그 즉시 상초혜를 찾아 나설 것이다. 기요성은 그걸 원치 않았다.

　장유기와의 일을 말해도 마찬가지다.

　죽은 줄 알았던 꼬마가 멀쩡한 모습으로 타박타박 걸어 옥천원(玉泉院)의 문지방을 넘어 돌아왔다.

　옥천원은 낙안봉 아래에 있는데, 화산파에 속한 여러 도관들 중에서도 크고 아름답기로 멀리까지 알려진 곳이었다.

　옥천원이라는 이름은 도관 안에 있는 옥천(玉泉)이라는 맑은 샘에서 가져온 것으로, 그 옥천은 저 높은 곳의 연화평(蓮花坪)에 있는 옥정(玉井)과 통한다는 말이 있다.

　전설에 의하면 선녀들이 가끔 옥정에 내려와 머리를 감곤 했는데, 하루는 한 선녀가 그만 옥비녀를 옥정 속에 빠뜨렸다고 한다.

　찾을 길이 없어서 그 선녀는 울며 하늘로 올라가고, 옥정 속에 빠진 옥비녀는 끝없이 가라앉더니 옥천원의 샘물로 나왔다. 그래서 사람들은 그 샘물을 옥천이라 하였고, 그곳에 도관을 짓고 옥천원이라 이름 지었다고 전해진다.

　송나라 인종(仁宗) 연간에 희이(希夷)라고 하는 도사가 건축했으므로 옥천원은 달리 희이사(希夷祠)라고 불리기도 했다.

　일사(一祠), 삼전(三殿), 오정(五亭)을 품고 있는 그것은 동도원(東道院), 진악궁(鎭岳宮)과 함께 화산에 편재해 있는 이십여 개의 도관들 중에서도 가장 뛰어난 것으로 오늘날까지 이름이 높다.

화산이 온통 발칵 뒤집혔다. 연화봉에서 사람들이 뛰어내려 왔을 때, 기요성은 사숙인 옥천원주 자허상인(紫虛上人)의 거처에서 세상모르고 잠에 빠져 있었다.

아무리 흔들어 깨워도 좀체 눈을 뜨지 않는다.

그의 사형들이 번갈아 아이를 업고 연화봉으로 올라갔을 때까지도 기요성은 잠에서 깨어나지 않았다.

다음날 눈을 떴지만 아이는 벙어리라도 된 듯 입을 꼭 다물고 열지 않았다. 사부인 화산신검 무량도가 달래고 얼러보았지만 막무가내다.

사람들은 지난 석 달 동안 기요성이 많은 고초를 겪은 모양이라고 짐작했다. 어린 마음에 충격이 컸던 때문이리라 여기고 더욱 측은해져서 다독여 주었을 뿐이다.

그 뒤로 기요성은 조금씩 나아졌지만 제가 사라졌던 석 달 동안의 일에 대해서는 여전히 입을 꼭 다물고 말하지 않았다.

사람들이 모두 궁금해했으나 아무리 구슬러도 기요성으로부터는 상초혜에 대한 것은 물론, 아이가 겪었던 일에 대해서는 한마디도 듣지 못했다.

상초혜는 한 번도 화산에 찾아오지 않았다. 그뿐 아니라 언제부터인지 모르게 강호에서 모습을 감추고 말았으니 사람들은 점차 그녀에 대한 일마저 잊어가기 시작했다.

그녀가 사라진 것이 장유기가 사문을 배신하고 달아난 때와 같았으므로 모두는 그들 두 남녀가 사랑을 위해 사문과 명예마저 버리고 세상을 떠나 깊은 산중에 은거한 모양이라고만 여길 뿐이었다.

그렇게 세월이 흘렀다.

그동안 기요성은 어린아이에서 소년으로, 소년에서 늠름한 청년으로 자랐다.

화산의 무학을 몸에 익혀 나이 스무 살 무렵에는 이미 화산파에서도 수위에 꼽히는 고수가 되었으니, 여태까지 그만한 성취를 이룬 자가 없다고 모두들 놀라고 감탄할 정도였다.

하지만 그는 여전히 말이 없었고, 안색에는 어딘지 어두운 그늘이 져 있었다.

그는 가끔 아무도 모르게 감쪽같이 사라지곤 했는데, 어떤 때는 열흘씩, 어떤 때는 한 달 남짓이나 산을 떠났다가 돌아오곤 했다. 그리고 그때마다 한동안 제 거처에 틀어박혀 두문불출했다.

사람들은 그런 기요성의 행동에 대하여 처음에는 의아해했으나 점차 익숙해져 갔다.

기요성이 남모르게 은밀한 곳에서 화산파의 것이 아닌 검법을 수련한다는 건 아무도 모르는 비밀이었다.

기요성은 모든 사람들의 눈을 피해 여전히 수라문의 경공신법과 검술을 연마했던 것이다.

그리고 나이 스물다섯 살이 되던 해에 사부에게 청하여 강호수행을 해도 좋다는 허락을 받아냈다.

　그날로 기요성은 간단한 짐을 꾸려 등에 지고 화산을 떠났다. 그리고 오늘에 이르기까지 세상을 떠돌 뿐 화산으로 돌아가지 않고 있었던 것이다.

魔風俠星
第二章
불사귀(不死鬼)

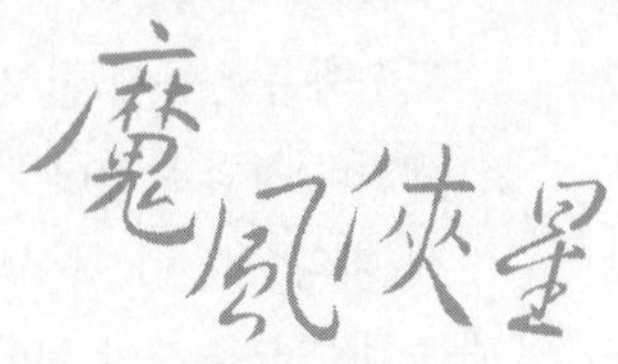

“여기가 어디지?”

도수백의 말에는 힘이 하나도 들어 있지 않았다.

기요성이 반색을 하고 그의 머리를 안아 제 무릎에 놓았다.

“정신이 든 거야?”

“썩을 놈.”

기요성과 눈이 마주친 도수백이 풀썩 웃더니 잔뜩 눈살을 찌푸렸다. 백지장처럼 창백한 얼굴에 고통스런 기색이 어린다.

의식을 잃은 지 꼬박 이레가 지나고 나서 겨우 깨어났는데, 첫마디가 욕이니 기가 막힐 일이었다.

하지만 기요성은 커다란 칭찬을 들은 아이처럼 활짝 웃었다. 눈가에 반가움의 눈물마저 반짝인다.

도수백은 온몸에 흰 면포를 둘둘 감고 있어서 마치 목내이(木乃伊:미라)처럼 보였다.

세 대의 수전을 뽑아내기 위해서는 살을 찢고 뼈까지 갉아내는 대수술을 해야 했다.

장비가 따로 없고 익숙한 의원이 없으니 기요성이 직접 했는데, 그 위험성은 누구보다 그가 잘 알고 있던 터라 도수백이 살아날 가망성보다 죽을 가망성이 더 크다고 생각한 터였다.

그러나 그는 과연 불사귀였다.

이레 동안이나 의식불명인 채 죽은 것도 아니고 산 것도 아닌 몸이 되어서 누워 있더니 기어이 눈을 뜬 것이다.

그들은 날렵하게 빠진 한 척의 쾌선을 타고 장강을 거슬러 올라가고 있는 중이었다.

세 대의 쾌선이 한 줄에 꿰인 것처럼 줄지어 달린다.

그 안에는 기요성이 영복왕부에서 데리고 나온 고수들 열다섯 명이 나누어 타고 있었는데, 걱정했던 것과는 달리 동정호를 가로질러 귀주와의 경계인 금화(錦和)를 지나고 있는 지금까지 아무 일도 일어나지 않았다.

그곳은 장강의 한 지류인 금강(錦江)의 줄기였다. 귀주까지는 거친 물살을 힘겹게 헤쳐가야 한다.

강폭이 좁고 물살이 급하며, 곳곳에 암초가 있어서 위험한 물길이지만 도수백에게는 육로보다 편하고 안전한 행로였다.

기요성이 굳이 배를 고집하여 이동하고 있는 것도 그런 이유다.

그들은 배 안에서 먹고 자고 할 뿐, 한 번도 부두에 정박한 적이 없었다. 하루라도 더 빨리 귀주 땅에 들어가려는 것이다.

그 덕에 이레 만에 금화까지 왔으니 나는 새처럼 빨리 온 것이다.

그들이 그렇게 귀주의 경계에 이르고 있을 무렵, 그 소식은 하루에 세 차례씩 전서구를 통해 한 곳에 전해지고 있었다.

＊　　　＊　　　＊

"귀양의 영복왕부로 가려는 거로군."

전서를 펼쳐 읽어본 엽건신이 잔뜩 눈살을 찌푸렸다.

그는 악양성 밖 억새밭에서 도수백을 놓친 후 하루가 지나서야 그를 구해 달아난 자들의 정체를 알았다.

그들이 영복왕부에서 나온 무사들이라는 건 뜻밖이었다. 백련교의 무리가 도수백을 구해간 것이라고 여기고 있었기 때문이다.

도수백이 영복왕부와 닿아 있는데, 그것도 깊은 관계라는 짐작이 섰다. 그렇지 않으면 이 먼 곳까지 왕부의 무사들이 와서 도수백을 구해갔을 리 없으니 그렇다.

그런데 그 도수백은 백련교의 무리 중 한 명이다.

엽건신의 마음 깊은 곳에 의혹의 구름이 뭉게뭉게 피어났다.

'어쩌면 영복왕이 백련교의 무리와 내통하고 있는 건지도 모른다.'

거기까지 생각이 뻗어나가는 건 당연했다.

영복왕은 현 황제를 위협할 수 있는 유일한 인물이었다. 황통의 계승자이기도 하다.

역대의 다른 황조 같았으면 벌써 목숨을 잃었을 텐데, 현 황제인 가정제는 자신의 이복동생인 영복왕을 끔찍이 아꼈다. 세상에 하나뿐인 혈육이라는 것 때문이기도 하지만, 가정제 자신에게 후사가 없는 탓이기도 하다.

그래서 동창에서도 감히 영복왕에게 드러내 놓고 대들 수가 없었다. 다만 황제를 위하여, 아니, 자신들의 영화가 계속되도록 하기 위하여 황제를 핑계 대고 겨우 영복왕의 자식들을 이런저런 음모와 술수로 제거했을 뿐이다.

그런데 하나 남아 있는 막내아들 주소룡이 그런 동창의 수작에서 용케도 벗어나 왕부로 돌아갔다는 보고를 받은 게 일 년 전이었다.

그 뒤로부터 동창에서는 신경을 곤두세우고 영복왕을 감시해 왔으나, 왕부의 무사들이 이곳까지 찾아와 도수백을 구해 가는 걸 막지 못했다.

그 노여움이 엽건신을 재촉했다.

손바닥을 비벼 전서를 태워 버린 엽건신이 싸늘하게 말했다.

"귀주부로 간다."

"예?"

그의 말을 들은 수하가 어리둥절하여 되물었다. 동창이 생긴 이래 첩형이 북경을 떠나는 것도 드문 일이었지만, 그 먼 곳까지 몸소 가는 일은 한 번도 없었기 때문이다.

하지만 엽건신은 단호했다.

"가장 빠른 수단을 마련하도록."

"존명!"

그의 의중을 읽은 수하가 긴장으로 경직되며 복명하고 후다닥 뛰어나갔다.

*　　　*　　　*

"그래? 귀주로 가고 있단 말이지?"

또 한 사람.

허허로운 모습의 노도사 도중문도 도수백과 기요성 일행의 소식을 듣고 있었다.

동정호 복판의 군산이다.

바다처럼 드넓은 호수를 내려다보는 절묘한 곳에 오래된 주루 하나가 있었는데, 지금 도중문은 그곳의 삼층 창가에 홀로 앉아 느긋하게 술을 마시고 있는 중이었다.

저 아래 햇빛을 받아 은빛으로 반짝이는 호수가 눈부시고, 그것을 가르며 오고 가는 크고 작은 배들이 그림 속의 풍경 같다.

그 곁에 상인 복장을 한 후덕해 보이는 중년인이 두 손을 모으고 공손히 서 있었다.

"동창에서 그들을 감시하고 있는 모양입니다."

"흘흘, 그 아이들이야 그게 저희들의 일이니 뭐라 할 수 없지."

"다른 곳에서 전해온 보고에 의하면 엽건신이 매우 화가 나 있다고 합니다."

"나 같아도 그럴 거야. 다 잡아놓은 먹이를 빼앗겼으니 화가 나지 않는다면 사내도 아니지."

도중문은 억새풀밭에서의 혈전에 대하여 이미 소상히 알고 있었던 것이다.

중년인이 다시 말했다.

"어떻게 하면 좋을지 하명해 주소서."

"그냥 지켜보기만 해."

"예?"

"그들이 귀주의 왕부로 들어간다면 좋은 일이지. 스스로 울타리 안으로 들어간 꼴이니 문만 닫아놓으면 되지 않겠느냐? 들판으로 내모는 게 미련한 짓이야."

"과연 그렇습니다."

중년인이 머리를 조아린다.

도중문이 한 잔의 술을 스스로 따라 마시고 나서 다시 말했다.

"철없는 방해꾼들이 설치지 못하게 해야겠지?"

"알겠습니다."

중년인이 깊이 머리를 숙여 보이고 조심스럽게 떠났다.

주루 삼층에는 몇몇 점잖아 보이는 주객들이 있었는데, 신선풍의 노도사와 상인으로 보이는 중년 사내의 말에 귀 기울이는 자는 아무도 없었다.

사내가 이층으로 내려오자 계단 좌우에 서 있던 두 명의 호리호리한 장한이 말없이 그의 뒤를 따랐다. 그리고 그들이 일층으로 내려왔을 때 그곳의 넓은 주청에서 술을 마시며 떠들고 있던 사람들 중 일곱 명이 중년 사내의 눈짓을 받고 슬그머니 일어났다.

*　　　*　　　*

기요성은 제 생각과 달리 귀양을 지척에 둔 곳에 이르기까지 아무 일도 일어나지 않았다는 게 너무 기뻤다. 마음이 급했던 터라 금강의 상류인 강구진(江口津)에서 배를 내리기 무섭게 마차로 갈아타고 다시 사흘 길을 미친 듯 달려온 것이다.

마차를 끄는 말을 오후에 바꾸고 저녁에 다시 바꿀 지경이었으니 쉴 새 없이 달렸다고 하는 말이 조금도 과장이 아니다.

사흘 동안 그렇게 육백여 리 남짓한 길을 달려서 귀양부를 이백 리 앞에 둔 곡하(谷下)를 지났다.

거기에서 잠시 쉬며 일행 중 두 명을 앞서 귀양부로 가게 했다. 왕부에 소식을 전하려는 것이다.

그들이 말에 연신 채찍질을 해가며 멀리 사라지고 나서야 기요성은 비로소 느긋한 마음이 되어서 마차를 몰았다.

네 필의 건마가 땀을 뻘뻘 흘리며 끄는 마차를 말 못지않게 건장해 보이는 열한 명의 장한들이 호위하고 있으니 기세가 당당해서 절로 사람들의 눈길을 끌었다.

기마 행렬이 거침없이 관도를 달려 조량산이라고 부르는 낮은 산모퉁이를 돌았을 때였다.

저 멀리에서 뿌연 먼지구름이 피어나고 이내 지축을 뒤흔드는 말발굽 소리가 들려왔다.

한 떼의 기병들이 쏟아져 나온 모양이다.

오 리쯤 되는 거리를 두고 서로를 확인할 수 있었는데, 역시 중무장한 기병들이었다. 일견 천여 기는 족히 되어 보인다.

귀양부의 깃발이 펄럭이고 있었다.

"거기 오는 사람이 기 공자시오?"

기병의 무리가 방진을 펴고 멎자 온몸을 갑주로 가린 장군이 달려나오며 우렁차게 소리쳤다.

마부석에 앉아 고삐를 잡고 있던 기요성이 벌떡 일어나 마주 소리친다.

"내가 기요성이오!"

"오오, 역시 기 공자 일행이었군. 모셔오라는 명을 받고 나왔소이다!"

마차 안에서 도수백은 그 말을 잘 알아들었다.

영복왕이 어느새 귀양부를 장악했다는 걸 짐작할 수 있다.

온몸이 욱신거리는 고통으로 낯을 찡그리면서도 도수백은 이상한 일이라고 생각했다.

듣기로 영복왕은 왕부에 은거한 채 한 발자국도 밖으로 나오지 않는다고 하지 않았던가.

그는 가장 유력한 황위 계승자이면서도 권력과 영화에는 조금도 관심이 없는 사람이라고 했다.

황제에게 부담을 줄까 봐 일부러 멀리 떨어진 귀주로 와 은자처럼 산다던 사람인데, 무엇 때문에 귀양부에 주둔하고 있는 관병들을 사사로이 부릴 정도로 영향력을 행사하는 건지 의아하지 않을 수 없다.

마차는 이내 기치창검을 번쩍이는 기병들에게 겹겹이 에워싸였다.

삼백 기가 선봉이 되어 길을 열고, 이백 기가 중군이 되어 좌위를 따르며, 삼백 기가 후미를 맡고 있다.

이백 기는 별동대가 되어 좌우로 넓게 퍼져 함성을 지르며 달리니 귀양성으로 이어지는 벌판이 온통 기병과 번쩍이는 창검으로 가득 찬 것 같았다.

그 위세가 마치 천자라도 모시고 전쟁터에 나온 것 같다.

성문은 활짝 열려 있었다. 기병들이 호각을 불고 북을 치며 당당하게 입성했다.

그 모습을 바라보고 있는 사람들이 있었다.

조량산 중턱의 소나무 숲에 몸을 가리고 서서 엿보고 있던 세 명의 중립인이 혀를 찼다.

귀주는 중원의 변방이라 할 수 있는 곳이고, 귀양부는 북경에서 멀리 떨어진 곳이다. 중앙 조정에서 벌을 받고 유배당하는 자들이 찾아올 뿐, 평소에는 북경의 입김조차 닿지 않는 곳이었다.

변방이라고는 하나 해안에서도 멀리 떨어졌으며, 운남과 유주에 둘러싸여 있으므로 외침을 당할 염려도 없다. 그런 탓에 귀주에는 도지휘사사(都指揮使司) 휘하의 지방군 삼만여 명의 병사가 주둔하고 있었는데, 늙고 병약한 자들이 대부분이라 지방군 중에서도 약체로 소문나 있었다.

그런데 지금 성으로 돌아가고 있는 기병들을 보니 전혀 그렇지 않다는 걸 알 수 있었다.

번쩍이는 창검에 위세가 살아 있고, 사기 또한 충천해 보였던 것이다. 북경의 도독부에서 알지 못하는 사이에 귀양부의 병사들이 싹 바뀐 것 같다.

"황제 폐하께서 몸소 행차하셨다고 해도 저 요란을 떨지는 않을 것이다."

"영복왕의 심중에 불손한 생각이 들어 있는 게 틀림없어."

죽립인들의 얼굴에 수심이 깃들었다.

"급보다. 어서 전서구를 날려."

두 사람과 조금 떨어져 있는 곳에서 관망하던 중년의 깡마른 사내가 밭은 음성으로 말했다.

그 즉시 한 명이 들고 있던 나무 상자를 열고 그 안에서 비둘기를 꺼냈으며, 다른 한 명은 손바닥만 한 종이에 급히 몇 자휘갈겨 쓰더니 돌돌 말았다.

그것을 비둘기 발목에 있는 대통에 넣고 몇 번 쓰다듬어 준 다음에 높이 던져 올린다.

날갯짓하며 솟구쳐 오른 비둘기가 사내들 머리 위를 한 바퀴 맴돌고 북쪽으로 힘차게 날아갔다.

＊　　　＊　　　＊

"이 바보!"

도수백을 본 운지는 울음부터 터뜨렸다.

"쯧쯧, 정말 목숨 하나는 아귀 같은 놈이라니까. 이 지경이 되어서도 아직까지 살아 있다면 누가 믿겠어?"

도수백을 일별한 자운곡주가 혀를 찼다.

기요성이 도수백을 데리고 온다는 기별을 받은 날부터 운지는 노심초사하며 왕부의 대문에 매달려 살았다.

자운곡주 또한 은근히 도수백을 기다리는 눈치라 영복왕은 의아해했다.

도대체 그가 어떤 자이기에 기요성이 그의 소식을 듣자마자 달려갔고, 자운 노도가 저렇게 기다리며, 운지라는 소녀의 마음을 사로잡은 건지 궁금했던 것이다.

영복왕은 도수백이 기요성과 함께 토옥림의 밀림 속에서 주소룡을 구해주었다는 말도 들었다. 그러니 제 아들의 은인인 셈이라 호기심이 더 커진다.

그런 한편 마음에 찜찜한 구석도 있었는데, 그건 운지 때문이었다. 영복왕은 운지를 제 며느릿감으로 마음에 점찍어두고 있었던 것이다.

그녀가 세상에 물들지 않은 순수함을 간직하고 있는데다가, 아름답고 총명하니 지금 세상에서 과연 그만한 아가씨를 또 찾아볼 수 있을까 싶었다.

하나뿐인 아들, 주소룡과 나이도 비슷하니 아주 잘 어울리는 한 쌍이 될 것 같았다.

그녀가 도문(道門)에 몸담고 있다는 게 걸리기는 하지만 자운곡주를 잘 설득하면 그 문제도 풀릴 것이라고 믿었다.

게다가 주소룡 또한 운지에게 호감을 가지고 있는 것 같지 않던가.

그런데 그 운지가 도수백이라는 자에게 온통 마음을 기울이고 있는 걸 보고는 씁쓸해졌다. 그래서 영복왕은 또 다른 의미에서도 도수백이라는 자가 궁금해졌다.

'그놈에게 과연 내 아들을 능가할 만한 매력이 있을까?'

그렇다면 대단한 일이다.

기요성이 천하에 둘도 없는 미남자고, 그 무공 또한 추측할 수 없을 만큼 높았으며 단정했지만 운지는 그에 대해서도 별로 마음에 들어 하지 않았던 것이다.

영복왕의 생각에는 도수백이 그 기요성보다 더 멋진 사내일 것 같지는 않았다. 그런데도 저렇게 한 소녀의 사랑을 받고 있으니 이상한 일이었다.

영복왕은 수하를 통하여 도수백이 방금 왕부로 들어왔는데, 몸에 입은 부상이 워낙 커서 당분간 운신할 수 없을 거라는 보고를 받았다.

"쯧쯧, 칠칠맞은 놈이로군. 제 몸 하나 건사할 줄 모르다니."

보기도 전에 그런 선입견이 생긴다.

운지는 도수백의 상처를 씻겨내며 내내 눈물을 흘렸다.

"울지 마."

"시끄러워, 바보야."

도수백이 제 상처의 고통보다 마음이 더 안쓰러워져서 달래지만 돌아온 건 운지의 핀잔뿐이었다.

"좋은 솜씨로군 그래."

도수백의 상태를 살펴본 자운 노도가 그렇게 기요성을 칭찬했다.

"제대로 상처를 손보고 찢어진 곳을 꿰맸어."

자운 노도의 말에 기요성이 얼굴을 붉혔다.

"곡주께서 주신 금창약과 지혈산의 덕을 본 거지요."

"그렇지 않아. 자네는 이런 외상을 많이 치료해 본 솜씨야. 외상 치료에 뛰어난 의생이라고 해도 부족하지 않겠어."

검상이나 창상을 돌봐주는 기요성의 솜씨는 군문에 있을 때부터 유명한 것이었다.

품에 늘 응급처치에 필요한 몇 가지 도구를 지니고 다니면서 그것으로 목숨을 살려준 병사만 해도 여러 명이다.

도수백이 토옥림에서 만족들의 칼에 큰 부상을 입었을 때도 기요성은 그 상처를 치료하고 꿰매준 적이 있었다.

"몇 군데 덧나 있기는 하지만 그건 상처를 치료하던 환경이 좋지 않아서이지 자네의 솜씨가 서툴러서가 아닐세."

자운 노도가 말을 하면서 불에 달군 칼을 들어 고름이 생기고 부풀어 오른 상처를 다시 찢었다.

"으악!"

도수백이 그 고통에 펄쩍 뛰며 소리를 질렀지만 아랑곳하지 않는다.

피와 고름을 사정없이 짜낸 자운 노도가 새로운 금창약을 뿌리고 상처를 봉합했다.

"외상이야 덧나지만 않으면 저절로 아무니 크게 걱정할 건 못 되지. 문제는 피를 많이 흘리는 거야. 제때에 지혈하지 못하면 출혈로 인해서 죽게 되네."

"제가 조금 늦는 바람에 그만……."

"흘흘, 자네를 탓하는 게 아닐세. 이만하면 자네는 최선을 다한 거야. 아무튼, 피를 너무 많이 흘리면 비록 죽지 않았다고 해도 죽은 것과 다름없이 되는데, 그건 몸이 안으로부터 상하기 때문이라네. 그거야말로 조심해야 하는 일이지. 밖에서 상한 몸은 고치기 쉽지만 안에서 상한 몸은 여간해서 고칠 수 없기 때문이야. 명심하게."

"하면, 그럴 때는 어떻게 해야 하는 건지요?"

"제일 좋은 건 피를 즉시 보충해 주는 거지. 하지만 무턱대고 피를 섞었다가는 부작용으로 인해 더 빨리 죽게 되네."

"사람마다 피의 성질이 다르다는 이야기는 들었습니다."

"그렇지. 그 사람에게 맞는 피가 있고 그렇지 않은 피가 있는데, 대부분은 맞지 않는 피라네. 그러니 수혈은 정말 위급한 상황이 아니라면 하지 않는 게 좋지."

"그런데 맞는 피와 그렇지 않은 피를 어떻게 구분할 수 있지요?"

"그건 알 수 없어. 운에 맡길 수밖에."

말을 하는 동안에도 자운 노도의 손은 빠르게 도수백의 상처를 씻어내고 약을 고루 발라주는 한편, 덧나 있는 또 한 곳의 상처를 찢고 죽은 피와 고름을 짜냈다.

"그러므로 창상을 입은 자에게는 우선 출혈을 멈추게 해주는 게 최선일세. 그러기 위해서는 감총전(甘蔥煎)으로 잘 세척한 후에 도화산(桃花散)이나 칠리산(七厘散) 등을 발라주고 붕대를 감아주어야지."

"감총전, 도화산, 칠리산……."

기요성이 머릿속에 그것들을 단단히 기억해 둔다.

"만일 출혈이 심하여 안면이 창백해지고 의식이 혼미해지며 맥이 허(虛)하고 완(緩)하면 보법(補法)을 적용해야 하는데, 팔진탕이 제격이라네."

"팔진탕……."

"상처가 지금처럼 덧나고 곪아서 고름이 흘러 불결하면 지

혈서를 제거하고 생기산(生肌散)을 뿌리고 그 위에 타승고(陀
僧膏)를 붙이는데, 상태가 심해졌을 때는 감총전(甘蔥煎)으로
씻고 금창철선산(金創鐵扇散)을 뿌려 고름을 빨아내고 겉에는
옥홍고(玉紅膏)를 붙여서 동통을 멎게 하면 머지않아 새살이
나오게 되지."

"저에게 그 약들을 조제하는 법도 가르쳐 주십시오."

"흘흘, 배우고 싶은가?"

"그렇습니다."

"좋네. 자네가 이 바보 녀석을 무사히 살려서 여기까지 데려
왔으니 상을 주는 셈치고 가르쳐 줌세."

"감사합니다."

기요성이 엎드려 절했다.

도수백의 상처에 대한 재치료를 끝낸 자운 노도가 따뜻한
물에 손을 씻으며 흡족한 미소를 지었다.

"잘 듣게. 먼저 감총전은 감초, 선총백(鮮蔥白:신선한 파뿌
리)을 같은 양으로 달여서 냉각시켜 여과한 다음 보관해 둔 것
이고, 도화산을 만들려면 백석회 반 근, 대황편 한 냥 다섯 돈
이 필요한데, 우선 백석회에 물을 뿌리면서 가루 내어 대황편
과 같이 초(炒:볶다)한다네. 이때 석회가 붉은색을 띠지 않을
정도까지 하고, 다 볶은 다음에는 대황편을 버리고 석회만을
곱게 갈아서 쓰는 거지."

이제 그들은 도수백에게 신경 쓰지 않았다. 환자는 저만큼
밀쳐 놓고 둘이 마주 앉아 시간 가는 줄 모르고 약을 만드는 방

법과 사용법, 치료법 등에 대하여 이야기한다.

자운 노도는 자상한 스승이고 기요성은 영특하며 얌전한 제자가 되어서 사문의 비결을 주고받는 것 같았다.

"사람이 어떻게 하면 이렇게 자기 자신을 학대할 수가 있어?"

도수백의 상처에 꼼꼼하게 붕대를 감아준 운지가 울먹이며 말했다.

"내가 이 지경이 되었는데 상대는 어땠겠어? 그걸 생각해 봐야지."

"홍, 지금 그걸 자랑이라고 으쓱대며 말하는 거야?"

"내 칼에 열일곱 놈이나 돼졌다. 죄다 동창의 창위라고 거들먹거리는 놈들이었어. 흐흐흐, 죽는다고 해도 조금도 밑지는 장사가 아니었지."

억새밭에서의 통쾌하던 싸움을 다시 떠올린 도수백이 낮게 웃었다. 운지가 눈을 흘긴다.

그날부터 그녀는 아침저녁으로 자운 노도의 처방에 따라 팔진탕을 끓여 도수백에게 먹였다. 종일 그 일에 매달리니 그 정성이 눈물겨울 지경이었다.

그 덕이었을까, 왕부에 온 지 사흘 만에 도수백은 붕대를 풀고 자리에서 일어나 걸을 수 있게 되었다.

꺼져 가는 불씨처럼 위태위태하던 기력이 살아나 점차 활기를 되찾게 되었던 것이다.

도수백의 눈빛이 맑아졌고, 다시 힘이 깃든 걸 본 자운 노도가 빙긋 웃었다.

"역시 불사귀가 맞는가 보다. 도대체 네놈의 삶에 대한 그 악착같은 집념은 어디에서 오는 건지 궁금하구나."

"제가 살아온 환경이 저절로 저를 그렇게 되도록 했을 뿐이지요."

"흘흘, 온실의 화초보다 야생화가 더 질기고 오래 산다는 것과 같은 이치란 말이지?"

"그렇습니다. 밟으면 밟을수록 튼튼해지는 보리 싹과 같다고나 할까요?"

"아무튼 잘됐다. 이제 밖으로 싸돌아다니는 일은 그만두고 너도 왕부에서 정양하며 때를 기다리도록 해라."

"때라니요?"

도수백이 어리둥절해서 묻자 자운 노도가 눈을 가늘게 뜨고 노려보았다.

"나를 떠보는 것이냐?"

"아니, 진실을 확인하고 싶을 뿐입니다."

"황궁의 간적들을 타도하고 황제가 정신을 차리도록 해주는 것이지. 그렇게 되면 세상이 평화로워지고 백성들의 삶 또한 안락해지지 않겠느냐?"

"그 일에 영복왕이 동참하겠답니까?"

영복왕을 빗대어 물었지만 그의 내심은 백련교에 대한 물음이었다.

방금 자운 노도가 말한 그 일은 백련교가 오래전부터 꿈꾸어왔던 일이고, 지금도 그 일을 위해 초자생은 많은 준비를 하고 있었다.

자운 노도 또한 그 사실을 잘 알고 있을 터였다. 그런데 이제는 왕부에 기대고 있는 듯하니 마음속에 작은 불만이 생긴다.

그런 도수백의 의중을 읽은 자운 노도가 머리를 끄덕였다.

"초자생이 힘과 계기를 제공하고 영복왕이 이름을 빌려준다면 그것보다 완벽한 게 없지. 민심을 잡을 수 있으니 백련교에 대한 오명도 절로 씻겨질 것이다."

세간에서 백련교는 마교나 사교로 널리 알려져 있었다. 그들에게 위협을 느낀 관부가 의도적으로 왜곡했고, 강호의 기득권자인 구대문파에서 널리 퍼뜨린 것이다.

백련교가 불교와 도교의 색채를 띠고 있지만 불교나 도교의 어느 종파에도 섞이려 하지 않았기 때문이다. 또한 민중 속에 그들의 영향력이 커지자 기득권을 쥐고 있는 종교 집단에서는 자신들의 교세가 줄어들 것을 염려한 까닭이기도 하다.

그래서 불교에서는 백련교를 사교의 집단으로 몰았고, 도교에서는 마교의 집단이라고 했던 것이다.

백여 년 가까이 그렇게 인식되어 오자 이제는 거짓이 진실로 탈바꿈되어 버렸다.

백련교를 알지 못하는 사람들은 오랫동안 저도 모르게 학습되어 온 그런 인식에 젖어 왜 그런지도 모르고 무작정 백련교를 백안시했다.

그들이 난을 일으킨다면 관에서는 난적의 무리가 준동했다고 떠들어댈 것이고, 기존의 불교나 도교에서는 마교가 세상을 어지럽힌다고 할 것이다. 그리고 백성들은 아무 거부감 없이 그 말을 받아들일 것이다.

그동안 백련교가 일으켰던 몇 번의 난이 매번 실패할 수밖에 없었던 데에는 그러한 이유가 컸다. 민심을 얻지 못했기 때문에 생명이 길 수 없었던 것이다.

백련교가 등장했던 초기에는 백성들에게 그릇된 인식이 없었으므로 그들의 지지를 받을 수 있었다. 그래서 유백통, 한림아, 한산동 등이 분연히 떨치고 일어나 원나라를 몰아내는 데 큰 공을 세울 수 있었던 것이다.

그 속에 있던 주원장이 그들의 힘을 기반으로 삼아 명나라를 건국했으니 처음으로 성공한 백련교의 거사라고 할 것이다.

하지만 그 이후로는 오히려 명 황실에서 백련교를 철저히 탄압했다. 그건 주원장이 황제에 오른 직후부터 시작된 일이었는데, 주원장 자신이 백련교의 힘을 너무 잘 알았기 때문에 두려움을 가질 수밖에 없었던 것이다.

자운 노도는 과거의 그런 일들을 잘 알고 있었다. 그래서 민심을 얻기 위한 방안으로 영복왕을 내세우려 하고 있다.

지금의 황제가 무능하고 조정이 어지러워 백성들의 삶이 고단해지자 백성들은 자연히 현 황제보다 영복왕을 더 우러러보고 있었다.

민간에서는 은연중에 더 늦기 전에 영복왕을 황제로 세워야 한다는 위험한 말들도 떠돌고 있을 지경이다.

이런 때에 영복왕이 백련교의 거사를 지지하고 나선다면 민심이 걷잡을 수 없이 쏠릴 게 분명했다.

자운 노도의 그런 생각을 도수백도 어렴풋이나마 알 수 있었다. 하지만 과연 그게 옳은 일일까? 하는 일말의 의구심은 떨쳐 버리지 못했다.

아무리 목적이 정당하다고 해도 그것을 달성하기 위한 수단이 떳떳하지 못하면 반드시 뒤탈이 생긴다는 게 도수백의 믿음이었던 것이다.

그렇게 되면 비록 백련교의 거사가 성공을 한다고 해도 오래갈 수가 없다.

"노도께서는 마음이 초조하시군요."

"응?"

도수백의 엉뚱한 말에 자운 노도가 눈을 휘둥그레 뜨고 그를 바라보았다.

"허허, 너는 죽을 고비를 넘기고 나더니 절로 도를 깨우쳤느냐? 어찌 사람의 마음속을 들여다보는 듯 말하는고?"

"노도께서 초조해하시는 마음을 충분히 이해할 수 있습니다. 생전에 세상이 뒤바뀌고 백성들의 삶이 안락해지는 걸 보고 싶으신 거지요."

"이놈, 내가 곧 늙어 죽을 것이라고 말하는 거냐?"

"무슨 걱정이십니까? 노도께서는 살아 계실 때에 신선 같았

고, 죽은 뒤에는 정말 신선이 되어 선계에 드실 테니 말입니
다.”
　“고얀 놈!”
　빈정거리듯 하는 도수백의 말에 자운 노도가 벌컥 역정을
내고 횡, 하니 방에서 나가 버린다.

　그날 오후 무렵에 드디어 영복왕이 사람을 보내왔다.
　도수백은 영복왕이 저를 보고 싶어한다는 말을 듣자 아무
망설임 없이 집사를 따라나섰다.

魔風俠星

第三章

영복왕(英福王) 주수도(朱水道)

"**이** 아이를 알겠지?"

영복왕의 말에 도수백이 맞은편에 앉아 있는 청년, 주소룡에게 머리를 까닥여 인사를 대신했다.

토옥림에서 그는 잔뜩 겁에 질린 소년 병사에 지나지 않았는데, 지금은 어엿한 청년이 되어 있었다. 이처럼 의관을 갖추고 점잖게 앉아 있으니 위엄마저 엿보인다.

"도 형, 오랜만이오. 무사하셨군요."

주소룡이 빙긋 웃고 포권했지만 도수백을 바라보는 눈길이 곱지만은 않았다.

그는 제가 울면서 매달리던 일을 잊지 않고 있었다. 하지만 도수백은 끝내 저를 버리고 홀로 떠나갔다.

비록 위험에서 벗어날 때까지 자신의 목숨을 지켜주었다고는 하나, 그 뒤의 일은 나 몰라라 하고 매정하게 내버렸던 기억을 잊을 수 없다.

게다가 마음에 담아두고 있는 운지가 도수백을 좋아하고 있지 않은가. 그 생각을 하면 눈앞의 도수백이 결코 믿음직스럽지도, 반갑지도 않았다.

부리부리한 눈으로 도수백을 세심하게 뜯어보던 영복왕이 말했다.

"자네가 토옥림에서 이 아이의 목숨을 구해주었다는 말을 들었네. 감사하는 마음은 있었으나 그걸 전할 길이 없었는데 이제야 그 말을 할 수 있게 되었군."

"신경 쓰실 것 없습니다."

도수백이 간단히 말해 버린다.

"그때 저는 병영의 병사였고, 군장의 명령을 받았으니 그대로 이행했을 뿐입니다. 특별히 주 공자를 위해서 한 일이 아니니 감사 따위는 필요없습니다."

말속에 가시가 돋아 있다. 하지만 영복왕은 불쾌한 마음을 내색하지 않고 빙그레 웃었다.

"어쨌든 결과는 내 자식에게 구명지은을 베푼 것이지 않은가?"

"제 할 일을 하고서 공치사를 듣는 것만큼 어색한 건 없지요. 저는 그런 일이 딱 질색입니다."

"그래도 나는 보답을 해주지 않을 수 없네. 빚을 졌으면 반드시 갚아야 하고 원한이 있으면 반드시 풀어야 하는 게 강호의 도리 아니던가? 나는 무도리한 자가 되기 싫네."

영복왕도 물러서려 하지 않았다. 고집을 부린다고 할 정도인데, 그건 그와 도수백 두 사람이 마찬가지였다. 일종의 기 싸움 같은 것이다.

영복왕과 눈싸움을 하던 도수백이 물었다.

"그러면 왕야께서는 무엇으로 제게 보답을 해주실 생각입니까?"

"나는 자네에게 관직을 주려고 하네만?"

"관직이라고요?"

"자네는 본래 병영에서 잔뼈가 굵었고, 자네의 솜씨가 그토록 무섭다니 장군을 시켜주면 어떻겠나?"

엉뚱한 말이다. 도수백이 진위를 가리려는 듯 영복왕을 뜯어보았다. 영복왕이 태연한 신색으로 말한다.

"병사들을 거느리고 통솔하며 전장에 나아가 싸우는 데에 자네만큼 적합한 사람을 찾아보기 어려울 것이네. 더구나 자네는 척계광 장군 밑에 오래 있으면서 훈련을 받았다니 아주 적격이지."

"왕부에는 딸린 관병이 없는 걸로 압니다만?"

왕부에 속해 있는 병사들은 소수인데 모두가 왕의 사병들이었다. 조정에서는 따로 번왕을 위해 병력을 나누어 주지 않는 게 전통이었던 것이다.

영복왕이 빙그레 웃었다.

"왕부를 지키기 위한 사병은 확실히 많이 필요없지."

"하오면 지금 한 말은 허언이었던 것입니까?"

"그렇지 않네. 나에게는 병사가 없으나 귀주부에는 삼만의 병사가 있네. 그들을 부릴 마땅한 장수가 없다는 게 아쉬울 뿐이지. 젊고, 사기는 높으나 실전의 경험이 없으니 막상 전장에 나간다면 우왕좌왕할 게야. 그런 점에서 전장에서 잔뼈가 굵은 자네야말로 적임자일세."

"귀주부의 병사라면 왕야께서 사사로이 거느릴 수 있는 게 아닙니다. 도독부에서 보낸 참장이 있을 터인데 어찌 왕야가 임의로 장수를 바꿀 수 있단 말입니까?"

그 말에는 영복왕도 즉시 대답하지 못했다. 한동안 탐색하듯 도수백을 바라보더니 신중하게 말한다.

"나는 비록 이 외진 곳에 처박혀 있으나 황제 폐하의 유일한 혈육이고 번왕일세. 다스리는 땅이 없다고 해서 왕으로서의 영향력마저 없는 건 아니지."

"변명하려 하실 것 없습니다."

도수백이 즉시 말을 잘랐다.

"왕야께서 말씀하시는 걸로 미루어보아 이미 귀주부를 장악하신 게 틀림없습니다. 그렇다면 다스리는 땅이 있는 셈이지요. 스스로의 영지를 가지고 있으면서 왕권을 세운 번왕이 맞습니다. 게다가 실전에 밝은 자를 원하신다니 누구와 전쟁이라도 하려는 생각을 갖고 계신 것 아닙니까?"

"으음—"

도수백의 직설적인 말에 영복왕이 눈살을 찌푸렸다.

보기에는 무지막지하게 생긴 자일뿐인데, 눈치가 빠르고 영악하다는 게 의외이기도 하다.

그는 도수백이 과연 제 편이 되어줄 것인지 아닌지 판단하기 어려웠다.

제 편이 될 수 없는 자라면 절대로 살아서 왕부를 나가게 할 수 없다.

하지만 제 편으로 만들 수 있다면 큰 힘이 되리라는 걸 확신할 수 있었다. 그래서 영복왕은 도수백을 어떻게 처리하는 게 좋을지 금방 판단을 내릴 수 없었다.

"하하하, 한번 자네의 마음을 떠보았을 뿐이네. 좋아, 자네에게 상을 주는 일은 천천히 생각해 보지. 그동안 편히 머물면서 건강을 되찾는 일에 전념하도록 하게."

영복왕이 그렇게 얼버무리고 자리를 떴다.

도수백은 기요성을 따라 왕부로 올 때부터 마음 한구석에 미심쩍은 게 있었는데, 이렇게 영복왕을 대면하고 나니 그가 확실히 야심을 숨기고 있는 사람이라는 걸 알 수 있었다.

어쩌면 그는 백련교를 이용하려는 건지도 모른다. 그렇다면 자운 노도가 오히려 영복왕에게 이용당하고 있는 것이리라.

그가 자신의 처지를 생각하고 앞으로의 거취를 생각하며 천천히 왕부의 정원을 걸어나가고 있을 때 뒤에서 급이 쫓아오는 발소리가 들렸다.

"도 형, 이렇게 오랜만에 만났는데 서로 할 얘기가 많지 않
겠소?"

뒤따라와 옷자락을 잡은 사람은 주소룡이었다.

겁이 많던 소년 병사는 어디로 가고, 이제는 제법 굵어진 음
성에 아랫사람을 부리는 위엄마저 갖추고 있어서 전혀 다른
사람 같아 보였다.

"나는 너에게 별로 할 말이 없다."

도수백은 아직 영복왕에 대한 꺼림칙한 느낌이 남아 있고,
주소룡에 대해서도 별로 추억이라 할 만한 것을 가지고 있지
않았다. 자연히 말투에 딱딱함이 묻어난다.

주소룡이 개의치 않고 그의 소매를 끌고 월동문을 지나 뒤
편의 또 다른 정원으로 데려갔다.

그곳은 웅장한 영복왕의 거처와 달리 아늑하고 조용한 곳이
었다.

대나무가 우거져 있고, 연못이 있으며 잘 가꾸어진 매화나
무들이 가득한 동산에 작고 아담한 정자가 있는데, 꽃보다 아
름다워 보이는 아가씨 두 명이 조촐한 술상을 앞에 두고 그들
을 기다리고 있었다.

미리 준비가 되어 있었던 게 틀림없다.

도수백을 정자 위로 이끌어 앉힌 주소룡이 손수 술병을 들
어 잔을 채웠다.

왼쪽 볼에 작은 점이 나 있는 아가씨가 도수백 곁에 바싹 붙
어 앉는다. 보기 드문 미인이고 눈웃음을 살살 치는 것이 교태

마저 갖추었다.

달콤한 지분 냄새가 콧속으로 스며들었다.

도수백은 이처럼 나긋나긋한 아가씨의 시중에 영 어색하고 서툴기만 했다. 원래 풍류와는 거리가 멀었던지라 색주가 출입이 별로 없었고, 기방에 드나든 경험도 없는 탓이다.

아가씨가 교태를 부리며 음식을 집어 입에 넣어주고 낮고 달콤한 속삭임으로 종알거리는 것이 왠지 간지럽기만 했다.

"그녀는 소향이라고 합니다. 아버님이 키운 아가씨인데 오늘은 특별히 도 형을 접대하기 위해 불러냈지요. 어때요? 마음에 드십니까?"

주소룡이 풍류공자라도 된 듯 제법 의젓한 태도로 말했다. 도수백이 힐끔 바라보자 소향이라는 아가씨가 배시시 웃으며 살며시 어깨에 머리를 기댔다.

무엇으로 머리를 감았던지, 아직까지 향기로운 냄새가 남아 코를 자극한다. 부드럽고 달콤한 소향의 체취와 질감이 온몸 가득 느껴지지만 도수백은 오히려 눈살을 찌푸렸다.

화가 난 사람처럼 묵묵히 술잔만 기울인다.

"도 형이 좋다면 소향을 도 형의 처소에 보내 드리지요."

"응?"

"하하, 당황할 것 없어요. 곁에 두고 몸종처럼 부리면 되니까. 그녀는 글도 알고 칠현금도 곧잘 탄답니다. 곁에 두고 있으면 심심하지 않을 거예요."

"네 아버님이 총애하는 아가씨라고 하지 않았느냐?"

"언제까지 아버님이 소향이를 데리고 있을 수 있겠습니까? 적당한 때에 좋은 사람을 만나 안착하는 게 소향이에게도 좋은 일이고 아버님도 바라시는 일이랍니다. 그러니 걱정할 것 없어요."

도수백은 주소룡의 심중을 알 수 없었다. 이런 게 미인계라는 건가? 하는 생각이 잠깐 들었지만 주소룡이 저에게 이렇게 할 이유가 없다는 생각에 오히려 꺼림칙해진다.

주소룡이 웃으며 말했다.

"도 형에게 진 신세를 갚으려는 거니 사양할 것 없어요."

"이런 식으로 말이냐?"

주소룡은 왕부의 세자라는 신분이고 도수백은 한낱 야인에 지나지 않다. 그가 결코 함부로 말하고 대할 상대가 아닌 것이다.

하지만 도수백의 머릿속에는 아직도 잔뜩 겁에 질려 있는 소년 병사가 있을 뿐, 주소룡의 지금 신분이 무엇인지는 생각하지 않았다.

주소룡도 그런 도수백이 편한 듯 내색하지 않았다.

"그때 내가 말하지 않았어요? 언젠가는 은혜를 갚겠다고."

"그럴 필요 없어."

도수백이 퉁명스럽게 말했다.

"나는 명령받은 일에 충실했을 뿐이다. 꼭 너를 구하기 위해서 싸웠던 게 아니야."

"그랬지요. 그래서 불에 타 없어져 버린 주둔지까지 나를

데려갔지요. 그리고는 돌아보지도 않고 혼자서 떠나 버렸어
요.”

“거기까지가 내 임무였으니까.”

“아니, 그때 형이 정말 임무를 완수할 생각이었다면 나를 왕
부까지 호위해 주었어야 해요.”

“토옥림을 한 바퀴 돌고 너를 무사히 본진으로 데려가는 게
내 임무였다. 왕부와는 상관없어.”

“흐흥, 그 이후부터는 내가 만족의 손에 죽든, 동창의 무리에
게 잡혀 죽든 도 형과는 아무 상관이 없었다는 거지요?”

“하지만 너는 죽지 않았고, 지금 이처럼 왕부의 귀공자가 되
어서 잘살고 있으니 된 거지. 그때의 일은 더 이상 말하기 싫다.”

“좋소.”

주소백이 짐짓 호탕하게 말하고 탕, 소리가 나도록 술잔을
탁자에 내려놓았다.

“지난 일을 가지고 자꾸만 왈가왈부하는 건 호한이 할 짓이
아니지.”

지그시 도수백을 바라보더니 넌지시 말한다.

“나는 도 형이 계속 왕부에 있으면서 아버님을 도와주었으
면 합니다.”

“어째서?”

“그것이 결국 도 형이 원하는 일을 하는 게 될 테니까요.”

“내가 원하는 게 무엇인지 아느냐?”

“도 형은 이 비뚤어진 세상을 바로 세우는 일에 한 목숨 바

치려는 것 아니오?"

"……."

"내 아버님이 원하시는 것도 바로 그것이고, 자운곡주며 기요성 대협이 이곳에 머물고 있는 것도 바로 그것 때문이랍니다. 뜻있는 강호의 고수들이 스스로 찾아와 왕부의 식구가 되길 원하는 것도 바로 그런 뜻을 품었기 때문이지요."

주소룡의 말에 열기가 더해간다.

"도 형은 그들이 어째서 이곳을 택했다고 생각하시오?"

"……."

"바로 아버님께서 그와 같은 일을 잘 이루어주실 분이라고 믿기 때문입니다. 그들은 오직 아버님의 명망을 보고 찾아온 것이지요. 아버님은 결코 그들을 실망시키지 않을 것입니다."

"그럴지도 모르지."

도수백이 머리를 끄덕였다.

나라에는 하루라도 주인이 없으면 안 된다.

가정제는 무능하고 나랏일에 관심이 없어서 있으나마나한 존재이니 지금 나라에는 주인이 없는 꼴이나 마찬가지였다.

그래서 사람들이 영복왕 주수도를 원한다는 것도 잘 안다.

도수백은 어쩌면 그가 황제가 되는 게 지금보다 나을지도 모른다고 생각했다. 어차피 황제가 있어야 한다면 가정제보다 영복왕 주수도가 더 잘할 것이기 때문이다.

하지만 그건 어디까지나 황실 내의 일이었다. 누가 황제가 되었든 도수백에게는 별로 상관 없는 일에 지나지 않았다.

그는 오직 세상을 혼란하게 하고, 백성들의 고혈을 빨아대고 있는 두 간적, 왕금과 도중문을 미워할 뿐이다.

황제가 바뀌든 말든 관심이 없다.

그리고 토옥림의 음모를 꾸며 군장 당운평과 삼백 명이나 되던 동료 병사들을 모두 죽게 만든 동창에 대한 원한을 가지고 있었다.

그 음모가 결국 눈앞의 이 귀공자 때문이었다는 걸 잊지 않고 있다.

그래서 도중문은 주소룡이 아무리 달콤한 말로 꾀어도 그에 대하여 호감을 갖기 힘들었다. 영복왕 주수도에 대해서도 마찬가지다.

"왕부의 일을 나에게 말하지 마라. 황가(皇家)의 일이 어떻게 되든 상관하지 않겠어. 나는 왕부의 도움 따위 필요없다. 마찬가지로 왕부와 왕야의 일을 도와줄 마음도 없어. 가겠다."

도수백이 단호하게 일어섰다. 주소룡이 어리둥절해서 그를 바라보고 소향이 깜짝 놀라 물러앉았다.

                    *   *   *

"그래서?"

"그래서는 뭘. 그놈들을 죄다 혼내줬지."

"재미있었겠다."

"뭐라고? 피가 튀고 목숨이 오락가락하는데 재미있었겠

다고?"

"응."

"허— 아니, 무슨 아가씨의 심성이 그러냐? 한동안 보지 못한 사이에 전혀 다른 사람이 되어버린 것 같다. 내가 알고 있던 옛날의 운지는 대체 어디로 간 거지?"

"핏, 쓸데없는 소리 하지 말고 또 얘기해 줘."

"뭘?"

"그다음에도 일이 있었을 거 아냐?"

도수백을 빤히 바라보는 운지의 눈이 보석처럼 반짝인다. 촉촉한 물기마저 머금고 있는 것이어서 도수백은 슬그머니 외면하고 말았다.

그녀는 도수백 곁에 꼭 붙어 앉아 있었는데, 자꾸만 그와 헤어져 있던 동안의 일을 묻고 또 물었다.

그래서? 그래서? 하고 거듭 재촉하는 통에 도수백은 같은 이야기를 두 번이나 해주어야 했다. 그래도 여전히 조른다.

백석평에서 헤어지기 전까지 운지는 부끄러워하고 어려워하면서 꼬박꼬박 공경해서 말했는데, 지금은 그렇지 않았다.

마치 제 친구를 대하듯, 혈육을 대하듯 스스럼없이 말하고 행동한다. 도수백에게는 그게 기쁘기도 하면서 두렵기도 했다.

"그 아가씨도 만났다면서?"

"누구?"

"쳇, 시치미 떼기는. 엉큼해."

운지가 눈을 흘겼다. 그 모습이 또 가슴을 두근거리게 하는 것이어서 도수백은 빨개진 얼굴을 돌렸다.

"아프다."

운지가 그런 도수백의 단단한 팔뚝을 꼬집은 것이다.

"왜 내 눈을 똑바로 바라보지 못해?"

"내가 뭘."

"말해봐. 그 아가씨와 만나서 어땠어? 뭘 했어?"

"아까 말했잖아."

"그래도 다시 해봐."

마치 심문하는 사람 같았다. 같은 말을 몇 번이고 반복해서 하게 한다.

거짓말을 하고 있다면 그렇게 되풀이해서 말하는 동안 저도 모르게 미세한 차이가 생기게 된다. 당황하기 때문이다. 그러면 심문하는 자는 그것을 놓치지 않고 다그쳐서 끝내 자백을 받아내고 마는 것이다.

한숨을 쉰 도수백이 왕소령과의 일을 처음부터 다시 말해주었다.

운지가 때로는 머리를 끄덕이고 때로는 미심쩍어하면서 노려보기도 한다.

"그래서?"

"그래서는 무슨, 그것뿐이라니까."

"아무 일도 없었다고?"

"곤륜삼도 여곤화, 여 대형이 증인이다. 함께 있었다고 했잖아."

“틀렸어.”

“응? 뭐가?”

“너 바보는 그녀를 좋아해.”

운지의 얼굴이 어두워졌다. 도수백이 황망하게 변명을 했다.

“터무니없는 소리! 네가 내 마음속을 어떻게 알고 그런 말을 해? 그녀는 나를 죽이지 못해 안달이 나 있고, 나는, 나는……..”

“나는 뭐?”

“그냥 그런 그녀가 가엽고 미안할 뿐이다. 그것뿐이야.”

“거짓말. 너는 분명히 그녀를 좋아하고, 그녀도 너를 좋아해.”

“아니다!”

도수백이 펄쩍 뛰지만 운지는 그렇게 단정한 저의 마음을 바꾸려 하지 않았다.

“너는 몰라도 나는 알아. 그녀도 나도 여자이기 때문이지. 남자들이 멍청해서 알지 못하는 미묘하고 예민한 감정을 여자끼리는 교감할 수 있어. 여자의 직감이 얼마나 무서운지 모를 거야.”

“그래?”

“그녀도 알 거야.”

“뭘?”

머뭇거리던 운지가 한숨을 쉬고 외면했다.

‘그녀도 내가 너를 좋아하고 있다는 걸 벌써 눈치 챘을 거야.’

그 말을 하려고 했으나 차마 입이 떨어지지 않았던 것이다.

“그나저나 걱정이다. 여 대형이 무사히 그곳으로 갔는지…….”

도수백이 엉뚱한 곳을 바라보며 엉뚱한 소리를 한다.

운지는 그게 야속했다.

이런 때에 그가 자기의 손이라도 잡아준다면, 어깨라도 쓰다듬어 준다면 어지러운 척하며 그의 가슴에 무너질 준비가 되어 있는데, 도수백은 뚱한 얼굴로 엉뚱한 소리나 하고 있지 않은가.

“둘째 형님은 지금 무얼 하고 있는지……. 나는 그들이 걱정되고 보고 싶어 미치겠다.”

“흥!”

운지가 쌀쌀맞게 코웃음을 치고 발딱 일어섰다.

이렇게 모처럼 둘만의 오붓한 시간을 가졌는데 도수백의 관심은 온통 의형인 여곤화와 초자생에게만 가 있지 않은가. 꼬집고 때려주고 싶다.

“어? 가려고?”

“가지, 그럼 여기서 살아?”

그를 매섭게 노려본 운지가 휭 하니 연못가를 떠났다.

“……?”

도수백은 그녀가 갑자기 왜 저러는 건지 이해할 수 없었다.

어리둥절해서 저쪽 소나무 둥치를 돌아 치맛자락 팔랑이며 사라지는 운지의 뒷모습을 멍하니 바라볼 뿐이다.

아까부터 그런 도수백을 훔쳐보고 있는 사람이 있었다.

연못 왼쪽의 우거진 대나무 숲 속에 몸을 감추고 있는 주소룡이다.

운지와 도수백의 다정한 모습을 훔쳐보는 내내 그의 눈에서 질투의 불길이 이글거리는 걸 본 사람은 아무도 없었다.

왕부에서 한 달 남짓 있는 동안 도수백의 몸은 완전히 회복되었다.

그토록 심한 부상을 입고서도 그렇게 빠른 회복을 보이는 데에 모든 사람이 다 놀랐지만 자운 노도는 당연하게 여겼다.

"그동안 너는 신공의 수련을 게을리하지 않았구나."

"따로 수련을 한 적은 없습니다."

"그렇다면 신공이 이미 너의 몸과 마음속에 깊이 뿌리내리고 있어서 스스로 그렇게 되는 모양이다."

도수백은 그럴지도 모른다고 생각했다.

법화사에서 원도 화상이 전해준 소류신공의 호흡법과 신법은 이미 그의 몸과 일체가 되어 있었다. 본능처럼 자연스럽게 발현된다.

그것이 백련지정의 한 부분인 태정신공(胎精神功)이라는 걸 안 것은 백석평의 무명암에서 초자생을 만난 뒤였다.

초자생은 그것을 두고,

"천지자연의 기운을 빌려 쓰니 마르지 않고 닳지 않는다. 그것은 무한한 포용력을 가지고 있는 어머니와 같지. 모든 것을 받아들여 화합케 하니 극악한 마공도 그 품 안에서는 봄바람에 얼음이 녹듯 흔적없이 사라지고 만다."

라고 했다.
그리고 또 말하기를,

"이것을 꾸준히 익혀 대성한다면 나의 원기가 끊이지 않으니 기운을 잃어버리지 않게 된다. 아무리 극심한 상처를 입고 사경을 헤매더라도 한 가닥 호흡의 끈을 놓치지만 않는다면 기어이 본래의 기운을 되찾게 되지. 그러니 이야말로 절세의 신공이요, 보물이라고 하지 않을 수 있겠는가?"

라고 하지 않았던가.
도수백은 이제 그것의 효능을 잘 알게 되었다.
내력이 고강한 자와 마주쳐도 두렵지 않았던 게 바로 신공의 위력 때문이었다는 걸 떠올린다.
신공은 상대의 내력을 모조리 흡수하여 자연스럽게 밖으로 흘려보내 주었던 것이다.
상대의 내력과 나의 몸 사이에 부드럽고 질긴 완충 지대를 두른 것과 같다.

상대의 내력이 곧장 밀려들지 않고 신공의 효능으로 인해 내 몸을 통과해 밖으로 흘러나가니 내상을 입을 염려가 없었던 것이다.

게다가 그럴 때마다 조금씩의 상대의 공력이 내 몸 안에 남아 나의 것이 되었다.

대롱을 통해 물을 흘려보내면 물기가 대롱 속에 남는 것과 같은 이치다.

신공은 그렇게 남아 있는 상대의 공력을 흡수하여 원기로 바꾸어주었다. 그러므로 갈수록 도수백의 생명력은 더욱 질겨지고 원기가 더욱 커졌던 것이다.

그건 애써 내공을 수련하는 것보다 훨씬 효과적이고 빠른 방법이었다.

한편으로는 백련지정 속의 태정신공이 그러한 효능을 가지고 있기 때문에 사악한 것으로 치부되는 빌미를 제공하기도 했다.

정법이 아니라 일종의 흡성대법(吸星大法)이나 취암전뢰(取暗轉賴)와 같았기 때문이다.

그것들은 이미 강호에서 금기로 되어 있는 마도와 사파의 악랄한 공부였는데, 태정신공에 그러한 효능이 담겨 있으니 강호의 무리가 백련교를 마교로 모는 구실이 되기도 했던 것이다.

도수백으로서는 그러한 내막을 알지 못해도 상관없었다. 그에게는 다만 수천, 수만 번 신공의 구결을 외우고 실행한 공이 있을 뿐이었다. 법화사에서 반년 동안 원도 화상의 종으로 있으면서 묵언정진할 때의 일이다.

그런 사실을 알지 못하는 사람들은 도수백의 불가사의한 회복력과 막강한 힘에 놀랄 수밖에 없었다. 도대체 저놈은 선천적으로 타고난 무골(武骨)인가? 하는 생각에 혀를 내두른다.

도수백의 그와 같은 사연을 잘 알고 있는 자운 노도가 그의 어깨를 툭, 치고 나서 말했다.

"어떠냐? 다치기 전보다 오히려 더 원기왕성해진 것 같지 않느냐?"

"그렇군요. 제 몸 안에서 솟구치는 기운이 더 강렬해지고 커졌습니다."

"흘흘, 비 온 뒤의 땅이 굳어진다고 하는 말이 바로 그런 경우를 두고 하는 말인 게야."

"어떻게 된 일인지 모르겠습니다."

"태정신공이 네 몸 안 깊숙한 곳에 잠재되어 있던 원기들마저 남김없이 끌어낸 것이다."

"그것은 마치 살아서 스스로 생각하고 판단하는 것 같군요?"

"흘흘, 신공을 왜 신공이라고 하겠느냐?"

"……."

"일체가 되면 너의 의지와 상관없이 저 스스로 알아서 상승하니 그렇게 불릴 수밖에. 네 안에 너의 의지가 있고, 의식이 있듯이 무의식도 있고 본성이라는 것도 있느니라. 신공은 그 무의식과 본성 속에 스스로 녹아드는 것이야. 네가 그것을 의식하고 불러일으킬 때보다 그것이 스스로 위기를 느끼고 발동할 때가 더 위력적인 게 당연한 일이다. 사람이 위기에 봉착했을 때 생각할 겨를도 없이 본능적으로 대처하고 힘을 쓰는 게 평소보다 훨씬 대단한 것과 같은 이치지.”

“그렇다면 제 목숨이 경각지경에 이르자 신공이 스스로 발동되어 저를 지켜준 것이로군요? 숨어 있던 원기를 끌어내서 말입니다.”

“너를 지켜주었다기보다 신공이 제 스스로를 지키려고 했다는 말이 옳겠지. 너는 그 덕을 본 것이고. 그러니 강호의 고수가 신공의 덕으로 목숨을 건졌다고 말하는 게 이상한 일이 아닌 게다. 그렇지 않으냐?”

“알 듯하면서도 모르겠습니다.”

“흘흘, 굳이 알려고 애쓸 것 없어. 알지 못해도 신공은 너와 하나가 되어 있고, 여전히 스스로를 키워갈 텐데 골 아프게 알려고 할 것 있느냐? 그냥 살면 돼.”

“무위의 법을 말씀하시는 거로군요.”

“어라? 이놈이?”

자운 노도가 놀랐다는 듯 도수백을 바라보았다.

“이제는 제법 도를 아는 듯이 지껄이는구나?”

도수백이 빙긋 웃었다.

“도사와 어울리니 자연히 영향을 받게 되는 모양입니다.”

"그렇지. 악당과 어울리면 악당이 되고, 부처와 어울리면 부처가 되는 게지. 그런데 너는 나 말고 또 어떤 도사들과 어울렸던 것이냐?"

"곤륜삼도 여곤화, 여 대형도 도사이고, 도중문 그자도 도사이지 않습니까?"

"으음—"

도수백의 말에 자운 노도가 잔뜩 눈살을 찌푸렸다. 도중문이라는 이름만 들어도 짜증과 화가 나는 것이다. 그건 오랜 수양과도 상관없는 일 같았다.

자운 노도는 이미 도수백으로부터 그가 도중문과 만났던 일에 대하여 자세히 들어 알고 있었다.

한 가지 아쉬운 건 도중문이 훔쳐 간 모산파의 보물에 대한 이야기가 없다는 건데, 그건 도수백이 모르는 사정이니 어쩔 수 없는 일이었다.

자운 노도는 오직 도중문이 아직 그 천선보경(千仙寶經)을 왕금에게 넘겨주지 않았기만을 간절히 바라고 있을 뿐이었다.

魔風俠星
第四章
사냥개와 늑대

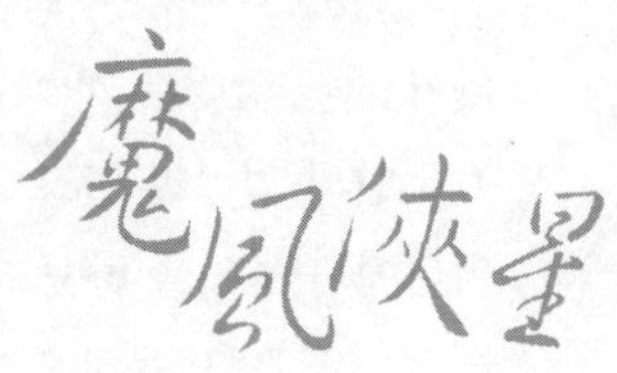

도중문에 대한 생각을 하자 문득 떠오르는 한 사람이 있다.

자운 노도가 빙긋 웃고는 도수백에게 말했다.

"어떠냐? 너는 도중문을 호위하던 흑의노인에게 매우 혼났다면서? 그 일을 잊지 않았겠지?"

"흥, 언제든 다시 만나면 그때는 반드시 몇 배로 갚아줄 것입니다."

"어떻게? 그자는 너보다 뛰어난 고수인데?"

"전화위복이라고, 부상으로 인해 저의 신공이 크게 높아졌고, 저에게는 악착같은 마음이 있으니 적어도 그때처럼 맥없이 당하지는 않을 것입니다."

"흘흘, 그런데 너는 그자가 누구인지 알기는 하는 거냐?"

그러고 보니 도수백은 자기가 그 흑의노인에 대해서 아는
바가 전혀 없다는 걸 깨달았다.

노인의 얼굴만 알고 그가 도중문의 종이라는 걸 짐작할 뿐,
어디에서 무엇을 하는 노인인지, 강호에서의 별호가 무엇인지
는 조금도 알지 못하고 있었던 것이다.

자운 노도가 도수백을 놀리듯 빙글빙글 웃다가 말해주었다.

"그자는 황실의 고수로서 강호에도 이름이 알려진 자이지.
오래전의 일이라 많은 사람들이 잊었겠지만 아직 그자의 이름
을 기억하고 있는 사람도 있을 것이다."

"황실의 고수였군요."

도수백도 황궁에는 황제를 비밀리에 호위하는 고수들이 존
재한다는 걸 들어 알고 있었다.

황궁의 내원에 속한 고수들인데 그들이 몇 명이나 되는지,
누구인지는 철저히 베일에 가려져 있었다.

그들은 강호의 일에 무관심했고, 강호에 나오는 일도 없었
다. 오직 그림자처럼 황제를 호위할 뿐이다.

그런데 도중문을 따르던 흑의노인은 오래전에 강호에 나왔
던 적이 있는 모양이었다. 그렇다면 극히 예외적인 일이다. 또
지금은 황제가 아닌 도중문의 곁을 지키고 있다는 것도 그렇
다.

"그가 대체 누구입니까?"

"유성추혼 강무명."

"강무명?"

도수백은 곰곰이 제 기억을 더듬어보았다. 어디에서도 그런 이름을 들은 적이 없다.

그가 머리를 갸웃거리자 자운 노도가 다시 말했다.

"너는 십여 년 전에 백련교의 전대 교주인 장초운이 난을 일으켰던 일을 들어 알고 있겠지?"

도수백은 물론 그 이야기를 잊지 않고 있었다.

백석평의 무명암에서 의형인 초자생으로부터 처음 들었고, 교화령 너머의 사당 안에 숨어 있을 때 무당과 화산의 도사들이 말하는 걸 들었던 것이다.

"잊지 않고 있습니다. 제 가슴속에는 아직 장초운이라는 분이 본받아야 할 영웅호한으로 새겨져 있지요."

"흘흘, 그가 의창(宜昌)의 남진관(南津關)에서 위기에 몰렸다는 것도 기억하겠구나?"

"그렇습니다. 홀로 수많은 관병들을 막아 용감하게 싸웠지만 황궁에서 나온 일곱 고수들에게 에워싸여 생명이 위태로운 지경까지…… 엇!"

거기까지 말하던 도수백이 무언가 떠오르는 생각이 있어 깜짝 놀랐다.

자운 노도가 그의 기억을 되살려주었다.

"그렇지, 똑똑히 잘 기억하고 있군. 그때 너의 사부인 정료 대사가 불쑥 뛰어들어 간신히 장 교주를 구해 달아났었다."

도수백은 그때 장 교주와 정료 대사의 손에 맞아 죽은 황궁 내원의 고수가 무려 네 명이나 되었다는 걸 들어 알고 있었다.

그것만으로도 당시 그들의 싸움이 얼마나 무섭고 치열했는
지 짐작할 수 있다.

"그 후 남아 있던 세 명이 소림사로 찾아가서 정료 대사의
일을 따졌다고 들었습니다."

"이제 무언가 짐작되는 일이 있느냐?"

"그렇습니다."

도수백이 무거워진 얼굴로 고개를 끄덕였다.

자운 노도의 말은 도수백도 이미 알고 있는 것이었지만 다
시 들으니 새롭다.

"강무명이라는 노인은 그때 살아남은 세 명의 고수 중 한 명
이로군요."

"흘흘, 바로 맞혔다."

"그런데 그가 내원의 고수라면 어째서 황제를 호위하지 않
고 도중문 곁에 붙어 있단 말입니까?"

자운 노도가 말하기에 앞서 한숨부터 쉬었다.

"이제 내원 따위는 존재하지 않는다."

"엇?"

도수백이 깜짝 놀랐다.

"왕금이 그렇게 했지. 황제 곁에서 내원의 고수들을 모두 내
쫓아 버렸다. 그래야만 제가 황제를 독차지할 수 있으니 그랬
던 거지."

도수백에게 의문이 생겼다.

내원의 고수라면 역대로부터 오늘에 이르기까지 오직 황제

를 호위하기 위해서 존재하는 사람들이라고 알고 있기 때문이
다.

머리를 갸웃거리던 그가 미심쩍다는 얼굴로 물었다.

"아무리 왕금이 갖은 말로 꾀었다고 해도 황제가 정말 그들
을 내쫓을까요?"

"왕금의 수단이 그만큼 지독한 것이겠지."

"왕금이 어쩌면 황제로부터 노여움을 살지도 모르는 위험
을 감수하면서까지 모험을 한 건데, 그렇다면 그건 더욱 이상
합니다. 아마도……."

도수백의 얼굴이 흐려진다.

자운 노도가 이글거리는 눈으로 그를 쏘아보며 물었다.

"네 생각을 말해보아라."

"저는, 저는 아마도 왕금이……."

"스스로 황제가 되려 한다고?"

도수백은 물론 말을 불쑥 내뱉은 자운 노도 또한 크게 놀라
서로를 바라볼 뿐 말을 잇지 못했다.

한참 만에야 도수백이 한껏 음성을 낮추어 말했다.

"황제 곁에 늘 붙어 있으니 내원의 고수들에 대하여 잘 알겠
지요. 황제에게 위해를 가하려면 그들이 가장 마음에 걸리는
존재일 것입니다."

"설마, 설마 왕금이…… 왕금 따위가 어찌……."

자운 노도의 안색이 돌처럼 굳어졌다.

도수백이 제 생각을 마저 말했다.

"황제를 뒤에 세우고 온갖 권세를 손에 쥐었으니 누구라도 그런 욕심을 낼 만하지 않겠습니까?"

오호도독부의 장군들마저 지금은 왕금의 눈치를 보고, 재상인 엄숭 또한 왕금의 손에서 놀아나는 꼴이 현실이었다.

그건 이미 모두가 다 알고 있는 사실이다.

"왕금으로서는 발걸음을 크게 내딛어 성큼 용상에 올라가 앉기만 하면 되는 일 아니겠습니까?"

"으음—"

자운 노도가 깊은 침음성을 흘렸다. 그도 이제는 도수백의 말에 동감하는 것이다.

도수백이 그런 노도에게 물었다.

"내원에서 쫓겨난 고수들은 어떻게 되었습니까? 설마 그들이 모두 도중문에게 붙지는 않았겠지요?"

"그렇지 않다. 뿔뿔이 흩어져 더러는 강호로 숨어들었을 것이고, 더러는 끝까지 충절을 지키다가 목숨을 잃었을 것이며, 더러는 도중문에게 포섭되어 갔는데 유성추혼 강무명이 그중 한 사람인 거지."

"그렇다면 도중문 곁에는 또 다른 내원 출신의 고수가 있겠군요?"

"내가 알기로 두 명이 있다. 한 명은 강무명이고 또 한 명은 지금 귀양부에 와 있지."

"그게 누구입니까?"

"수라신군(修羅神君) 나부춘(羅浮春)."

"수라신군 나부춘……."

도수백으로서는 역시 들어본 적이 없는 이름이었다.

자운 노도가 다시 말했다.

"그 일을 네 말과 연관시켜 보니 확실히 왕금에 대한 의심이 들기는 한다. 강무명과 나부춘이 왜 하필 왕금의 오른팔인 도중문에게 붙었느냐 하는 걸 생각해 보면……."

"그 일은 확실히 의심스런 데가 있습니다. 도중문이 내행창의 수장이 된 이후 동창마저 무기력하게 만들고 있다는 것도 수상합니다."

자운 노도가 심각한 얼굴로 중얼거렸다.

"그렇다면 그들이 일부러 백련지정을 흘려보냈다는 말인가?"

"예?"

도수백이 잘 알아듣지 못해서 묻자 노도가 천천히 말했다.

"나는 이제 유빈이라는 녀석이 교화령의 신당에 불쑥 나타났다는 것도 의심스럽고, 그 녀석이 백련지정을 가지고 있었다는 것도 의심스럽다."

"그 모든 게 다 도중문의 계책이었다는 겁니까?"

"지금 생각해 보니 충분히 그럴 가능성이 있다."

단정하듯 말한 자운 노도가 잠시 생각하더니 머리를 끄덕였다.

"그렇지 않으면 네가 여곤화와 힘을 합쳤다고 해도 그곳에서 백련지정을 그토록 쉽게 탈취해서 달아날 수는 없었을 것이다. 게다가 부상을 입은 왕소령까지 데리고 있었는데도 말이다."

자운 노도의 말을 듣고 도수백은 가만히 그때의 일을 생각해 보았다. 확실히 미심쩍은 데가 있다.

'하지만……'

도수백은 머리를 가로저었다.

"무당과 화산의 도사들은 체면을 차리느라고 함부로 덤비지 않았고, 그들과 함께 있던 사편금귀 관일평과 무정검귀 상동풍은 눈치가 빠른 인물들인지라 세가 불리하다고 여겨지자 꼼짝하지 않았습니다. 유빈은 여곤화는 물론 저의 상대가 되기에도 부족해 보였는데 어찌 그 혼자서 저와 여 대형을 붙잡을 수 있었겠습니까?"

"그렇지 않다, 그렇지 않아. 그건 네가 아직 유빈이라는 녀석을 알지 못해서 그런 것이다."

자운 노도가 한숨마저 내쉬며 머리를 설레설레 저었다.

"유빈이라는 그 아이는 유성추혼 강무명과 수라신군 나부춘의 공동 전인이란다."

"엇!"

도수백은 깜짝 놀랐다. 그리고 머리를 갸웃거린다.

"강무명과 나부춘은 내원의 고수이고, 유빈이 그들의 공동 전인이라면 그 무공 또한 상상할 수 없이 높아야 하지 않겠습니까?"

"그렇겠지."

“하지만 제가 겪어본 유빈은 결코 두려워할 만한 고수가 아니었습니다.”

“흘흘, 그게 그놈의 무서운 점이라고 할 수 있겠지.”

“이해할 수 없군요.”

“그놈은 일부러 너와 곤륜삼도 여곤화를 놓아 보냈을 것이다.”

“……?”

“그래야 강호가 시끄러워지지 않겠느냐? 강호의 이목이 온통 너와 여곤화가 탈취해 간 백련지정에 쏠리겠지.”

“그래서 그자가 얻을 게 무엇이란 말입니까?”

“그놈이 아니라 왕금과 도중문이 얻을 게 있는 거지. 그는 백련지정을 미끼로 삼아서 숨어 있는 백련교를 끌어내려는 것이다. 백련지정이 출현했다고 하면 당연히 백련교에서 손을 뻗어올 테니까.”

그들이 백련교를 끌어내서 토벌하려 한다는 건 이해할 수 있는 일이다. 동창에서도 그렇게 하기 위해 백련교의 뒤를 쫓고 있지 않던가.

하지만 자운 노도의 말속에는 또 다른 의미가 들어 있었다. 도수백은 그게 궁금했다.

“노사부의 말씀은 그들에게 다른 꿍꿍이가 있다는 것입니까?”

“네가 말했던 것들과 이 일들을 서로 연관지어 보면 스스로 드러나는 일이지.”

백련교의 근거지가 밝혀지고 그들에 대한 대대적인 토벌이 시작된다면 세상은 또 한 번 혼란해질 것이었다.

도수백이 잔뜩 낯을 찌푸리자 자운 노도가 천천히 말했다.

"중앙의 군사력이 백련교 토벌에 동원될 것이고, 강호의 제 문파는 불똥이 자칫 저희들에게도 튈까 봐 숨을 죽일 것이며 백성들의 눈은 모두 그들의 싸움에 쏠리겠지."

잠시 눈을 감고 생각하던 자운 노도가 다시 입을 열었다. 이 제 그의 음성은 차분해져 있었다.

"명이 건국된 이래 수차례 있었던 백련교의 준동은 그때마 다 황실을 위기상황으로 몰아갔었다. 이번에도 마찬가지일 것 이야. 그렇다면 황실로서는 모든 힘을 기울여서라도 빨리 그 들을 제압하려 하겠지."

"……!"

"비상시국이 되면 누가 가장 큰 힘을 행사할 것 같으냐? 황 제?"

"왕금!"

도수백이 놀라 소리쳤다. 식은땀이 등줄기를 서늘하게 한 다.

"그렇다. 그자는 그 즉시 황제를 대신해서 병권을 손에 넣을 것이다. 그리고 백련교는 그자의 손에 의해 토벌되고 말겠지. 수많은 피가 흘러 산하를 적실 것이다. 그리고 그다음에는?"

"왕금이 반드시 본색을 드러낼 것입니다."

"바로 그렇다. 그는 백련교 토벌의 공을 내세우고, 현 황제

의 무능함을 크게 부풀리겠지. 이미 손에 쥐고 있는 대신들을
충동질해서 황제를 핍박할 것이다."

"황제는 황위를 왕금에게 물려줄 수밖에 없겠군요."

"그렇게 되면 왕금은 황제로부터 황위를 선양받았다는 대
의명분을 갖게 된다. 그러면 저에게 반대하는 조정의 충신열
사들은 반역도의 무리로 몰아서 꼼짝 못하게 할 수 있지. 그때
가 되면 누구도 왕금에게 반기를 들지 못하게 될 것이다."

"그놈은 백련교를 제 야욕을 위한 희생물로 삼으려는 것이
로군요!"

도수백이 분노로 치를 떨며 소리쳤다.

자운 노도가 미소 지었다.

"하지만 그놈의 뜻대로 백련지정이 강호에 흘러나가지 않
았으니 역시 일은 사람이 꾸미지만 성사시키는 건 하늘이 한
다는 말이 맞는 게야."

"교화령 신당에서의 일이 오히려 잘된 일이었군요."

"그렇다. 천하의 도중문도 미처 알지 못하고 있었던 게지.
네가 백련교와 친분이 있고, 여곤화가 백련교도라는 걸 말이
다. 그놈은 제 딴에 쥐가 나도록 머리를 썼지만 결국 백련지정
이 강호에 풍파를 일으키기도 전에 백련교의 손으로 홀랑 넘
어갔으니…… 생각해 보면 도중문 그놈이 스스로 백련지정을
갖다 바친 셈이지. 기특한 놈이야. 하하하."

자운 노도가 유쾌하게 웃음을 터뜨렸다.

도수백은 마음속이 후련해지는 것 같았다. 의문으로 품어왔

던 일들이 자운 노도의 말로 모두 밝혀졌기 때문이다.

하지만 아직 한 가지 이해되지 않는 게 있었다.

"저는 유빈이라는 놈이 제 실력을 숨기고 있었다는 걸 이해할 수 없습니다."

"어째서?"

"그때 그자와 싸우지는 않았지만 기세를 느낄 수는 있었지요. 그놈의 기세는 확실히 절정고수의 그것은 아니었습니다. 오히려 제 기세에 눌려 주춤거리며 물러섰으니까요."

"그래도 나는 유빈이 결코 너의 하수라고는 생각하지 않는다. 만약 그렇다면 강무명과 나부춘이 눈이 삐어서 쓸모없는 제자를 받아들였거나, 아니면 그놈들이 게을러서 제대로 가르치지 않은 탓이겠지."

"그럴지도 모르겠군요."

"천만에. 나는 결코 그렇지 않을 것이라고 생각한다. 강무명이나 나부춘은 어리석은 자들이 아니고 도중문은 더욱 그렇기 때문이다. 그자들이 아직 풋내기에 불과한 유빈을 내행창의 총령으로 삼았을 리가 없지 않으냐?"

"총령이라고요?"

"동창의 좌우 첩형과 같은 위치지. 너는 이미 첩형 중 한 명인 엽건신을 만나보았다고 했지? 그의 무위가 어떻더냐?"

도수백은 엽건신을 잊을 수 없었다. 그에게서 느꼈던 두려움의 기억이 아직도 생생하다. 그는 과연 절정고수의 반열에 들어 있는 자였던 것이다. 강호에서도 그와 같은 자를 쉽게 만나볼 수 없을 것이다.

그러나 유빈이 그런 엽건신과 비교될 만한 고수라는 건 여전히 받아들일 수 없었다.

그게 질투 때문이라는 걸 도수백은 의식하지 못하고 있었다.

제 또래에 불과하거나 더 어려 보이는 자가 이미 저를 능가하고 있다는 데 대한 질투심인 것이다. 그래서 투덜댄다.

"그래도 유빈 그놈은 확실히 제 기세에 눌려서 꼼짝하지 못했습니다. 주춤거렸지요. 그렇지 않았다면 저나 여 대형이 어떻게 그 신당에서 무사히 빠져나올 수 있었겠습니까?"

"경험의 차이라는 것이겠지."

자운 노도는 간단하게 결론을 내렸다.

"너는 이미 살기가 어떤 건지 제대로 상대방에게 보여줄 수 있는 사람이 되어 있는데, 유빈에게는 아직 강호에서 목숨을 걸고 싸워본 경험이 없었던 것이다. 그건 절대로 무시할 수 없는 차이지."

"……"

"내행창이라는 최고의 권력 기관에 수장으로 있는 자가 강호를 들락거리며 싸움질이나 하고 다녔을 리가 없다. 황궁 깊은 곳에 앉아서 거드름을 떠는 것만으로도 만조백관을 위축되게 하기에 충분하지 않은가 말이다."

"노사부의 말씀은 유빈이 고강한 무공을 지녔지만 그것을 제대로 써보지 못했다는 말씀이군요?"

“너와 다시 만났을 때는 결코 그렇지 않을 것이다. 그러니 누구보다 조심해야 할 자가 바로 그놈일 것이야.”

“어째서 그렇습니까?”

“그 일로 그는 제 사부들은 물론 도중문에게서도 크게 혼이 났을 것이다. 그러니 너에 대한 원망으로 독한 마음을 품었을 테지.”

“하지만 저는 두렵지 않습니다.”

“두려워하라는 말이 아니다. 방심하지 말라는 거지. 그거면 충분할 것이다.”

‘하긴…….’

하고 도수백은 생각했다. 제 기억 속의 유빈은 겁쟁이 재주꾼에 지나지 않았다. 다시 만나 칼을 겨누게 된다면 그 생각에 유빈을 얕잡아보게 될 것이다.

유빈이 정말 엽건신과 비견될 만한 고수라면 그건 스스로 목숨을 그에게 내주는 것과 마찬가지다.

하지만 도수백에게도 오기가 생겼다. 다시 만난다면 실력 대 실력으로 겨루어 반드시 그놈을 꺾어 보이겠다는 호승심이기도 하다.

*　　　*　　　*

“이건 수상한 일이다.”

엽건신이 미간을 좁혔다.

그는 지금 은밀하게 귀양부중에 와 있었다. 닷새 전에 도착했는데, 동창의 행사가 그렇듯 최대한 비밀을 지켰으므로 그의 존재를 아는 자는 귀양부중에 아무도 없다.

동창의 무사들과 첩자들이 분주하게 드나들며 온갖 정보들을 물어왔는데, 그것들은 서로 이리저리 꿰맞춰지고 추리되며 재구성되어서 엽건신에게로 모였다.

동창에는 그렇게 정보의 분석과 구성에 고도의 훈련을 받은 자들이 있었다. 그들의 귀에는 사소한 소문 하나도 그대로 흘러 지나가는 일이 없었다.

작은 실마리 하나가 단서가 되어서 그들의 손에 들어가면 머지않아 커다란 실체로 드러나게 된다.

그런 일에 이골이 나 있는 자, 쥐눈을 반짝이는 사내 황보량이 머리를 조아린 채 말했다.

"그렇습니다. 그대로 지나칠 사안이 아닌 것 같아서 제가 첩형께 직접 보고를 드리는 것입지요."

"설마 내행창의 도 제독이 몸소 이곳에 온 건 아니겠지?"

"장담할 수 없습니다. 내행창의 무사들이 왕부 주변에 자주 출몰하고 있다는 건 충분히 의심해 볼 만한 일입니다."

"유빈의 행적도 발견했다는 보고가 있던데?"

"그는 이곳 어딘가에 몸을 숨기고 있는 게 틀림없습니다."

엽건신이 더욱 눈 사이를 좁힌다.

"내행창의 총령이 귀양부에 왔고, 내가 왔으며, 내행창과 동창의 무사들이 득시글거리고 있으니 이런 일은 처음이다."

　황궁 안에서도 서로 마주치는 일조차 없던 두 조직이었다. 그런데 먼 변방의 궁벽한 성안에 죄다 모여든 꼴이니 우습기도 했다.

　만약 도중문마저 이곳에 와 있는 거라면 이건 변란이 일어난 것보다 더 큰 사건이었다.

　"도대체 이곳에 무엇이 있단 말인가?"

　엽건신이 잔뜩 눈살을 찌푸린 채 중얼거렸다.

　귀양부에 영복왕의 왕부가 있고, 그가 야심을 품고 있다는 건 이미 동창에서도 충분히 알고 있는 사실이었다. 내행창에서도 그럴 것이다.

　새삼스러운 일이 아닌데 그들이 이처럼 호들갑을 떠는 데에는 무언가 이유가 있을 것이다.

　엽건신은 자신이 놓친 게 있다고 의심할 수밖에 없었다.

　잠시 생각하던 그가 단호하게 말했다.

　"지금부터는 왕부를 감시하지 않는다."

　"예?"

　황보량이 어리둥절해서 바라보았다.

　"모든 눈과 귀를 오직 내행창의 움직임에 집중하도록 한다. 한 놈에 열 명씩이라도 붙여."

　엽건신이 황궁을 떠나 이곳에 왔고, 그건 곧 동창의 인원과 세력 절반이 와 있다는 것이다.

　내행창의 인원은 소수이고 동창의 인원은 많으니 한 명당 열 명씩 할당해도 남는다.

그런 엽건신의 의중을 읽은 황보량이 깊이 궁신하고 조심스
럽게 물러섰다.

내실을 물러나오는 황보량이 이마의 땀을 닦았다.

"조만간 태풍이 몰아치겠구나."

동창에서 내행창을 감시한다는 건 지금으로서는 반역에 가
까운 일이었다. 엽건신은 망설임없이 그걸 명령했다.

일이 잘못되면 그가 모든 책임을 지겠지만, 후환은 오래갈
것이다. 자칫하면 동창이 사라지게 될지도 모르는 도박인 것
이다.

하지만 황보량은 제 직속상관인 엽건신의 명령을 따르지 않
을 수 없었다.

'우리 모두 목을 건 거야.'

두려움과 흥분으로 움켜쥔 주먹에 땀이 배었다.

*   *   *

그 시각, 도수백은 모처럼 왕부를 벗어나 귀양부중을 어슬
렁거리고 있었다. 운지가 그림자처럼 곁에 따라붙어 있다.

오랜만에 바깥바람을 쐬는지라 도수백에게는 눈에 띄는 것
들마다 모두 새롭게 보였다. 이와 같이 사람 사는 모습을 영영
보지 못할 뻔했기 때문이다.

'세상은 아름답다.'

도수백은 상인들의 고함 소리와 은어 떼처럼 몰려다니는 아

이들의 웃음소리, 다투는 소리, 대낮부터 취한 사람의 커다란 노랫소리 등이 모두 신기하게만 여겨졌다.

이전에는 전혀 느끼지 못한 감정이다.

이처럼 바쁘게 사는 사람들의 삶이 얼마나 고귀하고 아름다운가 하는 생각이 절로 든다. 그러자 저자의 모든 사람에 대한 애정이 샘솟았다. 절로 마음이 따뜻해지고 입가에 웃음이 떠오른다.

이와 같은 백성의 삶을 파괴하는 왕금이며 도중문의 무리가 더욱 미워졌고, 그들을 믿고 따르는 가정제가 더 어리석게 여겨졌다. 미운 마음이 더해질 수밖에 없다.

"뭐가 그렇게 즐거워?"

운지가 궁금하다는 듯 물었다.

"저기를 봐."

"싸우고 있잖아. 쳇, 저런 거야 저자에 나오면 늘 보는 건데 뭐."

"저 사람들이 싸우는 이유가 뭐겠어?"

"그거야 조금 싸게 해달라느니, 안 된다느니 하다가 언성이 높아진 거지 뭐."

"삶이다."

"뭐라고?"

운지가 의아하다는 얼굴로 도수백을 돌아본다.

"그건 각자 자기의 삶에 충실한 때문이야. 제 삶을, 제 가족의 삶을 지키기 위해서 싸우는 거다. 제 욕심을 위해서가 아니지.”

“……?”

“순수한 거야. 그래서 아름다운 것이기도 하다.”

운지는 이해하지 못한다. 하지만 도수백이 엉뚱한 소리로 저를 놀리는 게 아니라는 건 느낄 수 있었다.

‘이 사람은 무언가 변했어.’

그게 무엇인지 모르지만 다행이라는 생각이 들었다. 그러자 그의 곁에 이렇게 있을 수 있는 게 행복해진다.

운지도 배시시 웃었다.

“맞아, 지금의 내 삶도 그래서 아름다워. 난 그걸 느껴.”

“어째서? 너는 싸우고 있는 것도 아닌데?”

“네 곁에 있잖아.”

“……”

이번에는 도수백이 할 말을 잃은 듯 입을 꾹 다물었다.

“나 당과 사줘. 저기 있다.”

운지가 굳은 얼굴을 하고 우뚝 서 있는 도수백의 팔을 마구 흔들었다.

‘운지는 확실히 많이 변했다.’

도수백은 또 한 번 그것을 느끼고 심각해졌다.

처음 보았을 때의 그녀는 수줍음이 많은 도고(道姑)였다. 말도 어눌해서 더듬기 일쑤였는데, 지금은 종달새처럼 쉬지 않고 종알거린다.

활달하고 호기심 많은 것이 어린아이 같다.

아직 세상의 험악함을 조금도 알지 못하는 순진한 그녀가 이처럼 자신을 따른다는 게 기쁘면서도 부담이 되었다.

나는 늘 도산검림 속에 있고, 언제 어느 곳에서 죽을지 알 수 없는 몸이라는 생각 때문이었다.

어느 날 불쑥 싸늘한 주검이 되어 있다면 운지가 얼마나 상심할 것인가.

도수백은 그녀에게 그런 아픔을 주고 싶지 않았다.

도수백도 운지도 자신들이 왕부를 떠났을 때부터 감시의 시선이 계속 달라붙어 있다는 걸 알고 있었다. 하지만 두 사람은 서로 약속이나 한 것처럼 무시했다.

동창의 무리라고 짐작한 것이다. 그들이 왕부를 감시하고 있는 게 하루 이틀 된 일이 아니라는 것도 이미 잘 알고 있는 것이다.

하지만 그 동창의 무리가 왕부에서 싹 사라졌다는 건 알지 못한다. 그건 도수백과 운지뿐만 아니라 왕부에 있는 사람들 모두 마찬가지였다.

저자가 내려다보이는 주루의 이층 창가에 검은 옷을 입고 반백의 머리를 단정하게 틀어 올렸으며 세 가닥의 수염을 기르고 있는 깡마른 노인이 앉아 있었다.

내행창의 우봉공이면서 유성추혼 강무명과 함께 황궁 내원의 고수로 있던 수라신군 나부춘이다.

그의 음침하게 번쩍이는 눈은 저자의 저쪽에서 나타나 한가롭게 이곳저곳 기웃거리며 다가오고 있는 도수백과 운지에게 머물러 있었다.

"저놈이 도수백이란 말이지?"

나부춘이 무심한 어조로 묻는다. 그와 마주 앉아 있던 중년의 사내가 살짝 머리를 숙이고 낮은 음성으로 대답했다.

"그렇습니다. 그 곁에 붙어 있는 저 아가씨는 운지라고 하는데 자운곡주의 제자입니다."

"흐흥, 매청헌의 제자란 말이지?"

나부춘의 눈에서 번쩍이는 빛이 쏘아지다가 곧 사라졌다.

"한번 시험해 봐라."

"예?"

"사로잡을 수 있으면 좋고, 그렇지 않으면 죽여도 상관없겠지. 목만 있으면 충분할 거야."

"존명."

중년의 사내가 낮게 복명하고 재빨리 자리에서 일어나 사라졌다.

홀로 남게 된 나부춘이 느긋하게 술잔을 기울이며 중얼거린다.

"흥, 자운곡주 매청헌이란 말이지? 좋아, 네가 과연 얼마나 대단한 자인지 꼭 알아보고 싶었다."

*　　　*　　　*

“그들이 움직였습니다.”

황보량의 음성에 긴장이 배어 있다. 엽건신이 눈으로 묻는다.

“조금 전 저자에 도수백과 운지가 나타났는데 내행창의 무리들이 뒤를 따르고 있습니다.”

“미끼가 아닐까?”

“그렇지 않은 듯싶습니다. 왕부에서는 아무도 동행하지 않았으니까요.”

“그렇다면 멍청한 것들이로군. 스스로 범의 아가리에 손을 넣은 꼴이니 말이다.”

“어떻게 할까요?”

“구경이나 해보자.”

엽건신이 기지개를 켜고 일어서는 걸 본 황보량이 눈을 휘둥그레 떴다.

“도대체가 심심해서 견딜 수가 없잖아.”

엽건신이 짜증스럽게 말하고 뚜벅뚜벅 밀실 밖으로 걸어나갔다.

魔風俠星

第五章

정은로(政恩路)의 야행인(夜行人)

귀양부중이 음지에서 은밀하게 움직이는 자들로 인해 긴장감이 최고조에 달하고 있을 때, 황궁이 있는 고도(古都) 북경성(순천부:順天府)의 긴장감도 은밀한 중에 점차 높아지고 있었다.

보이지 않는 암살자가 고급 관료들의 저택이 즐비한 외성 북쪽의 정은로(政恩路) 주변에 수시로 출몰했기 때문이다.

외성을 방비하는 금위군들과 포쾌, 순검들이 총동원되어 암살자를 잡으려 했지만 매번 실패했다.

암살자의 행적이 워낙 은밀하기도 하려니와 그자와 부딪쳤다 할지라도 관병의 피해만 늘어날 뿐 잡을 수 없었기 때문이다.

열흘 전에는 병부시랑 이자춘의 목이 잘려 대문에 걸리더니 닷새 뒤에는 사례감의 내관 엄자청이 제 집에서 목 없는 시체로 발견되었다. 그리고 오늘 새벽에는 이부의 당상관인 당평의 집이 불탔다.

그 일로 북경성 전체가 두려움에 떨었고, 내성과 외성의 성문이 모두 굳게 닫혀 출입이 봉쇄되었다.

외성 밖의 사람이 들어오지도 못하고, 외성에 거주하는 일반 백성들도 밖으로 나가지 못하니 북경성은 완전히 봉쇄된 것이나 마찬가지였다.

황궁을 포함하고 있는 내성의 경우는 더욱 심했다. 황궁의 출입이 엄격히 제한된 데다가 내성에 거주하고 있는 대신과 고관들의 저택은 하루 종일 봉문한 채 굳게 닫혀 있었다.

관병과 순검들이 종일 삼삼오오 무리 지어 순찰을 돌았다. 자연히 거리에 찬바람이 돌 수밖에 없다.

거리에 행인과 차마의 통행이 절로 끊겨서 적막하기만 하니 내성은 전란을 당해 텅 빈 것처럼 을씨년스러워졌다.

대체 누가, 무엇 때문에 조정의 고급 관료들만을 골라 살해하고 다니는 것인지 알 수가 없다.

북경성 내에 거주하는 자들은 모두 선택받은 자들이라고 할 만큼 큰 풍요와 특혜를 누리고 있었다.

그러므로 일반 백성들까지 황궁과 황제의 치세에 만족하고 그들을 찬양하고 추종한다.

일반 서민과 유생들이 거주하는 성 서쪽의 거리조차도 성 밖의 백성들이 사는 곳에 비하면 으리으리하기만 했다.

때문에 그들은 성 밖에 나가면 북경성 내에 거주하고 있다는 걸 큰 특권인 것처럼 내세우며 으스댔다.

성 밖의 백성들은 그들을 부러워할 뿐 아무도 그것을 부당하다고 생각하지 않았다.

동쪽의 장인가(匠人街)에 거주하고 있는 장인들은 모두 당대의 이름난 명장(名匠)들뿐이었다.

그들의 손에 의해 만들어지는 철물과 토기, 직물과 목제품들은 성안에서 소비되기에도 부족해 성 밖으로는 나갈 새가 없다.

하지만 주 소비층인 고관대작들의 발걸음이 뚝 끊어지면서 동쪽 장인가 또한 한가해질 수밖에 없었다.

그건 상인들이 주로 거주하는 남쪽 부남통(富南通) 역시 마찬가지였다.

북쪽, 정은로에 살고 있는 마나님들의 발걸음이 끊어지니 직물과 귀금속, 진귀한 노리개를 파는 가게들이 텅텅 비었고, 그 여파로 일반 성민들조차 걸음이 뜸해졌기 때문이다.

언제나 활기를 띠었던 부남통이 빠르게 생기를 잃어갔다.

그 모든 것이 한 명으로 추정되는 암살자 때문이라는 데에 황도(皇都)의 치안을 담당하고 있는 자들은 더욱 애가 탔다.

언제 위에서 불호령이 떨어질지 알 수 없는 것이다.

금의위의 관병들과 추관부의 순검들이 또 한차례 저자를 이 잡듯 뒤지고 지나간 뒤 부남통에는 찬바람만 불 뿐 그나마 몇 명씩 보이던 사람들의 발길마저 뚝 끊어졌다.

"염병, 이거 먹고살라는 거야, 죄다 굶어 뒈지라는 거야? 정말 이 짓도 못해먹겠구먼."

회계대에 앉은 주인이 신경질적으로 주판알을 튕기다가 와라락, 휘저어 버리고 푸념했다.

부남통 사거리에 자리 잡고 있는 삼 층의 주루인데, '만통주가(萬通酒家)'라고 하면 북경성 내에서도 이름이 널리 알려진 유서 깊은 곳이었다.

늘 술과 음식을 찾는 사람들로 발 디딜 틈 없이 북적이던 그 만통주가가 오늘은 종일 다섯 사람이 들어와 급하게 밥을 먹고 갔을 뿐, 내내 텅 비어 있었다.

고작 이층의 창가에 점잖은 유생 복장을 한 젊은 선비 한 사람이 앉아서 한 병의 술과 구운 오리 고기 한 접시를 시켜 놓고 두 시진째 앉아 있을 뿐이다.

정은로에 사는 대가의 자제인 듯, 허여멀건 얼굴이 곱상하고 귀상인 데다가 차고 있는 패옥이 또한 값진 것이었다.

짙은 남색의 유생건을 쓰고 소매가 넓은 덧옷을 걸치고 있으며, 검은 바탕에 금색 실로 수를 놓은 가죽신을 신고 있는 것이 부티가 여실히 난다.

하지만 아무리 고관대작의 자식이고 부잣집 귀동이라고 해도 돈을 뿌리지 않으면 환대를 받을 수 없는 게 이와 같은 주가의 생리 아닌가.

그래서 주인 왕 가는 곱지 않은 눈길로 이층을 흘겨보았다.

벌써 두 시진이 지나도록 겨우 한 단지의 백주와 구운 오리 고기 한 접시라니, 이래서는 인건비는커녕 자릿값도 안 나온다.

그러나 왕 가는 가슴앓이만 할 뿐 아무 소리도 하지 못했다.

조금 전 기세등등하게 몰려들어 왔던 관병과 포쾌며 순검들이 그 선비를 대하는 걸 보았기 때문이다.

어느 댁 자식인지, 품에서 손때가 묻은 패찰을 꺼내 보여주기 무섭게 호랑이 같은 금의위의 병사들이 허리를 굽실거렸고, 순검들은 더 말할 것 없었던 것이다.

어쩌면 내성에 있는 장군부의 자식일지도 모른다고 왕가는 제멋대로 생각해 버렸다. 그렇지 않고서야 콧대 높기로 이름 높은 북경성의 금위병들이 그렇게 쩔쩔맬 리가 없기 때문이다.

그 남의청년은 어딘지 수심 깃든 얼굴로 창밖을 내다보기만 할 뿐 한마디의 말도 없었다.

어느덧 날이 저물어가고 있었다. 한산한 저자에 땅거미가 깔리니 더욱 을씨년스러워 보인다.

그때까지도 만통주가에 새로운 손님은 한 명도 들지 않았다.

주인 왕가도 이제는 포기하고 회계대에 엎드려 코를 곤다.

남의청년이 비로소 몸을 일으켰다. 섭선을 접었다 펼쳤다 하며 천천히 이층의 계단을 걸어 내려오는데, 그 걸음걸이에 위엄과 위풍이 실려 있었다.

그것만 보더라도 누구나, '턱짓으로 종들을 부리는 데 이골이 나 있는 자' 라고 생각할 것이다.

땡그랑—

회계대 위에 은자가 던져진다. 그 소리에 왕가가 깜짝 놀라 얼굴을 들었다. 눈이 멍하다.

벌써 남의청년은 주가를 나가 휘적휘적 멀어지고 있는 중이었다. 회계대 위의 은자를 본 왕가의 눈이 휘둥그레졌다.

무려 닷 냥은 실히 나가 보일 은괴였던 것이다.

남의청년은 천천히 북쪽으로 난 길을 따라 걷고 있었다. 부남로를 벗어나 사거리에 이르자 잠시 망설이는 것 같더니 이내 다시 북쪽 길을 택해 걸어 올라간다.

"공자, 잠깐 기다리시오."

청년이 골목 모퉁이를 지나쳤을 때 뒤에서 낮고 침중하게 부르는 음성이 들려왔다.

남의청년은 조금도 당황하지 않았다. 그 자리에 멈추어 서서 조용히 돌아본다.

두 사람이었다.

짙은 회색의 경장을 입었고, 머리에도 회색 건(巾)을 썼으며, 손목과 발목을 조인 비구와 각반도 역시 회색이다.

살빛마저 석회를 바른 것처럼 회색으로 음침하게 보인다.

그들이 깊숙이 가라앉은 눈으로 남의청년을 뜯어보며 천천히 다가왔다.

　호리호리한 자는 등에 검을 졌고, 허리춤에는 다섯 개의 비도를 꽂았다.

　몸집이 튼실해 보이는 대한은 가느다란 쇠사슬 끝에 주먹만한 추가 달린 유성추를 허리띠 대신 두르고 있었다. 추에 손가락 길이의 침들이 빼곡히 돋아나 있는 것이어서 보기에도 으스스한 물건이다.

　"어디로 가는 길이시오?"

　비도를 지닌 호리호리한 자가 물었다. 그사이 유성추의 사내는 슬그머니 남의청년의 뒤로 돌아가 퇴로를 차단한다.

　"그대들은 누구인가?"

　되묻는 남의청년의 말투가 뻣뻣했다. 삭막해 보이는 괴한들과 불쑥 마주쳤지만 조금도 기가 죽지 않는다.

　턱을 치켜들고 마주 바라보는 것이 오만하기까지 했다.

　비도를 지닌 자가 인상을 찡그렸지만 함부로 발작하지 못했다. 최대한의 인내심을 발휘하여 공손하게 다시 묻는다.

　"성 중에 거하는 공자시오?"

　"그대들은 누구냐고 물었다."

　"으음—"

　사내가 노골적으로 불쾌하다는 기색을 떠올렸지만 남의청년은 여전히 도도하기만 했다.

　사내가 마지못한 듯 말했다.

　"우리는 내금위의 사령이오."

　"흥."

남의청년이 코웃음을 쳤다. 깨끗한 얼굴에 차가운 기색이 어리니 창백해 보이기까지 했다. 그래서 더욱 기품있고 도도해 보인다.

"신패를 보여라."

청년의 말에 이제 비도를 지닌 사내는 화가 폭발하기 직전이었다.

내금위는 황제의 친위대인 금위의 중에서도 별도의 조직인데, 하나같이 무예가 뛰어난 자들로 편성되어 있는 일종의 특무기관이었다.

금위의에 속해 있는 십만 정병들을 감찰하고, 때로는 암살과 추적 등의 특수한 임무에 투입되기도 하는 자들인 것이다.

병적에 이름을 올리고 있지만 그 생리며 하는 짓은 강호의 무리나 다름없다.

그래서 내금위 소속의 사령이라면 십만 금군은 물론 황궁에 출입하는 모든 자들이 두려움을 느끼고 피했다.

그런데 한낱 글줄이나 읽은 선비 나부랭이로 보이는 남의청년은 아무것도 모르는 촌놈인 것처럼 신패를 내보이라고 큰소리치고 있다.

'어쩌면 장군가의 자식인지도 모르지.'

비도의 사내가 그런 생각을 하는 건 당연했다. 그렇지 않고서야 내금위의 사령이라고 자신의 신분을 밝혔는데도 이처럼 당당할 리 없기 때문이다.

내성에 있는 오호도독부의 대장군가에 있는 자라면 함부로 대할 수가 없다.

　잠시 망설이던 사내가 할 수 없다는 듯 품에서 반짝이는 흑옥의 패찰을 꺼내 보여주었다.

　전각으로 뚜렷하게 흑풍 십칠호라고 새겨져 있고, 내금위를 상징하는 문장이 찍혀 있다. 그것이 사내의 신분을 증명해 주는 신표인 것이다.

　그것을 일별한 남의청년이 고개를 끄덕였다.

　"맞군."

　"이제 내 질문에 대답해 줄 수 있으시겠소?"

　"물어보시오."

　"어디에서 오는 길이오?"

　"부남로의 만통주가."

　십칠호 사내가 보일 듯 말 듯 머리를 끄덕였다.

　'바로 이놈이었군.'

　그는 속으로 그렇게 중얼거렸다. 오후 순찰을 돌았던 금위병들이 올린 보고서를 본 것이다.

　만통주가에 귀공자 한 명이 혼자서 오래도록 술을 마시고 있다는 내용이었다. 그리고 그 귀공자를 검문한 기록도 있었는데, 사내는 그것을 떠올리고 난처한 표정을 지었다.

　좌도어사(左都御司) 주지명(朱知明), 주 대인의 칠남(七男) 주첨기(朱添奇).

　그게 그를 검문한 금위병이 올린 보고서에 적혀 있던 청년의 신상 내력이었던 것이다.

하지만 확인하지 않을 수 없다. 그가 최대한 공손하게 말했다.

"공자께서도 신분을 확인시켜 주셨으면 합니다. 저희들의 임무인지라 소홀히 할 수가 없답니다."

청년이 말없이 품에서 신패를 꺼내 십칠호 사내의 눈앞에 들이밀었다. 그것을 본 사내가 두어 걸음 물러서서 엄숙한 얼굴을 하고 청년을 바라본다.

청년이 내민 신패는 그가 확실히 좌도어서 주지명의 칠남 주첨기라는 걸 증명하고 있었다.

좌도어사라면 우도어사와 함께 도찰원(都察院)의 좌우 수장으로서 원주라고도 불리는 인물이다. 특히 주지명은 황제의 먼 친척이다.

도찰원은 조정의 최상위 감찰 기관으로서 모든 관리들에 대한 감찰의 권한을 가지고 있었으므로 가장 막강한 권력 기관이었다.

동창이나 내행창 등이 음지의 최상위 권력 기관이라면 도찰원은 양지의 최상위 권력 기관인 것이다.

그 도찰원의 좌도어사 댁 공자라면 내금위의 사령 따위가 함부로 건드릴 인물이 아니다. 게다가 황실의 종친이 아닌가.

"실례했습니다."

즉시 십칠호 사내가 허리를 숙였다.

"그러잖아도 만통주가에 귀공자가 홀로 늦게까지 술을 마시고 있다는 보고를 듣고 걱정이 되어 나왔던 참입니다."

“어째서?”

“아니, 모르신단 말입니까?”

“흥, 그까짓 얼굴도 없는 자객이 나를 감히 어떻게 할 수 있다고 생각한 것이냐?”

“설마 그럴 리야 있겠습니다만, 워낙 흉악한 놈인지라 조심하실 필요는 있습니다.”

“이곳은 황제 폐하가 계신 북경성이야. 그런 놈들이 날뛰고 다니도록 대체 너희들은 무얼 한 거지?”

“죄송합니다, 공자. 저희들도 밤잠을 설쳐 가며 최선을 다하고 있으니 부디 그 점만은 헤아려 주시기 바랍니다.”

이제 사내는 완전히 굴복하여 연신 머리를 굽실거렸다. 조금 전의 그 삭막하고 자신만만하던 기세는 간데없다.

“저자가 주첨기라고?”

남의청년이 저만큼 멀어지자 유성추를 지닌 사내가 고개를 갸웃거리며 그의 뒷모습을 바라보았다.

“고집이 대단한 공자로군.”

십칠호 사내가 머리를 설레설레 흔들었고, 유성추의 사내가 중얼거렸다.

“이상하군. 그새 모습이 좀 변한 것 같다.”

“너는 그를 본 적이 있어?”

도찰원주라는 신분은 워낙 특이한 것이라 그와 친분을 나누는 사람은 북경성 중에서도 손가락에 꼽을 만큼 드물었다. 그 댁의 공자들도 모두 바깥출입을 자제하고 있어서 다른 사람들이 볼 기회가 드물다.

"삼 년 전에 먼발치에서 본 적이 있었다."

"삼 년 전이라면 아직 소년 티가 남아 있을 때인데, 지금과 많이 달랐겠지."

"그리고, 주 원주 댁의 자제들은 대체로 저택 안에 거할 뿐, 바깥출입을 좀체 하지 않는다고 들었는데?"

"나도 그렇게 들었어."

십칠호 사내가 비로소 무언가 꺼림칙하다는 얼굴이 되어 남의청년이 사라진 골목을 바라보았다.

"그런 주 공자가 혼자서 몇 시진 동안이나 홀로 술을 마시고 있었단 말이지? 그것도 이 어수선한 때에 말이다. 그 도도한 공자가 설마 바람이라도 났단 말인가?"

유성추 사내의 말이 냉소적이다.

"따라가 보자."

십칠호 사내가 급히 말하고 앞서 달려갔다. 잘 깔린 청석 위를 달리는데도 마치 고양이가 풀밭을 걷듯 발소리 하나 나지 않았다.

남의청년은 한가로운 걸음걸이로 이제는 완연히 어두워진 골목을 천천히 걸어 올라가고 있었다.

좌우가 으리으리한 저택들로 이어져 있고, 그곳에서 흘러나오는 희미한 불빛이 겨우 앞을 볼 수 있을 정도로 골목 안을 밝혀주고 있었다.

"이 길은 주 대인 댁으로 가는 길이 아닌데?"

십칠호 사내의 낮은 속삭임에 유성추의 사내가 눈을 번쩍였
다.

"수상해."

"하지만……."

그래도 십칠호 사내는 망설였다. 만약 그가 정말 주첨기라
면 문제가 복잡해지기 때문이다. 재수없으면 내금위에서 내쫓
기는 건 물론 뇌옥에 갇히는 신세가 될 수도 있다.

"나 혼자 하지."

유성추의 사내가 속삭이고 빠르게 달려나갔다.

"빌어먹을."

십칠호의 사내도 할 수 없다는 듯 혀를 차고 동료의 뒤를 쫓
는다.

"공자, 우리가 댁까지 호위해 드리겠소."

유성추의 사내가 어느새 남의청년 곁에 붙어 서며 낮게 말
했다. 음침한 음성이다.

"마음대로 해."

남의청년은 그를 돌아보지 않았다. 그가 고양이처럼 소리없
이 따라왔지만 놀라지도 않는다.

휘적휘적 골목을 걸어 올라가는데, 이 골목 저 골목을 함부
로 돌아다닐 뿐이었다.

유성추의 사내가 비웃음을 띠고 말했다.

"공자, 혹시 집으로 가는 길을 모르시는 것 아니오?"

남의청년이 발을 뚝 멈추었다. 맑은 눈으로 사내를 바라보

더니 빙긋 웃는다.

"맞았어. 사실 난 길을 몰라."

"이런!"

무언가 수상한 느낌을 받은 유성추의 사내가 물러서려는 순간, 그의 눈앞에 한줄기 흰 빛이 어른거리더니 이내 사라졌다.

"어, 어……?"

유성추의 사내는 무언가 말을 하려고 했다. 하지만 제가 듣기에도 괴이한 신음만 흘러나올 뿐 말이 되지 않았다.

그의 손이 유성추를 더듬었다. 그러나 그것을 쥘 힘조차 없다.

온몸의 기력이 급히 빠져나가는 걸 느끼며 그는 서서히 무너졌다. 엉덩이가 땅에 닿자 비로소 목이 쩍, 벌어지고 붉은 피가 분수처럼 뿜어져 나온다.

순식간의 일이었다.

십칠호의 사내가 눈앞의 상황을 판단하는 데는 잠깐의 시간이 필요했다. 그리고 남의청년은 그 시간 속을 유영하여 십칠호의 면전에 달라붙듯 다가서 있었다.

"너는……."

놀란 십칠호가 무언가 말을 하려는 순간, 남의청년이 그의 귀에 대고 속삭였다. 뜨거운 숨결이 느껴진다. 달콤한 향기가 났다.

'계집이었…… 군.'

그것이 십칠호의 마지막 생각이었다.

남의청년은 이제 흑의청년으로 바뀌어 있었다. 걸음을 걸을 때마다 약간씩 펄럭이는 옷소매 안쪽이 짙은 재색을 살짝살짝 드러낼 뿐 온통 검은색이었다.

그는 십칠호의 옷을 벗겨 입은 것이다. 뒤집어 입으면 온통 검은색이고, 바로 입으면 재색인 옷인데, 은신에 용이하도록 만들어진 복장이다.

정은로 안쪽으로 깊숙이 들어갈수록 검문검색이 심해졌다. 골목마다 금위병들이 길을 막고 서 있었지만 청년이 내미는 내금위 십칠호의 신패를 보고는 두말없이 비켜줄 뿐이다.

청년은 몇 차례의 검문을 그렇게 유유히 통과해서 정은로 북쪽 언덕까지 올라갔다.

빠른 걸음으로 비좁은 골목을 걸어 올라간 흑의청년이 힐끔 얼굴을 들어 하늘을 바라보았다.

별자리로 시간을 추측하려는 것인데, 구름에서 막 벗어난 반달이 청년의 얼굴을 비추어주었다.

고운 눈매와 갸름한 턱에 입술이 붉고 선이 곱다.

점창산의 꽃으로 불리던 왕소령이었다.

그녀가 두건으로 머리를 가리고 주머니에서 검은 수건을 꺼내 얼굴을 묶자 이제는 반짝이는 두 눈만 드러났을 뿐, 온몸이 어둠과 동화되어 사라진 것 같았다.

빠른 걸음으로 골목을 이리저리 굽어져 달리던 그녀가 벽 아래의 그늘에 납작 엎드렸다. 그러자 그녀의 모습이 지운 것처럼 사라졌다. 벽의 그림자에 동화된 검은 어둠 한 덩어리만 있을 뿐이다.

저쪽에서 보통 사람이라면 도저히 알아채지 못할 미세한 발걸음 소리가 들려오더니 세 명의 회색 경장을 입은 자들이 빠른 걸음으로 다가왔다. 내금위의 사령들이다.

왕소령은 숨마저 멈추고 그들을 기다렸다. 코앞을 지나가면서도 그들은 왕소령의 존재를 조금도 알아채지 못했다.

그들이 멀어지자 슬그머니 일어난 왕소령이 또 하나의 골목 속으로 재빨리 뛰어들었다. 얼마쯤 그렇게 어둠을 타고 달렸을까, 저 아래쪽 먼 곳에서 날카로운 호각 소리가 들려왔다.

순찰병들이 골목에 죽어 쓰러져 있는 두 명의 내금위 소속 무사들을 발견한 것이다.

이내 골목 이곳저곳에서 서로 호응하는 호각 소리들이 날카롭게 들려오기 시작했다.

북경성의 북쪽 가로는 고관들이 주로 사는 곳이라 평소에도 경비가 삼엄한 곳인데, 지금은 철통같다고 해야 할 만큼 치밀해졌다는 걸 알 수 있다.

왕소령이 훌쩍 몸을 날렸다. 그녀는 마치 무게가 없는 허깨비인 것처럼 솟구쳐 담 위에 올라서더니 이내 높은 지붕의 용마루를 딛고 우뚝 섰다.

그곳에서는 주변의 골목이며 저택들이 잘 내려다보였다.

워낙 거미줄처럼 이리저리 얽혀 있는 골목이고, 비슷비슷한 저택들이 처마를 맞대고 있는지라 어디가 어디인지 잘 분간할 수가 없다.

머리 위의 별자리를 살펴보고, 주변을 꼼꼼하게 살펴보던 왕소령의 눈길이 한곳에 머물렀다.

다른 저택들이 괴괴한 어둠에 잠겨 있는 데 비해 그곳만은 이글거리는 횃불들로 대낮처럼 환하게 밝혀져 있었다.

잠시 그 저택 주변의 지형을 살펴보고 방위를 가늠해 본 왕소령이 그곳이 제가 목표로 하고 있는 곳임을 확인하고 차갑게 코웃음을 쳤다.

"흥, 그래도 두려움은 있나 보군."

이내 발끝으로 가볍게 기왓장을 차고 몸을 날린다.

용마루를 밟고 달리는 그녀의 걸음이 마치 나는 듯했다. 한 줄기 바람이 스쳐 가듯 날렵하면서 고요하다.

그렇게 이 집에서 저 집으로 지붕을 타고 달리는데, 때로는 이십여 장이나 되는 공간을 한숨에 훌쩍 날아 건너기도 했다.

박쥐처럼 은밀하고 신속하게 어둠을 타고 움직이는 그녀의 기척을 알아채는 자는 없었다.

귀룡산(龜龍山) 귀몽정(龜蒙頂)에 있던 현몽암(縣夢庵)에서 원도 화상을 만나고, 그의 주선으로 마도흑선 장유기를 만나 그의 공력을 전해 받은 뒤로 왕소령의 신공은 절정에 달해 있었다.

쓰면 쓸수록 단전에 가득한 공력이 더욱 맹렬하게 솟구치니 절로 호기가 인다.

세상에 무서울 게 아무것도 없을 것 같은 자신감이 그녀를 더욱 대담하게 했다.

불이 환하게 밝혀진 담을 주저없이 훌쩍 뛰어넘은 그녀가 재빨리 담 아래의 잡풀들 위에 납작 엎드렸다.

어두컴컴한 정원이었다. 많은 나무들이 마치 깊은 산속인 것처럼 빽빽하게 서 있고, 그 사이로 오솔길이 나 있는 것이어서 대낮에 보았다면 운치가 있었을 것이다.

하지만 지금은 살벌한 밤중이고, 곳곳에 밝혀져 있는 횃불빛을 받아 나무 그늘이 더욱 음침해져 있다.

잠시 동정을 살피던 왕소령이 두 손바닥으로 땅을 치며 재빨리 이동했다. 몸을 쭉 뻗고 배를 땅에 댈 듯이 엎드린 채 손바닥의 힘으로만 이동하는 것이니, 멀리서 본다면 커다란 검은 뱀 한 마리가 재빠르게 움직이는 것 같았으리라.

그렇게 재빨리 움직여서 맞은편 담 아래에 이른 왕소령이 다시 그것을 소리없이 타 넘었다.

그러는 동안 몇 번 순라꾼들이 지나갔으나 그때마다 기척을 숨기고 감쪽같이 어둠의 일부가 되어 웅크리는 그녀를 아무도 발견하지 못했다.

세 개의 담을 그렇게 넘었고, 네 개의 뜰과 마당을 건너는 동안 훑어본 관병만도 수백 명이었다.

모두가 갑주를 입고 창검을 든 것이 마치 적병의 침입에라도 대비한 것처럼 삼엄했다.

왕소령은 넓은 저택을 거의 한 바퀴 맴돌아 남쪽의 후원 깊숙한 곳에 몸을 숨기고 있었다.

그곳은 다른 곳과 달리 조용하고 아늑한 것이 전혀 긴장감
이 없는 것 같아 보였다.

하지만 풀숲에 엎드려 있는 왕소령은 꼼짝하지 않았다.

그 어느 때보다 큰 위험을 바라보는 것 같기도 하고, 먹이를
눈앞에 둔 곳까지 다가온 맹수가 덮칠 기회를 노리는 것 같기
도 했다.

왕소령은 이상하다고 생각했다.

그것이 무엇 때문인지는 스스로도 알지 못한다. 하지만 그
녀의 날 선 긴장은 저 너머의 어디엔가 무서운 위험이 도사리
고 있다고 끊임없이 경고해 주고 있었다.

'이곳이다.'

왕소령은 그렇게 확신할 수 있었다.

대저택을 한 바퀴 맴돌면서 유심히 관찰해 본 바로는 이곳
이 바로 그녀가 찾는 사람이 은신해 있는 곳이라는 확신이 선
것이다.

그녀는 이곳이 황사(皇師) 왕금(王金)의 저택이라는 걸 알고
있었다. 바로 이곳에 찾아오기 위해 지난 한 달 동안 북경성
곳곳을 뒤지고 다녔던 것이다.

왕금의 저택은 철저하게 비밀로 붙여지고 있었다. 저택에
출입하는 사람들을 관찰해 봐도 그것이 왕금의 가솔들이라는
걸 알 수가 없다.

누구에게 물어보아도 마찬가지였다. 그들은 황사 왕금의 저
택이 정은로에 있느냐며 오히려 눈을 휘둥그레 떴던 것이다.

왕금은 황궁에서 황제와 함께 기거했으므로 좀체 궁 밖으로 나오는 일이 없었다. 정은로에 대저택을 가지고 있다지만 언제 그곳으로 올지, 와서 며칠이나 머물지 아는 자가 아무도 없다.

왕금 정도 되는 사람이 한 번 행차하면 그 수행원들만 해도 거리를 메울 정도로 줄을 잇게 마련이었다. 그가 머무는 곳은 어디가 되었든 철옹성으로 변하고 만다.

하지만 오늘은 그렇지 않았다. 왕소령은 그것을 노리고 있었다.

그녀는 오늘 왕금이 제 집에서 무언가 은밀한 일을 한다는 정보를 얻었는데, 그동안 몇 개의 수급을 자른 결과였다.

왕금은 석 달에 한 번은 정기적으로 황궁에서 나와 제 집으로 왔다. 그리고 열흘 동안 꼼짝하지 않고 무엇인가 한다는 것인데, 그때는 조용한 것을 원했으므로 거창한 수행 행렬도, 경비도 없다는 것이다.

소수의 솜씨가 뛰어난 자들만 그의 곁을 지킬 것이다.

그가 그런 위험마저 무릅쓰면서까지 제 집에 틀어박혀 무엇을 하는지 아는 자는 아무도 없었다.

오늘이 그가 제 집으로 온 둘째 날이었다.

왕소령은 고요하게 가라앉은 밤공기 속에서 은은한 향냄새를 맡았다. 저 고요 속에 잠겨 있는 별채에서 새어 나오고 있는 향기였는데, 불전에 피우는 일반 향과는 다른 독특한 냄새였다.

잠시 이게 무슨 냄새일까? 하는 의문이 들었지만 애써 무시한다. 지금 그걸 궁금하게 여기고 있을 때가 아닌 것이다.

그리고 보이지 않는 곳에서 웅크리고 있는 날카로운 기운이
있다.

예전 같으면 눈치 채지 못했을 만큼 은밀한 것이었지만 지
금 왕소령은 그것을 낱낱이 느끼고 있었다.

모두 세 명인데, 만만하게 여길 수 없는 고수들이라는 걸 보
지 않아도 알 수 있었다.

어떻게 그들의 이목을 속이고 저 안으로 들어가느냐가 왕소
령에게는 최대의 숙제였다. 이제 머지않아 날이 밝을 것이다.
그러면 지금까지 노력해 온 모든 게 허사가 된다.

그녀가 모험을 감행할지 말지 미뭇거리고 있는데 별원의 월
동문 쪽에서 술렁거리는 소리가 들렸다. 그리고 이내 두 사람
이 발소리를 쿵쿵거리며 별채로 달려왔다.

완전무장을 하고 있는 무관 한 사람과 집사로 보이는 오십
대의 깡마른 사람이다. 걸음걸이로 보아 무공을 익힌 자 같지
는 않았다.

그들이 급하게 다가오자 기둥 뒤의 어둠 속에서 한 사람이
모습을 드러냈다. 왕소령이 느끼고 있던 날카로운 기운을 지
닌 자들 중 한 명이다.

중년의 호리호리한 자였는데, 평상복을 입고 있는 것이 강
호의 인물 같았다. 왕금을 호위하는 고수가 분명하다.

집사로 보이는 초로의 인물이 급히 그자에게 다가가더니 무
어라고 귓속말을 했다.

왕소령은 눈치로 보아 정은로 북쪽의 골목에서 제가 해치운

두 명의 내금위 소속 사령들에 대한 것임을 짐작할 수 있었다.

가만히 듣고 있던 중년 사내의 '흥!' 하고 코웃음 치는 소리가 왕소령의 귀에 똑똑히 들린다.

"기다리고 있어라."

무뚝뚝한 한마디를 던진 자가 성큼성큼 별채 안으로 들어갔다. 그러느라고 잠시 주변의 긴장이 느슨해졌다. 다른 두 명의 모습을 보이지 않는 자들도 저도 모르게 신경을 그쪽에 기울인 것이다.

그 잠깐의 기회를 놓칠 왕소령이 아니다.

그녀가 엎드려 있던 땅을 박차고 과감하게 몸을 날렸다.

눈에 보이지도 않을 만큼 맹렬하게 솟구치더니 담을 가볍게 찬 탄력을 빌어 이십여 장의 공간을 단숨에 건너뛰었다.

한 번의 숨과 도약으로 용마루 위에 이르러 납작 엎드렸는데, 누구도 흉내 낼 수조차 없는 극상승의 경공신법이었다.

그녀는 원래 경공신법에 특출한 능력을 보였는데, 점창파의 신공을 대성한 지금은 그 경지가 오히려 사부나 사모를 능가할 정도였다.

사문의 독특한 경공신법인 운제표향(雲霽飄香)이 입신지경에 이르러 있었던 것이다.

魔風俠星

第六章

누가 원흉이냐?

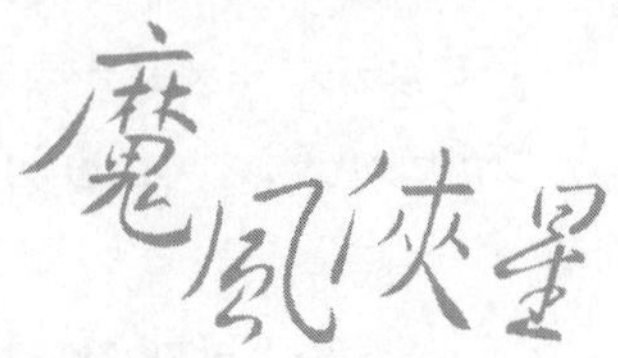

편복술(蝙蝠術)로 추녀에 발을 걸치고 거꾸로 매달린 왕소령은 안력을 집중해 한곳을 뚫어지게 바라보고 있었다.

벌써 몇 개의 방을 그렇게 엿보고 다니다가 이제야 수상쩍어 보이는 곳을 발견한 것이다.

넓은 방 안에 제단이 있고, 휘장이 드리워진 그곳에는 신상이 모셔져 있었다. 은은한 향냄새가 진동을 한다.

붉은빛의 기둥과 붉은빛의 휘장이고, 벽마저 온통 붉은색으로 칠했는데, 그것이 희미한 유등의 불빛을 받아 반짝이고 있었다.

일각쯤 그렇게 방 안을 엿보고 있었을까. 문득 제단 뒤에서 치렁한 도복을 입고 도관을 쓴 한 사람이 걸어나왔다.

깨끗한 얼굴에 몸집이 좋은 육십대의 노인이었다. 두 눈에서 정기가 번쩍이고 윤기 감도는 살결이 여자의 그것처럼 희고 맑았다. 세 가닥의 가느다란 수염을 기르고 있다.

'왕금이다!'

왕소령이 바짝 긴장하여 더욱 제 기척에 신경을 쓰며 그를 훔쳐보았다.

풍채만으로 보아서는 영험한 도사이고 도력이 높고 인품이 훌륭한 사람인 것 같았다.

하지만 바로 저자가 황제의 눈과 귀를 가리고 온갖 수단으로 백성들을 괴롭히는 자다.

또한 충신들을 남김없이 잡아 죽인 흉악한 마귀이기도 하다.

왕소령은 바로 저자에 의해서 자신의 아버지가 역적으로 몰려 비참한 최후를 맞았고, 어머니와 형제들 그리고 가솔들이 모두 죽었다는 걸 생각했다.

분노가 끓어올라 숨이 막힐 지경이다.

나라의 커다란 악적이면서 가문의 원수이기도 한 자. 바로 그자가 지금 눈앞에 있다.

왕금은 신상 뒤에서 무엇을 했던 것인지 지친 얼굴이었다. 소매를 들어 이마의 땀방울을 찍어내고 나서 비틀거리는 걸음으로 제단을 내려왔다.

신상을 향해 몇 번 절하고 중얼중얼 진언을 외운 다음에 털썩 주저앉는다.

도사는 잠시 그렇게 조용히 눈을 감고 고개를 약간 숙였다. 운기조식을 하는 것 같기도 하고, 무언가 깊은 사색을 하는 것 같기도 하다.

왕소령은 당장 창문을 부수고 뛰어들어 저놈의 목을 쳐버리고 싶은 충동을 가까스로 눌러 참고 있었다.

저자가 대체 무엇을 하는 건지 알아볼 생각인 것이다.

두어 식경 정도 그렇게 침묵하던 왕금이 눈을 뜨고 벌떡 일어났다. 피곤에서 벗어난 모습으로 방 안을 서성이는데, 무언가 골똘히 생각하는 듯했다.

손가락을 꼽으며 알아들을 수 없는 말을 중얼거리기도 하고 멍하니 허공을 바라보기도 한다.

그러더니 다시 신상 뒤로 돌아갔다.

왕소령은 더 참지 못하고 살그머니 창문을 열었다. 소리가 나지 않도록 극히 조심한다.

그녀가 달빛에 스며드는 그림자처럼 조용히 방 안에 내려섰다. 잠시 주위의 동정에 귀를 기울이지만 아무것도 수상하게 여겨지는 건 없었다. 왕금의 기척마저 사라지고 없었다.

조심히 제단 위로 올라가 신상 뒤를 훔쳐본 왕소령은 의아해졌다. 거기 있을 것으로 생각했던 왕금이 보이지 않았기 때문이다.

신상 뒤는 텅 빈 좁은 공간이었다. 벽과의 사이에 사람 한 명이 간신히 서 있을 만큼의 여유밖에 없다.

벽에는 따로 문이 나 있는 것도 아니니 더욱 이상하다.

'이 요악한 자가 하늘로 솟았단 말인가? 아니면 땅으로 꺼졌나?'

조금 전까지 있던 자가 감쪽같이 사라졌으니 어리둥절하기만 하다.

신상 뒤를 꼼꼼히 살피던 왕소령의 눈이 반짝, 하고 빛났다.

거미줄이 늘어지고 먼지가 쌓여 있는 벽과 바닥인데, 마룻장의 한 군데만은 다른 곳에 비해 깨끗했던 것이다. 자세히 보니 갈라진 틈이 있다.

잠시 망설이던 왕소령이 조심스럽게 마룻장을 들어 올렸다. 역시 그녀의 예상대로 그것은 감추어진 통로였다.

마룻장 아래로 가파른 계단이 내려가 있는데 왼쪽으로 굽어져 있다.

재빨리 안으로 내려선 왕소령은 마룻장을 감쪽같이 닫아놓고 긴장으로 몸을 웅크렸다.

왕금은 어쩌면 저 혼자서 상대할 수 없을 만큼 무서운 고수일지도 모른다. 조그만 기척도 그가 알아챌 것이라고 생각하자 식은땀이 난다.

그녀가 지금 믿는 것은 왕금이 전혀 자신의 존재를 눈치 채지 못하고 있다는 것 하나였다.

게다가 무언가에 정신을 빼앗기고 있는 듯하니 기습으로 그를 제압할 작정이었다.

'실패하면……'

왕소령이 입술을 잘근잘근 깨물었다.

죽으면 그만이라는 독한 마음을 재확인하는 데 많은 시간은
필요치 않았다.

복수를 결심한 순간 목숨에 대한 연민 따위는 다 내버리지
않았던가.

마음을 다잡은 왕소령이 조심스럽게 발을 내딛었다. 굽어진
곳에서 흘러나오는 희미한 불빛으로 겨우 발아래를 확인할 수
있다.

왕소령은 전혀 무게가 없는 사람인 것처럼 소리없이 계단을
내려갔다. 허공에 둥둥 떠 있는 것 같다.

굽어진 곳에 이르자 갑자기 한줄기 열기가 밀려 나왔는데,
이상한 냄새가 섞여 있었다.

혹시 독기가 아닌가 하여 급히 호흡을 멈춘 그녀가 더욱 조
심하며 안쪽으로 더 들어갔다.

별채의 땅 밑을 깊이 파고 커다란 동굴을 만들어놓은 곳이
었다.

아무런 장식도 없이 뻥 뚫려 있는 지하 동굴은 넓은 대청만
큼이나 되는 공간이었다. 그 한가운데 불이 이글거리는 화로
가 있고, 그 위에는 뚜껑이 덮인 커다란 흙솥이 있었다.

화로 안의 불은 소리도 없이 이글거리고 있었다. 연기도 냄
새도 나지 않는다. 파란 불꽃을 더도 덜도 아닌 꼭 그만큼의
크기로 계속해서 피워 올리고 있다는 게 신기했다.

흙솥 안에서는 무엇이 계속 끓고 있었다. 부글거리는 소리
가 낮고 음산하게 동굴 안에 울려 퍼지고, 그곳에서 새어 나오

는 기이한 냄새가 점점 짙어지고 있다.

왕금은 등을 보인 채 화로 앞에 앉아 뚫어지게 불을 바라보고 있었다. 아마도 불을 조절하는 게 그가 하는 일인 것 같다.

얼마나 집중하고 있는 중인지 그는 왕소령의 존재를 전혀 눈치 채지 못하고 있었다. 이곳이 저만 출입할 수 있는 비처(秘處)라는 데에 방심한 것인지도 모른다.

숨을 죽이고 잠시 그를 훔쳐보던 왕소령은 그가 저만의 비방(秘方)으로 단약(丹藥)을 제조하고 있다는 걸 알았다.

그게 무엇인지 알 수 없지만 왕금이 이토록 은밀한 곳에서 온통 정신을 기울이고 있는 것으로 보아 대단한 것이리라.

그는 이렇게 단약을 제조하기 위해서 석 달에 한 번씩 이곳으로 왔던 것이다. 그리고 열흘 동안 머물렀으니, 단약이 완성되는 데 그만한 시간이 걸리는 모양이다.

그 열흘 동안 저렇게 줄곧 불을 지키고 있어야 한다는 것도 아무나 할 수 없는 고역이리라.

오늘이 그가 이곳으로 온 지 이틀째니 아마도 단약은 제조 초기 단계일 것이다. 그런 만큼 불이 더욱 중요한 건지도 모른다.

그렇다면 왕소령에게는 하늘이 내려준 기회나 마찬가지였다.

그녀가 쥐를 노리는 고양이처럼 살금살금 다가가지만 왕금은 여전히 등을 보인 채 불만 뚫어지게 바라보고 있었다.

왕소령은 드디어 왕금의 등 뒤에까지 다가갔다. 온몸에 식은땀이 흘러 등줄기가 축축해진다.

그녀가 다가와 있는 것도 모른 채 왕금은 무어라고 끊임없이 주문을 중얼거리며 불을 응시하고 있었다. 가끔씩 불진을 흔들어 흙솥 위를 쓸기도 하고 털기도 한다. 잡귀가 근접하지 못하도록 방비하는 행위일 것이다.

그가 하는 짓을 한동안 지켜보던 왕소령이 코웃음을 쳤다.

"흥!"

"억!"

불에 덴 듯 놀라서 돌아본 왕금이 눈을 휘둥그레 떴다.

온통 시커먼 자가 서늘한 두 눈만 드러낸 채 우뚝 서 있으니 꿈인지 생시인지 혼동되는 모양이다.

"누, 누구냐!"

떨리는 음성으로 겨우 그렇게 말하는데 소리도 크게 내지 못했다.

즉시 그를 제압하려고 마음먹었던 왕소령은 이상한 일이라고 생각했다. 그래서 오히려 그녀가 더 당황하고 어리둥절해졌다.

당장 찌르려는 듯 손가락 하나를 꼿꼿이 편 채 엉거주춤 서 있는 그녀의 모습이 우스꽝스럽다.

'무공을 모른단 말인가?'

왕금이 당연히 무시무시한 고수일 것이라고 짐작하고 조심에 조심을 기했는데, 지금 놀라는 꼴을 보니 그렇지 않은 것 같왔다.

“너, 너, 너는 누구냐? 어떻게 이곳에 왔지?”

왕금이 여전히 주저앉은 채 흙솥을 지키려는 듯 두 팔을 활짝 벌려서 가로막고 턱을 덜덜 떨며 말했다.

“네가 황사 왕금이지?”

정신을 차린 왕소령이 낮고 매섭게 물었다. 왕금이 턱을 마구 끄덕인다.

“그, 그렇다. 너는 겁도 없구나? 감히 이곳까지 들어오다니. 대체 어쩌려는 생각이지?”

왕금도 이제 어느 정도 놀란 마음을 가라앉힌 듯했다. 아직도 턱을 덜덜 떠느라 발음이 명확하지 않지만 제법 조리있게 말한다.

그러나 왕소령이 품에서 날이 새파랗게 선 단검을 꺼내 드는 걸 보고는 얼굴이 밀랍처럼 창백하게 질렸다.

“대체, 무엇을… 하려는…… 거지? 나를, 나를 죽여도 너는 아무것도 얻지 못해.”

황제를 끼고 위엄을 자랑하며 대신들을 호령하던 기개는 찾아볼 수가 없다.

‘내가 지금 속고 있는 건가?’

왕소령에게 그런 생각이 들었다.

그녀가 새파란 검인을 그의 목에 대고 불쑥 손을 뻗어 완맥을 잡았다.

“대체 무엇 때문에 이러는 거냐? 나를 죽여도 너는 절대로

이곳에서 빠져나가지 못해. 어떻게 들어왔는지 모르겠다
만……."

"흥!"

"원하는 걸 말해라. 모두 들어주겠다. 돈을 원한다면 평생
을 쓰고도 남을 만큼 주지. 관직을 원한다면 당장 기용하겠다.
너를 무사히 나갈 수 있도록 조치도 해주마. 아무도 너를 귀찮
게 하지 않을 것이다."

"다 필요없어."

왕소령이 차갑게 말하고 그의 완맥을 놓아주었다. 단검도
거둔다. 그녀는 왕금이 내공이라고는 조금도 없는 평범한 도
사라는 걸 확인한 것이다.

"너는 왕금이 아니야. 그렇지?"

"뭐라고?"

"나를 속이지는 못해. 솔직하게 말한다면 나야말로 너를 살
려주겠다. 왕금은 어디에 있지?"

"틀렸다. 내가 바로 황사 왕금이다."

"거짓말."

"너는 지금 무엄하게도 황사를 협박하고 있다. 구족이 죽임
을 당할걸? 그게 두렵지 않단 말이냐?"

왕소령이 한심하다는 눈으로 뒤늦게 위엄을 보이는 왕금을
노려보았다.

'이놈이 멍청한 건지, 순진한 건지 알 수가 없군.'

속으로 한숨을 내쉰 왕소령이 불쑥 손을 내밀어 왕금의 몸

을 뒤지기 시작했다.

"무엇 하는 거냐? 무, 무엄하다!"

왕금이 마구 손을 휘두르며 막았지만 소용없다.

왕소령이 그의 품에서 꺼낸 것은 도첩(道帖)과 신표였다.

도첩은 황실에서 도사들에게 내려주는 신원 증명서 같은 것이다. 황실의 인정을 받은 도사이니 어디를 가든 그것만 있으면 좋은 대접을 받을 수 있다.

도첩을 받지 못한 일반 도사들과는 신분에 차이가 나는 것이다.

도첩을 펼쳐본 왕소령은 기가 막혔다. 그것은 분명히 왕금의 도첩이었기 때문이다. 황제의 직속 기관인 도록사(道錄司)의 낙관이 선명하게 찍혀 있다.

또한 신패 역시 그가 왕금이라는 걸 증명해 주고 있었다.

왕금이 아무리 가짜를 내세웠더라도 제 도첩까지 넘겨주었을 리는 없고, 그가 왕금의 신패를 훔쳤을 리도 없다. 눈앞의 도사는 절대로 그럴 위인이 못 되는 것이다.

그렇다면 이자가 바로 왕금 본인일 수밖에 없다.

왕소령은 기가 막혔다. 식은땀이 흐를 정도로 긴장했던 일이 허탈해지기까지 한다.

왕금은 그저 평범한 도사에 지나지 않았다. 도력이 제법 높을 것이고, 그 방면의 공부가 깊을지 몰라도 뒤에서 음모를 꾸밀 만큼 영악해 보이지 않는다.

'이런 자가 과연 그 많은 일들을 배후에서 조종하고 저지른

자란 말인가?

그런 의심이 들었다.

왕소령이 신경질적으로 복면을 벗어 던졌다. 그녀의 얼굴을 본 왕금이 또 한 번 놀란다.

"엇? 너는 여자가 아니냐?"

"흐흥, 네 눈에는 내가 원한에 사로잡힌 나찰녀로는 보이지 않는 모양이지?"

"무슨 소리냐? 원한이라니? 나는 너를 지금 처음 보는데 언제 너와 원한을 맺었단 말이냐?"

"왕금! 네가 정말 끝까지 시치미를 떼려고 하는구나! 그래 봐야 소용없어! 나는 오늘 반드시 네 목을 가져갈 테다!"

왕소령이 다시 번쩍이는 단검을 꺼내 들고 소리쳤다.

"아버님과 어머님, 형제들과 가솔들의 영정에 네 목을 올려놓고 제사를 드려서 원통하게 죽은 그분들의 한을 풀어드리고 말 테다!"

"가만, 가만!"

왕금이 손을 뻗어 그녀의 단검을 움켜쥐려는 시늉을 하며 소리쳤다.

"내가 언제 네 부모 형제와 가솔들을 죽였단 말이냐? 나는 그런 적이 없다!"

"황제의 눈과 귀를 가리고 온갖 음모를 꾸민 게 너 아니더냐? 내 아버지는 훌륭한 충신이었는데, 너를 반대하다가 역적의 누명을 쓰고 돌아가셨다."

"뭐라고? 네 부친이 누구인데 나에게 그런 말을 하는 거냐?"

"그래, 아버님의 함자를 들으면 기억이 날지도 모르지. 내 아버님은 몇 년 전 내각의 학사로 재임하다가 오호도독부 중 좌군도독부로 옮겨가 종이품의 도독첨사(都督僉使)가 되었던 분이시다. 그 후 금군총령 장무위와 함께 너, 간신을 해치워 황제 폐하와 만백성의 근심을 제거하려고 계획했었지. 그러다가 발각되어 역적으로 몰려 돌아가셨다. 그게 네가 한 일이 아니란 말이냐?"

"아, 바로 네가 그 왕 첨사의 여식이로구나. 나도 그 일은 참 안타깝게 생각한다. 왕 첨사는 성정이 올곧고 대쪽 같은 선비였지. 그만한 충신이 지금은 황상의 곁에 없다. 아, 정말 아까운 사람이었지."

왕금이 거푸 탄식을 하며 땅을 두드렸다. 왕소령은 더욱 어리둥절해졌다.

"네가 지금 뭐라고 헛소리를 하는 것이냐?"

"너, 왕 소저가 나를 의심하는 것도 당연해. 나는 이해한다."

"……?"

"하지만 너뿐만 아니라 세상의 모든 사람들이 모르고 있는 게 있다."

왕금이 이제는 안정을 찾은 듯 침착한 얼굴로 천천히 말했다.

"네가 나를 원수로 여긴다면 죽여도 좋다. 하지만 너는 끝내

이 일의 진상을 알지 못하게 되겠지. 뭐, 그래도 상관은 없겠다. 아니, 그게 더 나을지도 모르겠군. 그러니 그냥 나를 죽이고 네 원수를 갚아라. 그러면 너는 통쾌할 것이고, 앞으로는 이런 위험한 모험을 하지 않고 살아도 될 것이다. 좋은 사람을 만나 가정을 꾸리고 행복하게 살면 좋을 것이야. 그렇지 않으냐?"

"대체 무슨 말을 그렇게 횡설수설하는 거지? 설마 미친놈 흉내를 내려는 건 아니겠지? 흥, 그런다고 내가 너를 살려줄 것 같으냐?"

왕소령이 매섭게 노려보지만 왕금은 태연하기만 했다. 이미 살기를 포기한 것 같다.

왕금이 제가 가로막고 있는 등 뒤의 흙솥을 가리키며 말했다.

"나를 열 번 죽여도 좋다. 하지만 이 솥만은 건드리지 말거라."

"그 안에 들어 있는 게 네 목숨보다 귀하단 말이냐?"

"물론이지. 나야 그저 하찮은 도사에 지나지 않지만 그래도 단약을 조제하는 비법에 있어서만은 그 누구보다 뛰어나다고 자부한다."

그의 음성에 신념이 배어 있다. 왕소령은 그가 거짓말을 하는 게 아님을 알 수 있었다.

왕금은 과연 단약의 조제에 있어서만큼은 독보적인 존재였던 것이다. 그게 황제가 그에게 혹하여 빠져든 이유이기도 하다.

왕금이 엄숙한 얼굴로 말을 계속했다.

"이 안에는 내가 얼마 전에 얻은 모산파의 귀한 비법으로 정련하고 있는 단약이 있다. 모산파의 보전에서 나온 비법에 따른 것인데, 그것이야말로 선계의 신선들이나 알 수 있는 것으로써 인간 세상에는 전해지지 않는 커다란 비밀이지."

"모산파?"

왕소령은 어리둥절해졌다.

그가 왜 갑자기 모산파를 이야기하는 건지 이해할 수 없다. 그녀가 아는 모산파의 이름난 도사는 자운곡주가 있을 뿐, 도중문 역시 모산파의 도사라는 건 알지 못하니 그럴 수밖에 없었다.

게다가 도중문이 모산파의 보전인 천선보경을 자운곡에서 훔쳐 왔다는 건 까맣게 모르고 있는 터라 더욱 그렇다.

"그 비법으로 조제한 단약은 한 번 먹으면 불로장생하는 것인데 황제 폐하께 진상할 것이란다."

"흥, 그 어리석은 황제를 위해 만드는 단약이라는 거로군."

왕소령이 비웃지만 왕금은 진지하기만 했다.

"황상께서는 단지 도를 추구하실 뿐이다. 태상노군도 인간에게 남긴 도덕경에서 말씀하시지 않았더냐? 황상께서 도에 통하여 무위의 치를 행한다면 그보다 더 이상적인 건 없을 것이다. 세상은 낙원이 될 것이고, 사람들은 모두 황상의 도에 감화되어 악을 끊고 선을 행할 것이며, 더 나아가 무위의 이치에

통하여 자연의 순리에 따를 것이니, 그때는 이 세상이 곧 선계가 되는 것이야. 너는 이것이 백성들을 위해서 옳다고 생각하지 않느냐?"

"핫!"

왕금의 말을 듣던 왕소령이 커다랗게 코웃음을 쳤다.

'이제 보니 이 사람은 황제를 빌어 이 땅에 도를 실현하겠다는 꿈에 흠뻑 빠져 있군.'

그런 생각이 절로 들었다. 왕금은 제가 만들어낸 환상에 사로잡혀 어느 게 현실이고 어느 게 환상인지조차 구분할 수 없는 모호한 상태였던 것이다.

극단적인 이상주의자라고 해야 하리라.

황제 또한 그런 왕금의 이상주의와 배짱이 맞아서 제 자신을 잊고 스스로는 신선이 될 것이며, 장차 이 땅을 선계로 만들겠다는 허황된 꿈에 젖어 있는 게 틀림없었다.

물끄러미 왕금을 내려다보던 왕소령이 한숨을 쉬었다. 이자는 절대로 내 가문을 박살 낼 만한 자가 아니라는 생각이 굳어졌기 때문이다.

황제를 등에 업고 온갖 야비한 짓을 한다던 세간의 말은 잘못 전해진 게 틀림없다. 그렇다면 어디에서부터 어떻게 잘못된 건지를 밝혀내야 한다. 그러면 진짜 원수를 찾을 수 있을 것이다.

그렇게 생각한 왕소령이 단검을 거두고 물었다.

"그렇다면 당신은 누가 당신을 내세워 무소불위의 권력을 휘두르는지 알겠군? 대체 누가 내 아버님을 역적으로 몰았고 내 가문을 멸망시켰지?"

왕금이 물끄러미 왕소령을 바라보았다. 그의 깊은 눈 속에 착잡한 감정이 실린다.

한동안 그렇게 왕소령을 바라보기만 하던 왕금이 한숨을 쉬고 말했다.

"나는 오직 황제 폐하를 모시고 도를 논하며 단약을 조제할 뿐 세상의 일에 대해서는 알지 못하고 관심도 없다. 그래서 조양전 바깥의 일은 모두 다른 사람에게 일임하고 있지."

조양전(朝陽殿)은 궁성 깊숙한 곳에 있는 별전(別殿)으로써 황제가 사사로이 거처하는 곳이다. 가정제와 왕금은 종일 그 안에서만 생활할 뿐, 조양전 밖으로 나오는 일도 드물었던 것이다.

그러니 조양전 바깥의 일이라 함은 곧 황궁의 일이고, 세상의 일을 말하는 것이다. 바로 권력의 핵심을 지적하는 것이다.

"그게 누구지?"

왕소령이 다급하게 물었다. 왕금이 머뭇거리다가 겨우 말했다.

"여기까지 나를 찾아올 정도로 집념이 대단했다면 네 스스로 이미 알고 있을 텐데?"

왕소령의 머릿속에 번갯불이 번쩍, 하고 스쳐 갔다.

"아!"

놀라 탄성을 터뜨린 그녀가 버럭 소리쳤다.

"바로 그였구나! 그가 모든 일을 꾸미는 자였어!"

"그렇다. 네 말을 들어보니 그가 나와 황상을 판 게 틀림없어. 나는 그 사람도 나와 같은 길을 가고자 하는 줄 알았는데 이제 보니 그 사람과 나의 길은 달라도 너무 많이 달랐구나."

"도중문⋯⋯."

왕소령이 그 이름을 중얼거리고 빠드득 이를 갈았다.

그가 단지 내행창의 수장일 뿐이라고 알고 있었던 게 잘못이었다. 그가 왕금의 오른팔로서 왕금의 명을 받아 행동할 뿐이라고 여기고 있었던 게 잘못이었던 것이다.

사실은 그자야말로 이 모든 일의 원흉이고 배후 조종자였다는 사실이 끔찍하게 다가온다.

왕금마저 도중문의 손에 사로잡혀 꼼짝하지 못하는 처지인 게 틀림없다. 황제는 그런 왕금에게 깊이 빠져 있으니 결국 도중문의 뜻대로 모든 게 될 수밖에 없었다.

거기까지 생각하던 왕소령의 낯빛이 싹 변했다.

'큰일 났다!'

그녀는 지금쯤 귀양의 영복왕부에 가 있을 도수백을 떠올린 것이다.

그는 아직도 왕금이 원흉인 줄로만 알고 있을 것이다. 그뿐만이 아니라 영복왕이나 자운곡주 등 다른 사람들도 마찬가지다.

곧 왕금을 처치하기 위해 북경으로 올 텐데, 그렇게 되면 모두 함정에 빠질 위험이 있었다.

‘이 일을 그들에게 알려주어야 해.’

그런 다급한 마음이면서도 눈앞의 왕금을 어찌해야 할지 갈피를 잡을 수 없어서 망설인다.

“휴—”

왕소령이 한숨을 쉬고 단검을 갈무리했다.

“당신은 앞으로 절대 도중문의 말을 듣지 않는 게 좋을 거예요. 만약 내 말에 따르지 않는다면 언제든 지금처럼 당신을 찾아올 것이고, 그때는 반드시 당신에게도 죄를 물어 목을 자르고 말겠어요.”

“소저의 말은 너무 끔찍하군.”

왕금이 부르르 몸을 떤다.

왕소령은 도중문의 꼭두각시나 다름없는 그를 지금 죽여봐야 아무 소용이 없다고 생각했다. 오히려 그자의 경계심만 높여주는 꼴이고, 황제를 화나게 하는 꼴이니 앞으로의 일에 어려움만 많아질 뿐이다.

왕금에 대한 미움이 허망해지자 맥이 빠졌다.

“부디 내 말을 명심하세요.”

그래서 경고하는 말투가 조금 전과 같지 않았다.

왕금은 그녀의 말투가 변한 것에 안심했다. 그래서 그녀가 냉랭하게 경고하지만 두려워하지 않았다.

왕소령이 돌아서자 왕금이 무엇을 생각했던지 그녀를 불렀다.

“잠깐만.”

“…….”

“소저는 지금 도 제독을 죽여 원수를 갚으려는 것인가?”

“그래요.”

“그가 지금 어디에 있는지 알고는 있어?”

“곧 알 수 있겠지요.”

“그는 한 달 전에 황궁을 나가 귀주로 갔다네.”

“귀왕부!”

“그렇지. 그가 무엇 때문에 갑자기 귀주로 갔는지 궁금했는데 이제는 조금 알 것도 같군.”

왕금의 얼굴이 어두워졌다.

“무엇을 알겠다는 거지요?”

“그가 품고 있는 속셈을 말이야. 이건, 이건 정말 곤란한 일이야…….”

그 뒤로도 무어라고 더 중얼거렸는데, 워낙 낮은 음성이라 알아듣기 힘들었다.

“이 일을 막기 위해서는 역시 단약을 완성해서 황상께 진상해야 해. 황상께서 불로장생하게 되신다면 도 제독도 그런 헛된 꿈을 꾸지 않겠지. 영복왕도 마찬가지일 테고. 그러면 모든 일들이 다 제자리로 돌아올 거야.”

“흥, 당신은 지금 제정신이 아니군요. 불로장생이라니? 쳇.”

그를 비웃었지만 왕소령은 차라리 그가 지금처럼 비정상적으로 한 가지 일에만 전념하는 편이 훨씬 낫다고 생각했다. 적어도 그런 동안만큼은 도중문처럼 엉뚱한 마음을 품고 세상을 어지럽히지 않을 것이기 때문이다.

"당신은 부디 그 단약을 무사히 제조해서 황상께 바치세요, 나는 도중문을 잡을 테니까."

"잠깐 기다리게."

왕소령이 비웃듯 말하고 돌아서자 왕금이 서둘러 일어났다. 그는 문득 왕소령이 저를 도중문의 손아귀에서 벗어나게 해줄 유일한 사람이라고 생각한 것이다.

그러므로 지금은 그녀를 보호해 주어야 한다는 판단이 선다.

"내가 문밖까지 동행해 주지."

"……?"

"소저의 무예가 아무리 높아도 밖에 있는 나의 호위 세 명을 이기진 못할 것이네."

"흥, 들어올 때도 감쪽같이 들어왔는데 나가지 못하겠어요?"

"그렇지 않아. 지금쯤 제단 앞에는 그들이 버티고 서 있을걸?"

"엇?"

"나는 사전에 그들과 약속해 둔 게 있지. 반 시진마다 한 번씩 나와서 기척을 내기로 말이야. 그러지 않으면 나에게 이상이 생긴 걸로 여기고 그들이 당장 뛰어들어 온다. 그런데 벌써 반 시진이 훌쩍 지났어."

"하지만 여태까지 무사했는데요?"

"그건 무슨 일이 있어도 이 지하 밀실로는 들어오지 못하도록 단단히 일러두었기 때문이지. 내가 이곳에서 죽었다고 해도 그들은 감히 들어올 수가 없다."

"그렇다면 누가 이곳으로 숨어들어 와 당신을 죽여도 무사할 수 있겠군요?"

"그렇지 않다. 이곳에서는 밖으로 나가는 길은 오직 제단 뒤의 통로를 통하는 것밖에 없으니 누가 들어왔든 결국 그들에게 잡힐 수밖에 없다."

주위를 다시 한 번 둘러본 왕소령은 그 말이 옳다고 생각했다.

달리 출구가 없으니 굶어 죽지 않으려면 처음에 들어왔던 곳으로 다시 나갈 수밖에 없다. 그러면 결국 제단 앞을 지키고 있는 호위들과 맞닥뜨리게 되는 것이다.

왕소령이 뚫어질 듯 왕금을 바라보았다. 왕금이 악의없이 웃는다.

"나는 소저가 반드시 뜻을 이루기 바란다네. 그게 곧 황상을 위하는 일이고 나를 위하는 일이기도 하다는 걸 이제 안 거지."

"좋아요."

왕소령이 머리를 끄덕이고 비켜섰다. 왕금이 천천히 그녀를 앞서 나갔고, 왕소령은 잔뜩 긴장하여 뒤를 따랐다.

비밀 통로를 빠져나와 제단을 벗어나자 과연 붉은 방 안에 세 명의 대한이 품 자(品字) 형태로 우뚝 서 있었다.

신광이 이글거리는 눈으로 왕소령을 무섭게 노려본다.

왕금이 그들에게 말했다.

"이 소저는 사정이 있어서 잠시 나를 찾아온 것뿐이다. 이제 돌아가려고 하니 방해하지 말라."

"······."

세 명의 사내가 왕소령을 노려보고 왕금을 바라보았다. 그가 위협을 받고 있는 것 같지 않으니 안심은 되지만 그래도 상한 자존심에 위안을 받을 수는 없다.

왕소령이 자신들의 감시를 감쪽같이 뚫고 밀실까지 들어갔기 때문이다.

"대인, 정말 괜찮으십니까?"

한 명이 조심스럽게 묻자 왕금이 크게 머리를 끄덕였다.

"아무 일도 아니었다. 소저와 내가 은밀하게 상의할 일이 있었을 뿐이야. 그러니 너희들도 오늘의 일은 결코 발설하지 말거라."

"명을 받듭니다."

왕금이 무사하다는 걸 확인한 세 명이 비로소 길을 열어주었다.

왕소령은 천천히 그들 사이를 지나갔다. 적의를 띤 따가운 시선이 온몸에 느껴지지만 애써 무시한다.

魔風俠星

第七章

수라문(修羅門)의 검법

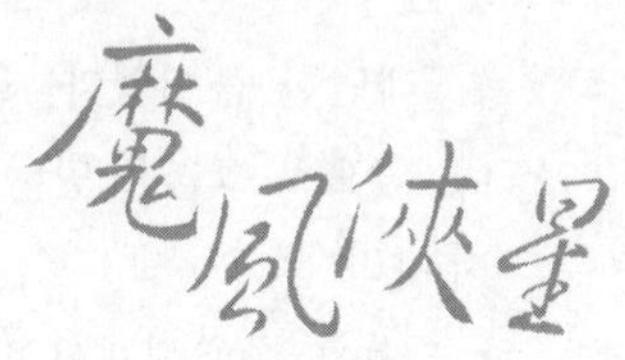

"수라신군이라고 불린단 말이지?"

기요성의 눈매가 서늘해졌다.

"대단한 노인이었어. 마주 보기가 힘들더구나."

도수백은 그와 만났던 일을 떠올리고 심각해졌다.

자기가 그렇게 생각하고 있는 지금, 귀주성 안의 어디에서 인가 수라신군 나부춘도 같은 생각을 하고 있다는 걸 알 리 없다.

수라신군 나부춘과의 만남은 뜨거운 차 한 잔을 사이에 두고 이루어졌는데, 두 사람 모두 서로에 대해서 강렬한 인상을 받았던 것이다.

그래서 그 시간에 나부춘 또한 수하들에게 단단히 이르고 있었다.

"대단한 놈이었다. 들었던 것과는 하늘과 땅처럼 차이가 나. 앞으로 그놈을 만나게 되면 극히 조심하고 함부로 달려들지 마라."

그는 도수백에게서 받은 인상을 잊을 수 없었다. 칼을 뽑아 들면 제 목숨 따위는 돌보지 않고 오직 상대를 베어 넘기기 위해서 악귀처럼 달려드는 놈이라는 걸 금방 알아볼 수 있었기 때문이다.

도수백은 유성추혼 강무명에게 호되게 당하고, 억새밭에서 동창의 무리에게 목숨이 위태로울 만큼 부상을 입었던 이후로 확실히 훌쩍 발전해 있었던 것이다.

이제는 강무명이나 엽건신이라고 해도 그를 만만하게 여기지 못할 것이다.

"그런 놈이 제일 골치 아파. 건드리지 않는 게 상책이다."

나부춘은 도수백이 보여준 기세 정도라면 이긴다고 해도 이쪽 또한 가볍지 않은 상처를 입게 될 거라고 생각했다.

고수를 자처하는 자들치고 그런 일을 달갑게 여길 자는 아무도 없다.

그 나부춘과의 만남을 떠올린 도수백이 다시 말했다.

"내가 도중문의 거처에서 만났던 유성추혼 강무명이라는 노인과는 또 다른 무게감이 있었다."

"어떻게 말이냐?"

"뭐랄까… 강 노인에게서는 거미줄처럼 질기고 날카로운

위험을 느낄 수 있었지. 한 번 걸리면 절대로 그의 손아귀에서 빠져나갈 수 없을 것 같은 불안감이었다. 그런데 수라신군이라는 노인에게서는 그렇지 않았어.”

기요성이 마른 입술을 핥으며 눈으로 재촉한다.

“그 노인의 기운은 어두웠다. 크고 두터웠지. 마치 한겨울의 깊은 밤중에 홀로 공동묘지 한가운데 서 있는 것 같았다고나 할까?”

“쳇, 너는 갑자기 시인이라도 된 것처럼 말하는구나. 너답지 않아.”

기요성이 눈을 흘기며 핀잔을 준다. 그리고 잠시 침묵하더니 말했다.

“내가 수라문의 검법과 경공신법을 물려받았다는 얘기를 기억하겠지?”

“잊어버릴 리가 있나. 그것 때문에 결국 화산에서 쫓겨났는데 말이다.”

기요성은 한가한 시간에 도수백에게 저의 지나온 날들을 모두 이야기해 주었던 것이다. 그건 병영에 있을 때부터 도수백이 늘 궁금해하던 것이었다. 그러나 매번 물을 때마다 기요성은 딴청을 부릴 뿐 조금도 이야기해 주려고 하지 않았었다. 그러던 그가 얼마 전에는 묻지 않았는데도 스스로 제 과거를 이야기해 주었다.

도수백은 그가 가지고 있는 아픈 상처를 알고 연민과 함께 그에 대한 더 깊은 애정을 느꼈다. 저 곱고 깨끗한 얼굴에 늘

한 가닥 그늘이 져 있던 게 그런 이유 때문이었다고 생각하자 그의 불행이 제 불행처럼 여겨졌던 것이다.

"그를 한번 만나 봐야겠어."

기요성이 불쑥 말했다.

"응? 누구?"

"빌어먹을 놈. 수라신군이라고 했잖아, 조금 전에."

"그 사람을 만나서 뭘 어쩌려고?"

"내가 수라문의 무공을 계승했는데, 그 사람의 별호가 수라신군이라니 호기심이 동하지 않을 수 있겠어?"

"아직도 수라옥녀 상초혜를 잊지 못하고 있구나?"

기요성의 얼굴이 어두워졌다. 고개를 숙이고 묵묵히 제 발치만 내려다보더니 속삭이듯 말했다.

"무한에서 그녀를 보았다."

"뭐라고? 수라옥녀가 무한에 나타났었단 말이냐?"

"아니, 그럴 리가 없지. 하지만 영락없는 그녀였어."

"도대체 무슨 소리야? 왜 횡설수설하는 거냐?"

"나는 다섯 살 때의 일을 똑똑히 기억하고 있다. 그건 곧 그때의 수라옥녀를 낱낱이 기억하고 있다는 거지. 그런데 내가 착각했을 것 같아? 그녀는 분명 종남산의 비곡에 있던 수라옥녀였다."

"몇 살이나 되어 보였는데?"

"기껏해야 스물넷이나 다섯 정도?"

"미친놈. 네 말은 수라옥녀가 평생 늙지도 않고 그 모습 그대로 오늘날까지 유지해 오고 있었다는 거냐?"

"그렇지? 말도 안 되는 일이지? 고모는 지금쯤 환갑을 바라보는 나이일 테니 말이야. 머리가 희끗희끗하고, 곱던 얼굴에도 주름살이 생겼으며, 거동이 불편할지도 몰라."

"잘 알면서 그딴 헛소리를 해? 네가 착각한 게 틀림없다. 그러니 잊어버려."

"하지만 그녀는 너무 똑같았어."

다시 멍하니 허공을 바라보던 기요성이 제 이마를 딱, 소리가 나도록 쳤다.

"그렇다! 나는 왜 그 생각을 하지 못했을까?"

"뭘?"

"고모는 아들이 아니라 딸을 낳은 게 틀림없어!"

"딸?"

"그때 고모가 뱃속에 아기를 가지고 있었다고 말했잖아. 아들이라고 철석같이 믿었지만 낳고 보니 딸이었던 거야."

"그럴 수도 있겠다. 그건 말이 된다."

그렇다면 그 아이가 자라 어엿한 처녀가 되었고, 제 엄마를 빼닮았다고 해서 이상할 게 없다. 기요성이 충분히 착각할 수 있는 일인 것이다.

"무한으로 가봐야겠어."

기요성이 꿈꾸는 듯한 얼굴로 말했다.

"가서 그녀를 찾아봐야겠어. 어쩌면, 어쩌면……."

"수라옥녀를 만날 수 있게 될지도 모른다고?"

도수백이 코웃음을 쳤다.

"이 멍청한 놈아, 잘 생각해 봐. 수라옥녀는 화산파의 원수 아니냐? 너를 가장 아껴주던 사형의 팔을 뎅겅 잘라 버렸다면서? 분하지도 않아?"

"하지만, 하지만……."

기요성이 결단을 내리지 못하고 망설였다. 한참을 그렇게 머뭇거리더니 기어들어 가는 목소리로 겨우 말한다.

"하지만 고모는… 나에게 정말 잘해주었어. 마치 엄마 같았고 스승 같았다. 나는 그때를 잊을 수가 없어. 내가 고모의 불룩한 배를 쓰다듬으며 뱃속의 아기에게 이야기를 해줄 때마다 고모가 얼마나 행복하고 달콤한 표정을 지었는지 너는 모를 거야. 그 아기는 내 동생이나 마찬가지야. 무사히 태어나서 어엿한 처녀로 자랐다면 반가운 일이지. 내 동생인데 만나봐야 하지 않겠어?"

도수백은 기요성이 자기의 정체성에 혼란을 겪고 있다는 걸 알았다. 워낙 어렸을 때의 일이라 그에게 선악과 호불호의 기준이 모호했던 것이다.

게다가 어린 마음에 상초혜에게서 모성을 느꼈을 수도 있다. 그녀가 마치 제 어머니라도 되는 것처럼 착각했고, 그걸 깊이 간직하고 있는 것이리라.

그래서 좋은 것만을 애써 기억하고 떠올리는 것인데, 도수백은 그런 기요성이 더욱 안타깝기만 했다.

"그래, 네가 그렇게 원한다면 가라. 가서 반드시 찾아."

“고마워.”

활짝 웃으며 도수백의 손을 꼭 잡은 기요성이 제 본연의 모습으로 돌아와 빙긋 웃었다.

“그전에 수라신군이라는 사람을 만나봐야겠지. 그가 수라문과 어떤 관계인지 알아봐야 해.”

도수백이 어이없다는 얼굴로 검을 집어 들고 일어서는 기요성을 빤히 바라보다가 물었다.

“지금?”

“생각났을 때 즉시 해야지. 뭐 하고 있어? 안내해 주지 않을 거냐?”

“허—”

도수백도 할 수 없다는 듯 칼을 집어 들고 느릿느릿 몸을 일으켰다.

수라신군 나부춘이 있던 곳은 귀양성 밖이었다. 멀리서 보면 종을 엎어놓은 것도 같고, 상투를 묶어놓은 것처럼 보이기도 해서 종추산(鐘椎山)이라고 하는 야트막한 산중이었다.

산 중턱쯤, 깊이 파인 골짜기가 시작되는 곳에 무성한 산밤나무 군락이 있고 그 속에 낡은 사당이 있었는데, 나부춘은 그곳을 제 근거지로 삼고 있었다.

그가 영복왕부를 감시하기 위해 북경에서 데리고 온 자들은 몇 명 되지 않았지만 하나같이 고수 아닌 자가 없었다. 도수백은 그들이 내행창의 무사들이라는 걸 알았지만 조금도 꺼려하지 않았다.

기요성과 함께 붙어 있으면 아무것도 두렵지 않았던 것이다. 그건 기요성도 마찬가지였다. 그래서 굳이 도수백을 앞세우려 했던 것이다.

그들은 두 필의 건마를 타고 왕부를 나와 거침없이 대로를 달려갔다. 그들을 알아본 성병들이 즉시 성문을 활짝 열어준다.

종추산까지는 천천히 걸어서 한 시진 남짓한 거리인데, 건장한 말을 타고 채찍질해 달리니 두어 자루의 향이 탔을 만한 시간밖에 걸리지 않았다.

두 사람은 골짜기 입구에 말을 묶어놓고 경공신법을 발휘해 날듯이 달려 올라갔다.

자신들의 행적이 발각되는 것에 대해서는 조금도 신경 쓰지 않았다. 어쩌면 귀양성을 벗어났을 때부터 내행창 무사들의 눈이 따라붙었을지도 모르는 것이다.

과연 중턱 부근에 이르자 앞을 가로막는 자들이 있었다.

잿빛 무복을 입은 두 명의 차갑게 생긴 장한들이다.

"왜 왔느냐?"

도수백을 알아본 자가 싸늘한 얼굴로 묻는다.

"손님을 모셔왔다. 그러니 너희들의 주인에게 전해."

"흥!"

두 놈이 기요성을 매섭게 훑어보고 코웃음을 쳤다.

"왕부에 있는 놈이로군?"

귀양부중에서 기요성을 모르는 사람은 없다. 그들도 보지는
못했지만 말을 들어 알고 있었던 것이다.

기요성이 앞으로 나섰다. 의젓하고 깨끗한 것이 대가의 귀
공자라거나 학식이 높은 유생이라고 하면 더 어울릴 것 같았
다.

하지만 그는 남색 경장을 입고 머리띠를 동였으며 패옥이
박혀 있는 옥대에 한 자루 고색창연한 장검을 매달고 있었다.

그 우아하고 귀족적인 용모며 여유있는 행동에 두 명의 무
사가 은근히 부러움과 감탄의 눈길을 보낸다.

그들의 다섯 걸음 앞까지 다가간 기요성이 쾌활한 음성으로
말했다.

"수라신군이라는 분을 만나러 왔소이다. 수고스럽겠지만
형장들이 그분께 기별을 해주었으면 좋겠군. 기요성이 수라문
의 검을 들고 찾아왔다고 하면 절대로 물리치지 않을 것이오."

"수라문이라고?"

두 놈이 흠칫 놀라 한 걸음 물러서며 뚫어지게 기요성을 바
라보았다.

"기다려라."

그 한마디를 남기고는 쏜살같이 산밤나무 군락지 속으로 뛰
어들어 사라진다.

"가보자."

도수백이 칼집을 툭툭, 치고 느긋한 걸음으로 앞서 산밤나
무 군락을 향해 나아갔다. 기요성이 그 뒤를 유람이라도 나온

사람처럼 두리번거리며 한가롭게 따른다.

낡은 신상이 있는 제단 앞에 수라신군 나부춘이 오만한 모습으로 앉아 있고, 사당 좌우의 벽에는 여섯 명의 무사가 갈라서서 두 불청객의 일거일동을 감시했다.

도수백과 기요성은 나부춘과 십여 보 떨어진 곳에 나란히 서 있는 중이었다.

"수라문의 검을 가져왔다고?"

이글거리는 눈으로 기요성을 뜯어보던 나부춘이 천천히 말했다. 말투에 관록과 여유가 깃들어 있다.

기요성이 빙긋 웃는다.

"그전에 노선배가 수라신군이라는 별호를 쓰게 된 까닭을 먼저 들려주십시오. 내가 가져온 검은 그다음이올시다."

"나는 수라문의 유일한 계승자다. 그러니 장문인 셈이지."

"소생은 수라옥녀 상초혜가 수라문의 전승자라고 알고 있소이다만?"

"흥! 상초혜라고? 그 요망한 것이 어찌 수라문을 계승할 수 있겠느냐?"

"말씀을 들어보니 그녀를 잘 알고 있는 듯하군요?"

"그럴 수밖에, 그 요망한 것은 내 사매였으니까."

"호오—"

기요성이 깜짝 놀랐다는 얼굴로 탄성을 터뜨렸다.

"그런데 언제부터 수라문이 황궁에 꼭꼭 숨어 있었는지 소생은 모르겠군요? 강호에 두려워하는 사람이라도 있어서 피하려는 것입니까?"

"헛소리!"

수라신군이 버럭 소리쳤다.

"수라문은 다만 황상 곁에서 황상을 보위함으로써 충정을 다한다는 생각으로 과감히 결단하고 강호를 떠났을 뿐이다!"

"훙! 그렇다면 어째서 지금은 황상이 아닌 내행창의 도 제독을 보위하는 것이오?"

"그건, 그건……."

얼굴이 시뻘게져서 씩씩거리던 나부춘이 다시 소리쳤다.

"도 제독을 보위하는 것이 곧 황상을 보위하는 것이다! 너, 어린놈이 무엇을 안다고 함부로 입을 놀리는 것이냐?"

"핫하하, 그것참 이상하군. 도 제독은 황상이 아니고, 황상은 도 제독이 아닌데 어째서 그를 모시는 게 황상을 모시는 것이란 말인가? 내가 도사의 옷을 입고 불당에 앉아 부처님을 모신다면 그것도 이상할 게 없겠군요?"

"닥쳐라!"

말이 궁하게 된 나부춘이 위엄과 호통으로 기를 누르려 하지만 그것에 굴할 기요성이 아니었다. 그가 조롱하듯 다시 말했다.

"내가 알기로 상 고모는 오직 수라문의 계승자로서 강호에 문파의 이름을 널리 알리고자 불철주야 애썼소이다. 그것이 강호의 한 문파를 책임진 자로서 의당 해야 할 일이지, 노선배처럼 황궁에 숨어 스스로의 안락함만을 취해서야 어디 문파의 존사라고 할 수 있겠소? 그러니 내 생각에는 아무래도 노선배는 수라문을 사칭하는 사람에 지나지 않는 것 같구려. 진정한 수라문의 계승자는 역시 수라옥녀 상초혜, 상 고모라고 해야 할 것이오. 그러니 노선배는 다시는 스스로 수라문의 어쩌구 하는 말을 하지 마시오."

긴말을 하는 동안 수라신군 나부춘의 얼굴은 분노로 숯덩이처럼 달아올랐고, 기요성의 얼굴은 얼음장처럼 싸늘하게 변했다. 서릿발이 돋을 것만 같다.

수라신군이 크게 노해서 소리쳤다.

"상초혜는 마녀로 악명을 떨쳤다! 흥, 흥! 수라문의 명예를 오히려 더럽혔지. 그러니 지탄을 받아야 마땅하다!"

"흥!"

기요성도 지지 않고 마주 코웃음을 날린다.

"강호의 삶이라는 게 다 그런 것 아니겠소? 열 명을 죽이면 마녀가 되고 한 명을 죽이면 협녀가 되는 것이오?"

억지스런 말이라는 걸 기요성 자신도 잘 알고 있었다. 하지만 수라신군 앞에서 기 죽고 싶은 마음이 없고, 상초혜를 비호해 주려는 마음이 더 앞섰을 뿐이다.

그는 수라문이 나부춘과 상초혜 대에 이르러 큰 변고를 겪었다는 걸 짐작할 수 있었다.

사형매 간이라는 두 사람이 어쩌면 계승권을 놓고 치열하게 다투었는지도 모른다. 그 와중에 상초혜가 수라신군을 이겼고, 수라신군은 그 즉시 강호를 떠나 황궁에 몸을 의탁한 것이리라.

그렇다면 두 사람이 서로 겨루기 전에 그와 같은 약속을 해둔 것일 수도 있다.

와신상담했을 수라신군이 이제 강호에 다시 나왔으니 반드시 상초혜를 찾아 앙갚음하려 할 게 뻔했다. 다시 사문의 계승권을 놓고 싸운다면 둘 중 한 사람은 죽게 되리라.

기요성은 상초혜가 그런 위험에 빠지도록 할 수 없었다.

그가 조금씩 물기를 띠고 번들거리는 눈을 들어 나부춘을 똑바로 바라보며 천천히 말했다.

"나 또한 수라문의 계승권을 주장할 수 있는 사람이오. 그러니 지금 이곳에는 서로 계승자를 자처하는 두 사람이 있는 셈이지."

"뭐라고?"

나부춘이 눈을 휘둥그레 떴다. 그는 기요성이 대단한 고수라는 걸 들어 알고 있었다. 그의 검법이 당대에 적수를 찾아보기 힘들 것이라는 말이 귀양부중에 널리 떠돌고 있었던 것이다.

"네가 정년 수라문의 검법을 배웠단 말이냐?"

"어디 검법뿐이겠소?"

"그렇다면 네놈은 상초혜 그 악독한 년의 제자로구나!"

수라신군이 적의를 감추지 않고 벌떡 일어나 손가락질을 했다. 기요성이 얼음장처럼 싸늘하게 가라앉은 얼굴로 태연히 그를 마주한다.

"당신은 스스로 나에게 문호를 정리할 권리가 있다는 걸 인정한 셈이군."

그는 더 이상 수라신군을 노선배라고 부르지도 않는다.

수라신군이 부드득 이를 갈았다.

"하룻강아지 범 무서운 줄 모른다더니, 새파랗게 어린놈이 하늘 높은 줄 모르고 까불어대는구나. 나야말로 다시 강호에 나왔으니 문호를 정리하지 않을 수 없지. 오늘 너를 죽이고, 다음에는 상초혜를 죽여서 문호를 깨끗이 정리하고 말 테다. 그런 다음에 수라문의 진정한 모습을 강호에 알리면 모두들 경배하겠지. 흥, 구파일방이 어찌 수라문의 상대가 되겠느냐?"

"헛된 꿈을 꾸는 자로군. 그러자면 먼저 내 검을 꺾어야 할 테니 자, 오시오. 당신이 궁금해하던 수라문의 검을 똑똑히 보여주리다."

그들의 말을 듣고 상황이 급박하게 변해가는 걸 지켜보면서 도수백은 내심 걱정하지 않을 수 없었다.

기요성이 뛰어난 자라는 건 누구보다 잘 알고 있지만, '그가 과연 수라신군을 상대할 수 있을까?' 하는 미심쩍은 마음이 들었던 것이다.

도수백은 은밀히 주위의 동정을 살폈다. 여섯 명의 무사는 아무래도 제 차지가 될 것 같아서이다.

과연 그들은 나부춘이 자리를 박차고 일어선 것과 동시에 검 자루에 손을 올려놓은 채 긴장하고 있었다. 명령만 떨어지면 즉시 도수백과 기요성을 합공할 태세다.

'저놈들이 끼어들지 못하게 해야 한다.'

도수백은 이 싸움을 피할 수 없다는 걸 알았다. 기요성이 수라신군에게 데려다 달라고 했을 때부터 그는 마음속으로 이와 같은 일을 벌이려고 단단히 작정하고 있었던 것이다.

'썩을 놈. 제 일에 나를 끌어들여서 귀찮게 하는군.'

그렇게 속으로 툴툴거리지만 그의 눈은 매섭게 여섯 명의 움직임을 감시하고 있었다.

"검을 뽑아라!"

수라신군 나부춘이 옷소매를 걷어 올리며 근엄하게 말했다. 싸움에 임하자 흥분을 깨끗이 가라앉히고 즉시 냉정을 되찾은 것이다.

기요성이 검을 뽑아 들기는커녕 그것을 풀어 저만큼 던져 버렸다.

"엇? 아니, 너 지금 그게 무슨 짓이냐?"

도수백이 깜짝 놀라 소리쳤지만 기요성은 대꾸하지 않았다. 물기에 젖어 번들거리는 눈으로 수라신군을 노려볼 뿐이다.

수라신군은 장법(掌法)으로 기요성을 상대할 모양이었다.

기요성은 그가 내공을 두 손에 운집시키는 걸 지켜보며 어쩌면 그는 사문의 검법을 배우지 못한 건지도 모른다고 생각했다.

검법과 신법의 절기는 상초혜에게 전해졌고, 나부춘에게는 다른 무엇이 전해진 게 틀림없을 텐데, 그렇다면 장법과 권각

법일 것이라고 추측한다.

　서로 눈싸움을 하던 두 사람이 동시에 '이얏!' 하는 기합성을 터뜨렸다.

　서로를 향해 세게 떠밀린 것처럼 달려드는데, 초식이고 뭐고 필요없이 그렇게 정면으로 부딪쳐서 끝내 버리려는 사람들 같았다.

　꽈르릉—

　나부춘이 지척에서 힘껏 쌍장을 밀어내자 벽력성이 터져 나왔다.

　그의 운신법과 장력은 강맹하고 침착하며 두텁기 짝이 없는 것이어서 마치 커다란 곰이 쿵쿵거리고 달려들어 일격을 때리는 것 같았다.

　"앗!"

　도수백이 깜짝 놀라 외친 순간, 기요성의 신형이 기묘하게 움직였다.

　옆으로 한껏 눕는 것 같더니 쓰러지려는 방향으로 이동하며 팽이처럼 두어 바퀴 맴돌았는데, 옷자락이 찢어질 것처럼 펄럭일 정도로 맹렬한 회전이었다. 그러자 와선기류가 피어올라 나부춘의 장력을 휘감는다.

　"흥, 수라표풍신보로구나!"

　수라신군이 코웃음을 치고 더욱 급하게 쿵쿵거리며 기요성을 쫓아 들어갔다. 그의 옷소매 역시 찢어질 만큼 맹렬하게 펄럭였다.

사당 안에 갑자기 회오리바람이 가득 차고, 옷자락 펄럭이는 소리로 요란해졌다.

수라표풍신보(修羅漂風神步)라고 불리는 그것이야말로 수라문의 절정 경신공부였다. 맹렬하게 회전하며 스스로의 기운을 와선기류 속에 불어넣으니 절로 시전자의 주위에 강력한 보호막이 형성되는 묘용이 있다.

그것을 수라신군이 두 손을 빠르게 휘둘러 북을 두드리듯 때리고 할퀴어댔다. 그때마다 쿵쾅거리는 요란한 소리가 나고, 강력한 힘이 실린 경풍이 사방으로 쏟아져 나간다.

기요성은 어지럽지도 않은지 계속해서 수라표풍신보를 밟으며 빠르게 맴돌았다. 그러자 그가 만들어내고 있는 와선기류가 점점 그 범위를 넓혀갔고 강력해졌다.

쾅쾅쾅!

수라신군은 수라문 고유의 신공인 수라신정(修羅神精)을 한껏 끌어올려 강맹 일변도의 무식한 장력을 쳐내고 있었다.

초식의 정교함이나 수법의 교묘함에서 이득을 얻겠다는 생각을 버리고 오직 힘으로 기요성의 수라표풍신보를 제압하겠다고 작정한 것이다.

형체를 알아볼 수 없을 만큼 맹렬하게 휘도는 기요성의 몸이 조금씩 흔들리는 걸 느낄 수 있었다. 거푸 때려대는 수라신군의 장력에 조금씩 충격을 받았던 것이다. 그것이 계속 쌓이면 감당할 수 없게 되리라.

수라신군의 검은 얼굴에 득의의 미소가 떠올랐다.

그는 기요성이 검을 버리고 달려들 때부터 자신의 승리를 믿어 의심치 않았던 것이다. 과연 그의 생각대로 이제 몇 번만 더 장력을 쳐내면 기요성은 견디지 못할 것 같았다.

그가 어째서 검을 던져 버리고 맨손으로 달려들었는지 의아하지만 이제는 상관없다.

'스스로 이로움을 버리고 해로움을 택했으니 이건 보기와 달리 정말 어리석은 놈이다.'

그런 생각에 더욱 기요성이 형편없는 놈으로 보이고, 자신만만해진다.

마지막 일격을 가할 생각으로 한껏 공력을 끌어올려 청목강기(靑木罡氣)를 두 손에 움켜쥔 수라신군이 진각의 수법으로 발을 구르며 다가섰다.

쿵, 하는 요란한 소리와 함께 사당이 진동한다. 그 순간 빠르게 움직이던 기요성의 그림자가 멈칫한 것 같았다. 진동이 그의 중심을 아주 잠깐 흔들리게 한 것인지도 모른다.

수라신군이 노린 건 바로 그 순간이었다.

"이놈!"

그가 굉렬하게 외치며 두 손에 가득 끌어 모았던 청목강기를 맹렬하게 쳐냈다.

콰우우우—

바위라도 가루로 만들어 버릴 듯한 경력이 쇠뇌처럼 쏘아졌다. 기요성이 만들어낸 풍벽(風壁)을 뚫으며 곧장 파고든다.

"아!"

　그들의 무시무시한 싸움을 어리둥절해서 지켜보던 도수백이 놀란 외침을 터뜨렸다.

　그는 기요성의 저와 같은 모습을 처음 보는 터였다. 그에게 저러한 절기가 있다는 게 믿어지지 않았는데, 수라신군의 청목강기를 보고는 더욱 놀랐다.

　기요성이 그 일장을 견디지 못할 것만 같았다.

　도수백이 저의 안위는 돌보지 않고 와락 수라신군의 등을 노리고 뛰어들었다.

　그리고 그 순간 내내 감시의 눈을 번뜩이던 여섯 명의 무사도 도수백을 향해 소리없이 몸을 날렸다.

　번쩍―

　그들의 검광이 도수백과 수라신군 사이의 공간을 벌려놓았다. 도수백은 그것을 뚫고 더 다가설 수가 없다. 그가 다급한 마음이 되어서 칼을 뽑았다.

　그리고 그 순간 믿기지 않는 광경을 보고 멍해지고 말았다.

　파앗!

　그의 눈앞에서 홀연히 회오리바람이 사라지고 한 쌍의 백룡(白龍)이 꿈틀거렸던 것이다.

　두 개의 창백하고 흰 빛이 서로를 이끌고 당기며 줄기줄기 뻗어 나왔다.

　그것이 기요성의 두 손에서 나오는 것이라는 게 믿어지지 않는다.

　그는 어느새 한 쌍의 짧은 단검을 쥐고 있었는데, 마치 수라

신군이 마음 놓고 최후의 일격을 쳐오기를 기다리고 있었던
듯했다.

"쌍검!"

도수백이 놀라 외치고 우뚝 멈추어 섰다.

그를 공격하던 다섯 명의 무사도 의외의 사태에 놀란 듯 서
버린다.

기요성은 두 자루의 단검을 휘둘러 침착하고 능숙하게 수라
신군의 청목강기를 끊어내고 있었는데, 그의 그와 같은 모습
은 용을 부리는 자인 것처럼 생각될 만큼 매우 자연스러웠다.

도수백이 문득 떠오른 생각이 있어서 저도 모르게 중얼거렸
다.

"그는, 그는 과연 수라옥녀의 모든 것을 얻었군."

기요성으로부터 수라옥녀의 절기가 검법이고, 특히 좌우의
쌍검법이야말로 수라문 최고의 검법 절기라는 말을 듣지 않았
던가.

기요성은 좌우의 검법을 익히기 싫어해서 우검법 하나만을
익혔다고 했다. 그런데 지금 보니 그는 좌검법마저 지니고 있
었던 것이다.

비곡을 떠난 후 수라옥녀의 가르침을 떠올리며 홀로 뼈를
깎는 수련을 했을 것이다. 그가 얼마나 수라옥녀에 대한 애정
을 품고 있는지 알게 해주는 일이기도 하다.

기요성이 아무런 말도 없이, 두려움도 없이 번쩍이는 두 자
루의 단검을 휘두르며 신속하게 쳐들어갔다.

상초혜를 강호의 재앙으로 불리게 해준 수라쌍검식(修羅雙劍式)인데, 수라심검(修羅深劍)이라고 하는 좌검식은 수비 위주의 치밀한 검식이고, 수라전검(修羅電劍)이라고 하는 우검식은 공격을 주로 한 변화무쌍한 검식이었다.

좌검과 우검이 모두 쾌(快)를 비결로 삼고 있는 신랄한 검식인 것이다.

기요성은 비류음양연(飛流陰陽燕)이라는 초식을 펼치고 있었다. 좌우의 단검이 언제나 공수를 함께한다.

그 의외의 일에 수라신군 또한 적지 않게 당황했다. 그가 '합!' 하고 낮고 힘찬 기합성을 터뜨리며 재빨리 손을 뒤집었다.

청목강기의 위맹함이 바람에 흩어지는 안개처럼 사라지고 이제는 눈부시게 빠르고 신랄한 금나수(擒拿手)가 되어서 기요성의 쌍검에 부딪쳤다.

그가 열 손가락을 교묘하게 굽히고 튕겨낼 때마다 기요성의 쌍검에서 따다당, 하는 요란한 소리가 터져 나왔다.

신응철조(神鷹鐵爪)라는 것인데, 손가락이 강철처럼 변해 도검을 두려워하지 않는다.

수라신군은 한편으로는 막강한 지력으로 검을 튕겨내며 한편으로는 조화철수(造化鐵手)의 금나수법으로 기요성의 완맥을 움켜쥐려고 하였다.

우검이 수라신군의 지력에 맞아 위력을 잃고, 그의 쇠갈퀴 같은 손가락이 손목에 닿은 순간 기요성이 낙일점운(落日霑雲)의 수법으로 좌검을 흔들었다.

싸늘한 검광이 두어 자나 뻗어나가며 이리저리 휘어지는데, 그물코를 촘촘히 엮듯이 엄밀한 검막을 쳐서 방어한다.

"흠!"

수라신군 나부춘이 감탄성을 흘렸다. 기요성의 검법과 재빠른 반응에 감탄하지 않을 수 없었던 것이다. '이놈이 과연 절세의 기재로구나' 하는 생각이 절로 든다.

그는 기요성이 좌검으로 쳐놓은 검막을 뚫지 못했다. 그리고 이번에는 튕겨져 나갔던 그의 우검이 돌아와 벼락치듯 사납게 떨어졌다. 위이잉, 하고 검이 우는 소리가 귀를 먹먹하게 한다. 변화가 많고 예리한 수라난분(修羅亂粉)이라는 수법이었다.

짧은 검이 바람을 가르는 소리가 날카로운 휘파람 소리처럼 들린다. 그만큼 맹렬하고 재빠른 검격이었던 것이다.

왼손의 낙일점운과 오른손의 수라난분이 조화를 이루자 완벽한 공수의 수법이 되었다. 기요성의 손짓과 몸짓이 가리키고 향하는 곳마다 창백한 검광이 소나기처럼 쏟아졌다.

도수백은 얼이 빠질 지경이 되었다. 걱정했던 것과는 달리 기요성이 당당하게 수라신군을 상대하고 있는데, 오히려 수라신군이 점점 궁지에 몰리고 있는 것 같으니 그렇다.

'저 맹랑한 놈은 여태까지 자신을 숨기고 있었군.'

그런 서운함이 들었다.

도수백이 알고 있는 기요성은 무시할 수 없는 고수이지만 지금처럼 뛰어나지는 않았다.

도수백은 기요성이 그동안 자신의 실체를 적어도 삼 할은 감추고 있었다는 걸 알았다. 자기마저도 속였다는 데 대한 서운함과 함께, 그의 깊은 심계가 무섭게 여겨지기까지 했다.

기요성의 두 자루 단검은 용서가 없었다. 찌르고 베어가는 검로가 단호하고 잔혹하다.

수라신군의 발아래에서 와지끈거리며 마룻장 부서지는 소리가 요란하게 났다.

"으악!"

동시에 수라신군의 입에서 처절한 비명성이 터져 나오고, 붉은 피가 검은 허공에 걸렸다.

기요성의 완벽한 수라쌍검에 당황한 순간 오른팔이 어깨에서부터 썽둥 잘려 떨어진 것이다.

그것이 아직 허공에 걸려 있을 때, 수라신군이 비명을 터뜨리며 훌쩍 몸을 날렸다.

와장창! 하는 소리와 함께 그대로 지붕을 뚫고 사라져 버린다.

"이놈! 이 원한은 결코 잊지 않겠다!"

멀리서 그의 처절한 부르짖음이 들려왔다.

"아!"

도수백은 기요성이 수라신군을 물리쳤다는 걸 믿을 수 없었다.

눈을 부릅뜨고 바라보는데, 기요성이 창백한 얼굴로 숨을 헐떡이며 남은 자들에게 말했다.

"너희들도 꺼져 버려. 다신 내 앞에 나타나지 마라."

하늘같이 여기던 수라신군의 패배가 믿어지지 않기는 여섯 놈들도 마찬가지였다.

우물쭈물하며 눈치를 보던 자들이 이내 사방으로 흩어져 달아나고, 사당 안에는 멍하니 서 있는 도수백과 거친 숨을 헐떡거리는 기요성만 남았다.

“무서운 놈.”

한참 만에야 도수백이 겨우 그렇게 말했다.

뗑그렁―

기요성이 두 자루의 단검을 떨어뜨리고 털썩 주저앉았다.

이 짧은 시간 동안 그는 모든 힘과 정신을 다 쏟아냈던 것이다. 그래서 지금은 속이 텅 빈 껍데기처럼 되어버렸다.

숨을 헐떡이면서도 기요성이 빙긋 웃었다.

“내가 왜 화산으로 돌아갈 수 없는지 이제 알았겠지?”

안타까운 눈으로 그를 바라보던 도수백이 천천히 머리를 끄덕였다.

“그래. 역시 너는 수라옥녀 상초혜를 찾아가는 게 낫겠어.”

“미안하다.”

“뭐가?”

“그냥, 모든 게 다.”

“썩을 놈.”

도수백이 풀썩 웃었고, 기요성도 그랬다.

魔風俠星
第八章
항명(抗命)은 명예를 위한 것이다

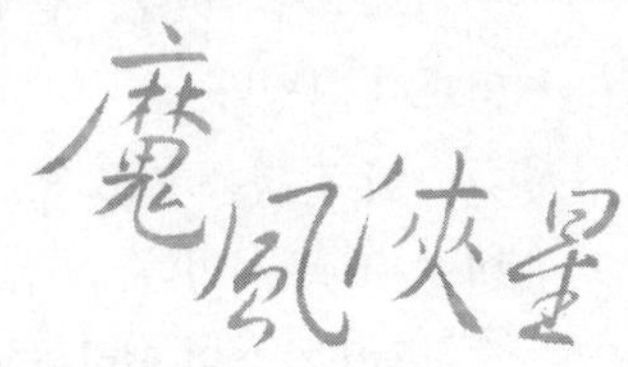

다시 골짜기를 내려와 묶어두었던 말고삐를 풀 때까지 두 사람은 아무 말도 없었다.

"이대로 갈 거냐?"

도수백이 투레질하는 말의 목덜미를 쓸어주며 묻자 기요성이 착잡함이 가득 담긴 눈으로 그를 멍하니 바라보았다.

"아무래도 그게 좋겠지?"

"가서 수라옥녀를 만나면 어떻게 할 건데?"

"그건 아직……."

"그래, 네 마음이 자꾸 그렇게 끌린다면 억지로 막을 필요 없지."

도수백의 말에 쓸쓸함이 묻어났다.

기요성과 이렇게 헤어지면 언제 또다시 만나게 될지 알 수 없으니 그렇다.

그런 감정은 기요성도 마찬가지인 듯, 그가 다가와 도수백의 손을 꼭 쥐었다.

"자리 잡으면 연락할게."

"내가 어디에 있을 줄 알고?"

"그때쯤이면 아마 네 이름이 우레처럼 천하에 울려 퍼질 거다. 그러니 삼척동자라도 다 알 텐데 내가 너를 찾지 못하겠어?"

"썩을 놈."

기요성의 넉살에 도수백이 풀썩 웃었다.

"가겠어."

애써 활짝 웃어 보인 기요성이 말에 올라탔다.

"몸조심해라. 또 다치면 널 치료해 줄 사람도 없잖아."

"너나 조심해. 그 곱상한 얼굴에 칼자국이라도 생겼다간 수라옥녀가 당장 내쫓아 버릴 테니까."

"쳇, 실없는 놈."

눈을 흘긴 기요성이 냅다 말 배를 박찼다.

말이 앞발을 번쩍 들고 우렁차게 울더니 쏜살같이 산 아래로 달려 내려가기 시작했다.

그의 모습이 곧 소나무 숲에 가려져 보이지 않게 되고, 적막한 산중에 풀벌레 울음소리만 자근자근해졌다.

멍하니 기요성이 사라진 곳을 바라보던 도수백이 말고삐를 끌었다. 말과 함께 터벅터벅 걸어 내려가는 그의 어깨가 축 처져 있다.

다시 왕부로 돌아왔을 때 도수백은 그곳의 분위기가 이상하다는 걸 느꼈다.

사람들의 얼굴이 굳어 있고, 더러는 술렁거리는 모습이 눈에 들어오기도 한다.

"말도 없이 어디에 갔다 오는 거야?"

진헌각(進憲閣) 모퉁이에서 운지가 쪼르르 달려나오며 눈부터 흘겼다.

"왜들 이래? 무슨 일이라도 있었어?"

"몰라."

도수백의 팔을 꼬집는 운지의 얼굴에 안도의 기색이 어렸다.

그녀는 내내 도수백을 걱정하고 있었던 것이다. 도수백에게는 그게 더 이상한 일이었다.

왕부에 있는 이상 안전이 보장되지 않았던가. 그런데 운지가 왜 이렇게 초조해하고 있었던 건지 모를 일이다.

"저리로 가."

운지가 어리둥절해 있는 도수백의 팔을 마구 잡아끌었다.

진헌각을 돌아 뒤편 멀찍이 떨어진 곳에 있는 후원에 들어서자 비로소 그녀가 안도의 한숨을 쉬더니 와락 도수백의 품으로 뛰어든다.

"뭐야? 왜 이래? 남들이 보면 이상하게 생각한다."

"쳇, 보든 말든 무슨 상관이람."

"너는 대체 누구냐?"

"뭐라고?"

"내가 알던 운지는 수줍음 많고 조신한 아가씨였는데, 너는, 너는……."

"내가 뭘?"

"말괄량이 왈가닥이 된 것 같다. 그러니 다른 사람인 거야. 대체 네 정체는 뭐냐?"

도수백이 짐짓 정색을 하고 내려다본다. 운지가 까르르 웃더니 도수백의 목을 와락 끌어당겼다.

"가르쳐 줄게."

"읍!"

그녀의 촉촉한 입술이 불길처럼 갑자기 와 닿았다. 도수백은 눈을 한껏 부릅뜬 채 감전이라도 된 것처럼 꼼짝하지 못했다.

그의 입술을 훔친 운지가 배시시 웃으며 비로소 떨어진다.

"기요성은?"

"떠났다."

"떠났다고? 이 중요한 때에?"

운지가 눈을 동그랗게 뜨고 책망하듯 도수백을 바라보았다.

"대체 왜 그러는 거야? 무슨 일이 있었던 거지?"

언제 덤벙대는 강아지처럼 호들갑을 떨었나 싶게 운지는 착

가라앉아 있었다.

그녀가 고개를 숙이고 풀 죽은 음성으로 말했다.

"한 사람이 찾아왔어."

"누군데? 누굴 찾아왔다는 거냐?"

"너."

"나를 찾아왔다고? 누가? 왜?"

도수백으로서는 알 수 없는 일이다. 운지가 얼떨떨해하는 그를 흘겨보았다.

"잘 아는 사람일걸? 그리고 아주 반가운 사람일 거야."

"대체 무슨 소리야?"

"왕소령."

"억!"

던지듯 해버린 운지의 한마디에 도수백이 펄쩍 뛰었다.

"아니, 그녀가 왜? 북경에 있어야 할 텐데?"

"내가 알아?"

"허—"

알 수 없는 일이다. 대체 뭐가 어떻게 돌아가는 건지 종잡을 수 없었다.

그런 한편 운지가 이렇게 초조해하고, 대담하며 적극적이 된 이유를 알 듯도 했다.

바로 그녀, 왕소령이 왔기 때문이다.

운지는 본능적으로 그녀에 대해서 질투하고 있었던 것이다. 그래서 불안해한다.

"지금 사부님과 함께 있다. 왕부에 뛰어들자마자 너를 불러 댔어. 쳇, 염치도 없지 뭐야? 다 큰 처녀가 그 난리를 치며 사내를 찾다니 말이야. 부끄러운 줄도 모르나 봐. 흥, 흥!"

"지금 원곡사에 있단 말이지?"

원곡사(園穀舍)는 영복왕이 자운곡주와 그 일행을 위해 내준 서쪽의 별채였다. 두 개의 전각에 스무 개의 방이 딸려 있고, 독립된 담과 문을 가지고 있으며, 연못과 동산이 있고, 숲이 있는 별원이다.

말이 별원이지 왕부 안에 있는 또 하나의 독립된 장원이나 다름없다.

"가보자."

도수백이 쿵쾅거리며 진헌각을 뛰어나갔다. 운지가 뒤에서 서운하고 화난 듯한 얼굴로 내내 등을 쏘아보지만 알지 못한다.

도수백은 걸음을 빨리해서 달리듯 원곡사를 향해 가며 이상한 일이라고 생각했다.

왕소령은 북경으로 가겠다고 말했다. 그런데 그녀가 갑자기 왕부에 나타났다니, 심상치 않은 일이다.

무언가 불길한 일이라도 생긴 건 아닐까, 하는 불안감을 지울 수 없었다. 발길이 저도 모르게 허둥거려진다.

왕소령은 몰라보게 초췌해진 모습이었다.

그녀와 마주친 도수백은 얼어붙어 버린 것처럼 우뚝 서서 멍하니 그녀를 바라보기만 했다.

왕소령의 파리한 볼이 잔경련을 일으킨다.

"대체 어떻게 된 거야?"

도수백이 어눌한 표정과 음성으로 묻자 왕소령의 눈에 물기가 차 올랐다.

저쪽에서 두 사람의 어색한 해후를 지켜보던 자운 노도가 의자를 가리켰다.

"우선 앉아라."

도수백은 노도의 낯빛이 심상치 않다는 걸 느꼈다. 무언가 중요한 일이 있는 게 틀림없다.

자운 노도가 천천히 식어버린 차를 마시고 나서 말했다.

"그 아이는 북경에서 팔 일 만에 이곳까지 왔다. 좀 쉬어야해."

"팔 일!"

도수백이 깜짝 놀라 다시 왕소령을 바라보았다. 그녀는 고개를 깊이 숙이고 자운 노도 곁에 두 손을 모으고 앉아 있었는데 손등으로 눈물방울이 떨어졌다.

북경에서 팔 일 만에 이곳까지 왔다면 쉬지도 않고 제대로 먹지도 못했을 것이다.

때로는 배를 타고, 때로는 미친 듯 말을 달려왔을 게 틀림없다. 바람이라고 해도 그보다 빠를 수 없을 것이다.

'대체 무슨 급한 일이기에 그토록 스스로를 학대해 가며 달려왔단 말인가.'

그렇게밖에는 생각할 수 없는 일이었다.

저렇게 몰라볼 정도로 초췌해지도록 달려왔다면 그건 스스로를 학대한 것이라고 말해도 과언이 아닐 것이다. 사내도 아닌 꽃다운 아가씨이니 더 그렇다.

"그녀의 말을 직접 들어봐라."

자운 노도가 눈짓으로 왕소령을 가리키며 말하고 슬며시 자리에서 일어나 나갔다.

내실에는 두 사람만이 남았다. 아무도 먼저 말을 꺼내려 하지 않는다.

손등에 눈물을 뚝뚝 떨어뜨리며 어깨마저 들썩이던 왕소령이 조금씩 잠잠해져 갔다.

마음의 격동을 다스린 그녀가 옷소매로 눈가를 닦고 배시시 웃었다.

"걱정했는데 아직 무사했구나."

"걱정했다고? 나를? 아니, 왜?"

도수백으로서는 제가 잘못 들었나 싶기만 한 말이었다.

왕소령의 입에서 저를 걱정했다는 말을 듣게 될 줄이야 꿈에서도 생각하지 못했던 일이다.

"말해봐, 대체 북경에서 어떤 일이 있었던 거지? 낭패라도 당했던 거냐? 누가 너를 괴롭혔어?"

이제는 도수백의 말투도 어린 누이를 염려하는 그것으로 바뀌어 있었다. 하지만 그는 그런 저의 말투며 표정을 의식하지 못한다.

"나는, 나는……."

왕소령이 말을 꺼내지 못하고 도수백의 눈길을 외면했다. 도수백은 고개를 푹, 숙이는 그녀의 눈에 다시 눈물이 방울지고 있는 걸 얼핏 보았다.

잘근잘근 입술을 깨물고 있던 그녀가 잠긴 음성으로 천천히, 낮게 말했다.

"나는 네가 그새 죽기라도 했으면 어쩌나 하고 많이 걱정했어. 그래서 쉴 수가 없었다. 날개가 없는 게 한이었어."

차분해진 음성으로 또박또박 말하는데, 전혀 다른 사람이 된 것만 같았다. 도수백의 눈이 점점 휘둥그레질 수밖에 없다.

도수백은 하루에 두 번이나, 그것도 잠깐의 사이를 두고 전혀 달라진 두 아가씨를 본 것이다.

도대체 여자들은 어떻게 그렇게 쉽게 변할 수 있는 건지 의아하기만 하다.

왕소령은 순박하고 천진난만하던 아가씨였는데, 하루아침에 독하고 모질며 사나운 아가씨로 변했었다. 그런데 성난 암고양이 같기만 하던 그녀가 지금은 처량하고 한없이 나약해진 것 같으니 절로 측은한 마음이 들었다.

운지가 당돌하고 말 많은 쾌활한 아가씨로 바뀐 것과는 정반대인 것이다.

"북경에서의 일은 어땠어? 원했던 대로 잘 풀렸어?"

도수백이 탐색하듯 그녀를 뜯어보며 묻자 운지가 어색한 미소를 지었다. 고개를 살랑살랑 가로젓는다.

"아니었어?"

"전혀 아니었어. 우리는 모두 잘못 알고 있었던 거야."

"응? 뭘 말이냐?"

"왕금이 아니었어."

"뭐라고?"

도수백의 눈이 더 커졌다. 왕소령이 씁쓸한 미소를 지으며 흘러내린 머리카락을 쓸어올린다.

"모든 일의 원흉은 따로 있었어. 우리가 알고 있던 것과는 달리 왕금조차 그자의 농간에 놀아나고 있었던 거야. 그는 아무것도 모르는 사람이었어."

이제는 입마저 떡 벌어진다. 도수백은 백치 같은 얼굴을 하고 멍하니 왕소령을 바라볼 뿐이다.

*　　　*　　　*

"이걸 대체 어떻게 받아들여야 하는 건가."

엽건신의 중얼거림에 곤혹스러워하는 기색이 가득했다.

그는 창문이 모두 닫힌 어두컴컴한 방 안을 짐승처럼 서성거리고 있었다.

"기요성이라는 자가 어떻게 그렇게 할 수 있었단 말인가?"

도중문의 왼팔이라고 할 수 있는 수라신군 나부춘이 그자에게 패해 중상을 입고 달아났다는 걸 도저히 믿을 수 없었다.

하지만 그건 작은 사건에 지나지 않다. 또 하나의 더 큰 사건이 터졌기 때문이다.

도중문이 귀양부에 있다.

그건 엽건신에게 망치로 머리를 맞은 것과 같은 충격이었
다.

그는 원래 북경성에 조신하게 있지 않고 이곳저곳 돌아다니
기 좋아하는 사람이었다. 권력의 정점에 올라 있는 자로서는
극히 예외적인 일이다.

내행창의 제독이면서, 왕금의 오른팔로 무소불위의 권력을
휘두르는 자이지만 결코 황궁 깊숙한 곳에 머물러 있지 않는
사람. 바람처럼 구름처럼 쉴 새 없이 강호를 떠돌아다니는 그
의 행위를 두고 사람들은 기행(奇行)이라고 수군대곤 했다.

도중문의 그런 행보에 대해서 모두 의아해하고 궁금해하지
만 그들은 도중문이 그렇게 밖으로 나돌아 다닐수록 더욱 그
를 무서워하지 않을 수 없었다.

그가 북경성에 머물러 있지 않으면서도 내행창을 완벽하게
장악하고 있고, 북경성의 모든 일들을 제 손바닥 들여다보듯
하고 있으며, 어디에 있든 상관없이 최고의 권력을 유지하고
있다는 데에서 그렇다.

다른 사람이라면 그건 불가능한 일이었다. 동창의 제독태감
만 해도 그가 한 달씩 자리를 비우는 일이 계속된다면 벌써 밑
에서부터 치고 올라와 쫓겨났을 것이다.

그러나 도중문은 요지부동이었다.

그런 그가 불쑥 귀양부중에 나타났다고 해서 새삼스러울 건

없다. 문제는 그 시점이었다.

지금은 영복왕부가 그 어느 때보다 세력을 팽창하고 있는 시점이고, 백련교의 위협이 가시화되고 있는 시점 아닌가.

엽건신은 그 백련교와 영복왕부가 손을 잡았다는 심증을 갖고 있었다. 그렇다면 사태가 어떻게 급변할지 알 수 없다. 일이 터진다면 위험이 다른 때보다 열 배는 더 커질 게 뻔했다.

그런데 도중문이 몸소 이곳에 왔다는 건 대체 무슨 의미란 말인가.

동창의 눈이 지금 영복왕부에 몰려 있고, 첩형이 직접 내려와 있다는 걸 잘 알 것이다. 그런데도 그는 아랑곳없다는 듯 은밀히 귀양부에 찾아왔다.

엽건신은 그 일로 머리가 빠개질 지경이었다. 아무리 생각해 보아도 그의 의중을 읽을 수가 없기 때문이다. 그래서 그는 기요성의 일은 뒷전으로 돌려 버렸다.

'동창을 의심하고 있다는 걸까?'

그런 생각이 들지 않을 수 없었다. 그렇다면 큰일이다.

그가 만약 '동창은 이제 필요없다' 라고 하면, 그의 한마디가 왕금을 통하고 황제를 통해서 절대적인 권위를 가지고 머리 위에 떨어질 것이다. 그러면 동창은 하루아침에 사라져 버리고, 그 많은 무사며 시종들은 졸지에 오갈 데 없는 신세로 전락해 버린다.

엽건신은 동창에 몸담았던 자가 그곳에서 쫓겨났을 때의 말로가 어떤 건지 잘 알고 있었다.

동창에 속해 있었다는 이유만으로 그는 북경성에 머물 수 없을뿐더러 민간에 섞여서 살 수도 없었다. 그 사실이 밝혀지는 즉시 뭇사람들에게 돌팔매를 당하기 때문이다. 관에서도 결코 보호해 주지 않는다.

이 넓은 천하에 발붙이고 살 수 없는 처량한 신세가 되는 것이다.

'대체 그가 원하는 건 뭔가?'

엽건신은 이제 그것을 걱정하지 않을 수 없었다. 제 발등에 떨어진 불인 것이다.

게다가 오늘 아침에는 동창의 극비 연락망을 통해서 제독태감인 양우명의 밀명이 왔다.

영복왕부의 일에서 손을 떼고 모두 북경의 본영으로 복귀하라는 지시였다.

엽건신은 그것도 이해할 수 없는 일일뿐더러 불만이었다. 여태까지 기울여 온 노력이 아무런 결실도 보지 못하게 되었다는 게 그렇고, 지금에 와서 없던 일로 하고 물러서기에는 무인으로서의 그의 자존심이 허락하지 않았던 것이다.

그래서 그는 도수백이라는 놈만이라도 처리해야 한다고 생각했다.

그놈의 손에 죽은 수하들이 몇 명이던가. 그놈을 처단하지 않고서는 동창의 명예를 지킬 수가 없고, 자존심을 지킬 수가 없다.

그런데 문제는 그놈이 왕부에 틀어박혀 있다는 것이었다.

왕부를 감시하지 않고서는 그놈을 잡을 수가 없지 않은가.

"빌어먹을!"

엽건신이 발을 굴렀다. 이러지도 저러지도 못할 상황에 처해 있는 자신의 처지가 어처구니없기도 하고 화도 났던 것이다.

동창의 첩형이 언제 이런 곤란에 처했던 적이 있었던가.

내행창이 생기고, 도중문이라는 존재가 갑자기 나타나면서부터 동창의 명예와 자존심이 땅에 떨어져 버리고 말았다는 생각에 분통이 터진다.

묵묵히 제 발등만 내려다보던 엽건신이 발작적으로 머리를 들고 소리쳤다.

"모두 소집해! 삼경에 모인다!"

"존명!"

문밖에서 복명하는 소리가 들리고 기척이 사라진다.

왕부의 감시를 풀고 복귀하라는 명령을 받았지만 엽건신은 이대로 돌아가고 싶은 마음이 조금도 없었다.

"이제부터는 내 개인적인 일이다."

그가 어금니를 악물고 스산하게 중얼거렸다.

무엇을 생각하는 듯 잔뜩 인상을 찡그리고 깊은 사색에 잠겨 있던 엽건신이 몸을 던지듯 의자에 털썩 주저앉았다.

탁자에 팔을 괴고 다시 깊은 생각에 잠긴다.

시간이 물 흐르듯 흘렀다. 하지만 엽건신은 미동도 하지 않았다. 무언가 중대한 결정을 해야 하는데, 마음에 갈등이 심해서 좀체 결단을 내리지 못하는 모습이었다.

한동안 더 그렇게 깊은 침묵을 지키며 고민하던 그가 한숨을 내쉬었다.

그리고 느릿느릿 몸을 일으켜 바로 앉더니 비로소 허공을 향해 낮게 말했다.

"암영, 묵혼."

그의 말이 끝나기 무섭게 방문이 소리없이 열리더니 두 사람이 얼음판에서 미끄러지기라도 하는 것처럼 소리도 기척도 없이 들어와 엽건신 앞에 한 무릎을 꿇고 머리를 숙였다.

엽건신이 물끄러미 그들을 내려다보았다. 아직도 마음에 미진함이 남았는지 쉽사리 말을 꺼내지 못한다.

지루한 침묵이 얼마나 흘렀을까.

엽건신이 한숨을 쉬고 낮게 말했다.

"너희들은 나를 믿느냐?"

"……!"

암영과 묵혼이라는 이름으로 불린 두 사람이 의혹 가득한 눈으로 잠깐 엽건신을 올려다보았다. 그리고 이내 다시 머리를 숙인다.

"주인께서는 오직 명령만 하시면 됩니다."

그들은 엽건신을 주인이라고 칭했다.

동창의 무사들 중 그를 그렇게 부르는 자는 없다.

그들은 동창의 무사이면서 엽건신의 보이지 않는 그림자이기도 했다.

엽건신이 가장 신뢰하는 호위이자 자신의 분신으로 여기는 자들인 것이다.

암영과 묵혼은 오직 엽건신의 명령만을 받들 뿐이고, 그가 있는 곳이라면 어디가 되었든 그림자처럼 따랐다.

엽건신의 절대적인 신임을 받고 있는 자. 때문에 동창의 무사라는 신분에 지나지 않지만 번역은 물론 당두들도 그 두 사람을 함부로 하지 못했다.

엽건신이 그들을 향해 속삭이듯 말했다.

"이제부터 너희 둘은 한 사람을 감시한다. 그의 모든 것을 손에 넣어야 한다."

"하명하소서."

"도중문, 도 제독이다. 그의 일거수일투족을 모두 감시하고 보고하도록."

"도 제독입니까?"

두 사람이 흠칫 놀라 엽건신을 다시 올려다보았다. 그의 이글거리는 눈과 마주쳤지만 이번에는 시선을 외면하지 않았다.

엽건신이 천천히 머리를 끄덕였다.

"이건 너희 두 사람과 나만의 일이다. 다른 누구도 알아서는 안 돼."

"존명."

비로소 두 사람이 머리를 숙여 명을 받들었다. 그리고 들어왔을 때와 같이 소리없이 방을 나간다.

엽건신이 한층 밝아진 얼굴로 중얼거렸다.

"사내라면 한 번쯤 제 일에 목을 걸어보는 거지."

그는 자신의 행위가 어떤 건지 잘 알고 있었다.

묵묵히 허공을 노려보던 엽건신이 결연하게 중얼거렸다.

"동창의 명예를 지키기 위한 것이다. 나의 자존심을 지키기 위한 것이다. 항명의 이유는 그것뿐, 그게 옳지 않다면 목을 내놓겠다. 동창의 첩형으로서가 아니라 강호의 무인 엽건신으로서."

그날 밤, 귀양부 성 밖 오십 리 떨어진 곳.

자갈밭 너머에 홀로 을씨년스럽게 서 있는 폐가에 서른 명의 사내들이 모여들었다.

모두가 검은 옷을 입었고 죽립을 눌러쓴 자들인데, 허리띠에 자신을 나타내는 흰빛의 손가락만 한 패찰을 차고 있었다.

동창의 무사들이다.

폐가 안으로 들어온 그들은 마치 관 속에 들어 있는 시체들인 것처럼 말이 없었다. 미동도 하지 않는다. 줄지어 우뚝 선 그대로 굳어버린 것 같기도 했다.

그렇게 무겁고 음산한 침묵이 얼마 동안이나 계속되었을까. 가벼운 발소리와 함께 폐가 안으로 세 사람이 천천히 걸어 들어왔다.

동창의 좌첩형 엽건신과, 그를 좌우에서 호위하는 수신위들이다.

첩형의 등장에도 무사들은 고개를 숙이지 않았다. 그것이

관례인 듯, 여전히 뻣뻣하게 서 있을 뿐이다.

엽건신이 그들을 느릿느릿 훑어보았다. 더욱 무거워진 적막이 내리덮였다. 숨 쉬는 자마저 없는 듯하다.

"모두 돌아가라."

그들의 머리 위에 엽건신의 무뚝뚝한 한마디 말이 떨어졌다.

그럴 것이라고 예상하고 있었다는 듯 동요하는 자가 한 명도 없다.

낯익은 수하들을 다시 한차례 둘러본 엽건신이 다시 말했다.

"나는 이곳에 남는다."

그 의외의 한마디에 폐가에 모여 있는 자들이 동요했다.

그들도 이제는 북경에서 내려온 제독태감의 명령이 무엇인지 알고 있었다. 엽건신의 명으로 모두에게 그 내용을 공개한 것이다.

그런데 엽건신은 북경으로 복귀하지 않고 이곳에 남겠다고 했다. 그건 명백한 항명이었다.

다른 사람도 아닌 첩형이 제독태감의 명령에 불복한다는 건 있을 수 없는 일이다. 동창이 생긴 이래 이와 같은 경우는 없었다.

무언가 큰일이 벌어질 것이라는 불길함 때문에 모두는 바짝 긴장해서 엽건신의 얼굴만 바라보았다. 제 가슴이 쿵쾅거리며 뛰는 소리를 듣는다.

정작 엽건신은 아무것도 아니라는 얼굴을 하고 있었다.

남의 말 하듯이 태연하게 말한다.

"생각해 보니 그동안 나는 너무 심심하게 살아왔어. 다시 북경으로 돌아가 책상 앞에서 서류 더미나 뒤적이고 있을 걸 생각하니 한숨이 나온다."

조금 더 큰 술렁거림이 서른 명의 흑의무사들 사이로 물결처럼 번져 갔다.

뒷줄에서 한 사람이 무리를 헤치고 앞으로 나서더니 크지 않으나 힘이 실린 음성으로 말했다.

"대인께서 돌아가지 않으시면 저도 가지 않겠습니다."

그게 시발점이 되었다. 모두 앞 다투어 나서며 한목소리로 말했다.

"대인께서 가지 않으신다면 저희도 가지 않습니다!"

일제히 외치자 가뜩이나 낡은 폐가가 곧 무너질 듯 흔들렸다.

그들을 지그시 쏘아보던 엽건신이 다시 말했다.

"너희들은 동창의 반역자가 될지도 모른다."

"우리는 오직 엽 대인을 따를 뿐, 그 밖의 것에는 관심이 없습니다!"

엽건신의 얼굴이 뜨거워졌다. 그들을 바라보는 눈에 물기가 어린다.

그가 애써 감정을 억누르고 건조한 음성으로 겨우 말했다.

"마지막 기회다. 나를 따르면 너희들도 항명하는 게 된다.

제독태감께서는 묵과하지 않으실 거다. 하지만 지금이라도 이곳을 떠나 북경으로 복귀하면 너희들은 예전과 다름없이 동창의 무사로 살아갈 수 있다."

"엽 대인께서 가시면 저희도 가고, 가지 않으시면 저희도 가지 않을 뿐입니다!"

"좋아."

엽건신이 입술을 악물었다. 자칫 수하들 앞에서 눈물을 보일 뻔했던 것이다.

한동안 굳은 얼굴을 허공으로 향한 채 침묵을 지키던 엽건신이 천천히 자신의 허리띠에 매달고 있던 패찰을 풀어 발 앞에 던졌다.

땡그랑—

정적 속에 백옥 패찰 떨어지는 소리가 유리 깨지는 소리처럼 날카롭게 울린다.

앞줄에 있던 자들이 서슴없이 자신의 패찰을 뜯어버렸다. 그걸 본 다른 자들이 똑같이 했고, 이내 땡그랑거리는 소리가 요란하게 울렸다.

서른 개의 패찰이 엽건신의 발아래 내던져진 것이다.

魔風俠星

第九章

속고 속이는 자들

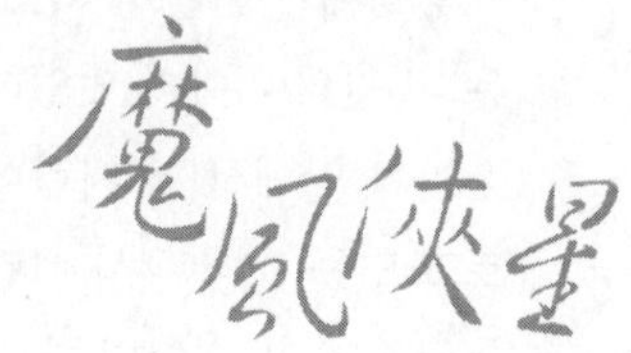

은밀하게 왕부를 빠져나오는 마차가 있었다.

흰 빛을 뿌려주던 반달이 구름 속으로 숨고, 짙은 암흑이 잠
간 세상을 가린 순간, 왕부의 서쪽 소문(小門)이 활짝 열렸다.
그리로 두 필의 건장한 말이 끄는 마차 한 대가 네 기의 호위
기마와 함께 튕겨지듯 달려나오더니 이내 찔그럭거리는 바퀴
소리를 허공에 남기고 어둠 저쪽으로 멀어져 갔다.

마차는 어둠 속을 빠른 바람처럼 달려갔다.

반 시진쯤 그렇게 거침없이 텅 빈 벌판을 달려간 마차는 도
합진궁(道合眞宮)이라고 하는 한 도관(道觀) 앞에 이르렀다.

마차가 도착하자마자 도관의 대문이 활짝 열렸고, 마차는
거침없이 그 안으로 빨려 들어가듯 사라졌다.

향냄새가 은은히 떠도는 도관의 뜰에 마차와 그것을 호위해 온 네 필의 기마가 멎었다.

마차 안에서 한 사람이 천천히 나왔는데, 은은한 위엄을 두르고 있는 것이 예사 사람 같지 않았다.

구름 속에 숨었던 달이 다시 나타나고, 그것의 창백한 흰 빛 아래 그 사람의 얼굴이 드러났다.

영복왕 주수도였다.

간편한 평복 차림에 손에는 섭선 한 자루를 접어 쥐었을 뿐, 아무런 장식도 무기도 지니지 않았다.

마차를 호위해 온 기수들은 모두 건장하게 생긴 중년의 대한들이었는데, 눈빛이 이글거리고 태양혈이 우뚝 솟은 것이 대단해 보였다.

그들이 말에서 내려 호위하려 하자 영복왕이 가볍게 섭선을 흔들어 가로막았다.

"기다려라."

그리고 혼자서 천천히 도관의 흰 계단을 걸어 올라갔다. 마중 나온 사람도 없고 안내하는 사람도 없다.

네 명의 호위무사들은 서로 얼굴을 마주 보았다. 불안하다는 느낌을 나누어 갖지만 영복왕의 명이 있었던지라 감히 따라가지 못하고 마차 곁에 서 있을 뿐이다.

도관을 돌자 '영평관(永平關)'이라는 현판이 걸린 전각이 나타났다. 그곳의 낡은 낭하 위에 한 사람이 서서 다가오는 영복왕을 물끄러미 바라보고 있었다. 도중문의 그림자가 되어 늘 곁에 붙어 있는 유성추혼 강무명이다.

그가 가볍게 포권했다. 황제로부터 봉해진 번왕을 대하는 태도로는 지나치게 오만하지만 영복왕은 상관하지 않았다.

강무명이 말없이 앞장섰고, 영복왕은 희미한 달빛이 비쳐드는 낭하를 말없이 걷는다. 저벅거리는 그들의 발소리만이 괴괴한 어둠을 흔들었다.

영평관은 진무대제(眞武大帝)를 모신 도관이었다.

진무대제는 호북성 균현에 있는 무당산을 본산으로 삼고 있는 도교의 신이다. 무당파에서 주존으로 모시는 신이기도 하다.

그것만으로도 이곳, 도합진궁이 무당파와 관계 깊은 도관이라는 걸 누구나 짐작할 수 있다.

강무명을 따라 진무대제의 청동상이 모셔져 있는 제당(祭堂)에 들어서자 향냄새가 진동을 했다.

홀로 제단 앞에 무릎을 꿇고 앉아 중얼중얼 진언을 외고 있던 도사가 불진을 한 번 떨치고 천천히 일어났다.

영복왕의 등 뒤에서 소리없이 문이 닫히고, 제당 안에는 그와 도사 두 사람만 남았다.

도사가 천천히 돌아섰다. 도중문이다.

영복왕은 그를 본 적이 없지만 그 이름만큼은 귀가 따갑게 들어왔다. 잠시 탐색하는 듯한 두 사람의 눈길이 침침한 허공을 격하고 뜨겁게 얽혔다.

"왕야를 이렇게 오시게 해서 죄송하외다."

도중문이 인자한 미소를 지으며 가슴 앞에 손을 모았다. 영복왕도 마주 손을 모으고 희미하게 웃는다.

"내가 이렇게 결례를 무릅쓰고 왕야를 뵙자고 한 이유를 짐작하시겠지요?"

"나는 아는 바가 없소."

도중문이 빙긋 웃었다.

그러는 사이 시동이 탁자에 다과를 차려놓고 물러났다.

잠시 차를 마시며 침묵하던 도중문이 다시 말했다.

"왕야께서는 인간 세상의 권좌와 선계의 보좌 중 어떤 게 더 의미있다고 생각하시오?"

영복왕이 입술에 닿은 찻잔을 멈추었다. 그대로 잠시 무엇인가 생각하더니 찻잔을 내려놓고 천천히 대답한다.

"신선들의 세계야 미움이나 다툼이 없을 테니 굳이 보좌가 필요하겠소? 하지만 인간 세상은 잠시라도 황법이 멈추면 곧 분쟁과 분란이 일어나 걷잡을 수 없게 되니 역시 권좌는 인간 세상에 반드시 필요한 것이겠지."

"하하, 왕야의 생각이 저의 생각과 일치하는군요."

도중문이 기꺼운 듯 너털웃음을 터뜨렸다. 그리고 은근한 눈길로 영복왕을 건너다본다.

"왕야께서는 이 자리에서 듣고 하신 말씀을 아무에게도 전하지 않을 수 있겠습니까?"

"그건 내가 도 제독에게 먼저 물어보려 했던 말이구려."

"하하, 좋습니다. 그렇다면 허심탄회하게 말씀드리지요."

두 사람 사이에 다시 침묵이 흘렀다. 이번에는 긴장의 끈을 조절하는 침묵이다.

도중문이 한결 음성을 은근하게 하여 말했다.

"지금의 황상께서는 왕야의 생각과 달리 선계의 보좌를 더욱 열망하고 계십니다. 그건 이미 알고 계시겠지요?"

"으음—"

내심 짐작은 하고 있었지만 도중문의 입에서 황제에 대한 말이 나오자 영복왕은 잠시 현기증을 느껴야 했다.

도중문이 무슨 의중으로 이런 말을 꺼낸 것인지 파악해야 하는데, 그게 어렵다.

그가 자신을 떠보려는 것이라면 극히 조심해야 하거니와, 그의 말이 진심에서 나온 것이라면 더욱 조심해야 하는 것이다.

도중문은 서둘지 않았다. 영복왕의 대답을 기다리는 동안 느긋한 얼굴로 천천히 차를 마시고 과자를 집어 먹는 것이 태연하기 짝이 없었다.

한참 동안 생각에 생각을 거듭하던 영복왕이 작정한 듯 입을 열었다.

"황상의 뜻은 선계에 있다는 걸 모르는 사람이 없소. 하지만 백성들은 신선을 황제로 모시는 데 대해 그리 탐탁지 않게 여기는 모양이더군."

영복왕으로서는 변괴를 각오하고 던진 말이었다. 만약 도중문이 자기를 떠보려는 것이라면 그 한마디가 빌미가 되어 대역 죄인으로 몰릴 수가 있는 것이다.

'하지만 이곳까지 찾아왔고, 은밀히 나를 보자고 한 것은 그 또한 마음속에 꿍꿍이를 감추고 있기 때문일 것이다.'

영복왕은 그렇게 판단했고, 자신의 판단에 운명을 맡겼다.

한동안 영복왕을 뚫어지게 바라보던 도중문이 굳은 얼굴로 말했다.

"바로 보셨습니다. 백성의 마음과 황상의 꿈은 서로 다르지요."

영복왕은 남모르게 안도의 한숨을 쉬었다. 도중문이 다시 말한다.

"강호에 떠도는 은밀한 소문을 들어보셨습니까?"

"……?"

"황사 왕금이 황제를 구슬려 황위를 물려받으려 한다는 것 말씀입니다."

말은 부드럽게 했지만 왕금이 황제의 자리를 빼앗으려 한다는 것이다.

영복왕이 잔뜩 경계하는 얼굴로 도중문을 똑바로 바라보며 말했다.

"들었소."

"또 다른 소문도 있는데 그것도 들어보셨겠지요?"

"내가 백련교의 무리와 손잡고 황위를 찬탈하려 한다는 것 말이오?"

"하하, 왕야께서는 역시 화통하시군요. 과연 그릇이 크고 대장부의 흉금을 지니셨습니다."

긴장했던 영복왕은 다시 한 번 안도의 한숨을 쉬어야 했다.

하지만 이내 서늘하게 변하는 도중문의 얼굴을 보고는 가슴이 철렁해진다.

도중문이 차가운 어조로 말했다.

"그 소문이 사실입니까? 왕야께서는 백련교의 무리를 이용해 황제 폐하를 축출하고 스스로 황상이 되려고 하십니까?"

영복왕이 즉시 손을 내저으며 부정한다.

"그건 사실이 아니오. 내가 어찌 사악한 백련교의 무리와 내통을 했겠소? 다만……."

"다만 무엇입니까?"

"그건 다만 소문일 뿐이지."

도중문의 안색은 여전히 싸늘했다. 그의 눈치를 보던 영복왕의 얼굴빛도 점점 싸늘해져 간다.

그가 자세를 바로 하고 침착하게 물었다.

"도 제독이 나를 불러낸 것은 그것을 심문하기 위해서였소?"

"그럼 무엇을 기대하셨습니까?"

"나는 도 제독의 밀서를 받았을 때, 그대로부터 무언가 해결점을 찾게 될지도 모른다고 생각했소. 그래서 지체하지 않고 달려왔지."

"어떤 해결점 말입니까?"

"흥! 그만두시오! 도 제독은 조금 전 허심탄회하게 말하겠다고 하고는 자신의 진심은 감춘 채 내 가슴속만 들여다보려고 하는군. 이런 만남이라면 아무 가치가 없지. 돌아가겠소.”

영복왕이 굳은 얼굴로 자리를 박차고 일어섰다. 그제야 도중문이 낯빛을 풀고 온화한 미소를 지었다.

“왕야, 신은 왕야의 마음을 이제 알 듯합니다. 그러니 왕야께서도 신의 마음을 알고 돌아가야 하지 않겠습니까?”

“응?”

영복왕이 눈을 크게 떴다. 도중문이 스스로 신(臣)이라고 칭했기 때문이다. 그건 곧 자기를 주군으로 모시겠다는 말 아닌가. 영복왕은 미심쩍은 눈으로 도중문을 바라보기만 할 뿐, 언뜻 결정을 내리지 못했다. 도중문이 다시 권한다.

“신의 마음은 오래전에 황상에게서 떠났습니다. 집 염소가 벌판에 버려지면 두렵고 무서워하게 마련이지요. 염소에게는 주인이 있어야 행복합니다.”

“당신은 황사 왕금의 충복이 아닌가?”

“어찌 왕금을 믿고 따랐겠습니까? 오직 황상께 충성을 다하고 싶을 뿐인데, 황상을 왕금이 대신하고 있으니 그의 말에 기댈 수밖에 없었지요. 하지만 황상을 떠나려 하는 마당에 왕금이 어찌 눈에 들어오겠습니까?”

“허, 당신의 그 말은 진심에서 나온 것이오?”

“신이 허심탄회하게 말씀드린다고 하지 않았습니까?”

“그렇다면, 그렇다면 당신은…….”

도중문이 단호한 어조로 재빨리 말을 가로챘다.

"신은 현 황제를 대신하여 국태민안을 이루실 분은 오직 왕야뿐이라고 믿습니다. 왕야께 신의 모든 힘과 지략을 빌려 드리고자 이렇게 찾아온 것입니다."

"당신은 정녕 나를 도와 대사를 이룰 수 있도록 해주겠소?"

"물론입니다. 그렇지 않았다면 신이 이 먼 곳까지 와서 이렇게 왕야를 만나고 있을 이유가 없지요. 왕야의 마음을 알았으니 신은 오직 충성할 뿐입니다."

도중문이 의자에서 내려와 차가운 돌바닥에 무릎을 꿇고 엎드렸다. 영복왕이 즉시 그를 부축해 일으켰다.

"그대가 나를 도와준다면 그야말로 천군만마를 얻은 것 못지않은 일이지. 대계(大計)가 성사된 뒤에 그대의 공을 결코 잊지 않겠소."

"황공합니다."

두 사람은 조금 전까지의 치열한 경계심을 버리고 한마음이 된 것 같았다.

감격했다는 얼굴로 영복왕을 바라보던 도중문이 낮게 말했다.

"신이 왕야께 첫 번째 충언을 드리려고 합니다. 왕야께서는 들어보시겠습니까?"

"그대는 이제 나의 머리요 그림자인데 내가 어찌 그대의 말을 듣지 않으리오."

"백련교의 무리를 멀리하십시오. 그들과 가까이 하면 힘은 얻을 수 있을지 모르나 민심은 얻지 못할 것입니다."

"나는 약하고 북경은 너무 먼 곳에 있으니 그럼 어떻게 하면 좋겠소?"

"왕야께서는 잠시 더 이곳에 엎드려 장차 구름이 내려올 때를 기다리고 계십시오. 머지않아 귀양부의 용이 구름을 얻어 여의주를 물고 승천할 때가 반드시 올 것입니다. 신은 그날을 위해 북경에서 노심초사하며 왕야를 태울 구름을 만들 것입니다."

"하면, 나는 아직도 이 답답한 귀양부에서 꼼짝하지 말고 있어야 한다는 것이로군?"

"조만간 황제 폐하께서 우화등선하실 것입니다."

"무엇이?"

도중문의 말에 영복왕이 크게 놀라 어깨를 떨었다.

"도 제독, 당신은 진정 도에 통달해서 앞날을 내다볼 수 있는 혜안을 갖게 되기라도 했단 말이오?"

"신의 말에는 거짓이 없습니다. 황제 폐하께서는 왕상이 진상하는 단약을 드시고 돌아가십니다."

"아니, 그게…… 어떻게 그런 일이…… 왕금은 황사로서 황제 폐하의 측근 중 측근이 아니오? 그런 그가 황제 폐하에게 단약으로 위장한 독약을 드린단 말이오?"

"왕금은 그 사실을 모르고 있으니 황제 폐하를 배반한 게 아니지요."

도중문의 빙긋 웃는 얼굴을 보며 영복왕은 비로소 이 안에는 그의 흉계가 깔려 있다는 걸 짐작했다.

도중문이 무섭고 징그러워진다. 하지만 그만큼 확실하게 자기를 황제로 만들어줄 인물이라는 믿음도 들었다.

'내가 황제가 되기만 한다면……'

영복왕은 그런 생각으로 불안한 마음을 억누르고 애써 태연을 가장했다.

황제의 보위에 오르면 막강한 권력으로 가장 먼저 도중문을 제거하겠다고 마음먹은 것이다.

그런 영복왕의 심중을 아는지 모르는지, 도중문이 제 말을 계속했다.

"또한 머지않아 백련교의 무리가 준동을 할 것으로 보입니다. 그렇다면 그때야말로 구름이 왕야를 위해 땅으로 내려오는 때이지요. 저는 왕금에게 청하여 조정의 병사들을 대거 백련교 토벌에 출동시키겠습니다. 북경성은 수비를 위한 금군이 남을 뿐인데, 왕야께서 그때 급히 쳐 올라오신다면 제가 안에서 호응하여 성문을 활짝 열 테니 왕야께서는 말을 타고 터벅터벅 걸어 들어오시기만 하면 될 것입니다. 금군의 위장들 중 많은 자가 이미 신의 하수가 되어 있으니 신의 명령 한마디면 북경성 중에 왕야의 깃발이 펄럭이게 될 것입니다."

도중문의 말대로라면 이미 다 된 일이나 다름없었다. 영복왕은 제가 당장 용상에 올라앉은 것처럼 가슴이 뿌듯했다.

흐뭇한 얼굴을 했던 그가 이내 낯을 찡그리고 말했다.

"하지만 문제는 있소. 이곳에서 북경까지는 너무 멀고, 나의 병사들은 보기(步騎) 합해서 고작 삼만여에 불과하다오. 그들을 이끌고 북경에 이르자면 지나가야 하는 성만 해도 수십 개. 어찌 그곳들을 무사히 통과할 수 있겠소?"

"신이 이미 그때를 위해 생각해 둔 바가 있으니 왕야께서는 심려놓으소서."

도중문이 수염을 쓸며 빙긋 웃었다.

"신이 북경에 돌아가면 우선 백련교의 남방 발호를 핑계대고 중앙군 십만 정병을 이곳으로 보낼 것입니다."

"십만?"

"안심하소서. 그자들은 우군도독부에 속한 자들로서 이미 신에게 충성을 맹세한 총병 이근의 휘하입니다. 반년 전부터 이곳에서 가까운 광서제도사(廣西諸都司)로 옮겨와 있지요. 그들이 닷새면 달려올 것입니다."

"허―"

영복왕이 감탄성을 터뜨렸다. 그는 이제 완전히 도중문의 말속에 빠져들어 날이 밝아오는 것조차 잊고 있었다.

도중문이 이미 이토록 치밀한 안배를 해놓고 있었다는 게 놀라운 한편 두렵기도 하다. 섣부르게 거사를 감행했다가는 당장 광서제도사의 정병들에게 토벌되고 말 뻔했으니 생각만 해도 등줄기에 식은땀이 흘렀다.

도중문이 태연하게 말을 계속했다.

"그들이 귀양성에 들어오면 즉시 왕야의 휘하로 편입될 것입니다. 왕야께서는 그들을 앞세우고 서안으로 향하시면 됩니다."

"서안?"

“그곳은 귀양과 북경의 중간 지점입니다. 또한 이십만의 정병들이 주둔하고 있는 군사적 요충지이기도 하지요.”

“하면, 그들마저 이미?”

“그렇습니다. 그들을 이끌고 있는 총병 유역근과 돈지황 또한 신의 사람입니다. 왕야께서 서안 성에 이르면 그들이 이십만의 정병을 이끌고 왕야를 마중 나올 것입니다. 그러면 왕야께서는 총 삼십만의 대군을 거느리고 북경성으로 물밀듯 올라가시면 됩니다. 그때쯤 성안에서의 안배는 신이 이미 다 해놓았을 테니 다른 건 걱정하실 게 없습니다.”

“아, 그대는 진정 무서운 사람이오. 내가 그대를 적으로 삼지 않은 게 천만다행. 이는 아무래도 하늘이 나를 돕기 때문인가 하오.”

“과찬의 말씀입니다.”

고개 숙여 겸양한 도중문이 영복왕을 똑바로 바라보며 말했다.

“하지만 역시 왕야께서는 당장 백련교와의 인연을 끊어버리셔야 할 것입니다.”

“그대의 준비가 이와 같은데 내가 굳이 백련교에 연연해할 필요 있겠소?”

“그러시다면 당장 왕부 안에 있는 도당들부터 처단하시기 바랍니다.”

“……!”

“자운곡주 매청헌과 그를 따르는 무리입니다.”

“알고 있소.”

영복왕이 퉁명스럽게 말하고 잔뜩 눈살을 찌푸렸다. 머뭇거리던 그가 마지못한 듯 말했다.

“하지만 그대도 알다시피 자운곡주는 천하제일이라고 해도 과언이 아닌 고수요. 기요성이라는 자는 무례하게도 아무 말도 없이 왕부를 떠나 버렸으니 할 수 없고, 도수백이라는 자 또한 호락호락한 자가 아니라오. 그리고 곡주의 제자인 운지는…….”

망설이는 영복왕을 지그시 바라보던 도중문이 빙긋 웃었다.

“운지를 며느릿감으로 마음에 두고 계시군요?”

“그렇다오.”

“그렇다면 그녀만 남겨두시면 되지요.”

“내가 제 사부와 도수백을 해쳤다는 걸 알면 그 아이가 말을 듣겠소?”

“그 점은 걱정 마십시오. 신이 그 아이를 설득하겠습니다. 신의 말이라면 순순히 들을 게 틀림없습니다.”

“어떻게? 도 제독은 운지를 알고 있소?”

도중문의 웃음이 더욱 환해진다.

“모르고 계셨군요? 운지는 제 사질이랍니다. 어려서부터 저를 매우 따랐지요. 지금도 저를 그리워하고 있을 것입니다.”

“아니, 그럼 도 제독 또한 자운곡주와 같이 모산파의 사람이었소?”

“그렇습니다.”

“허—”

영복왕의 입이 딱 벌어졌다.

이제야 도중문이 자운곡주의 사제라는 걸 알았기 때문만은 아니다. 그럼에도 불구하고 제 사형을 죽이라고 말하는 그의 모진 심성을 안 탓이었다.

더욱 도중문이 무서워진다. 보기에는 신선처럼 멋진 풍채를 지니고 있는데, 그 마음은 냉정하기 짝이 없으니, '과연 큰일을 하려면 이와 같아야 하는구나' 하는 생각이 절로 든다.

영복왕이 자신의 그런 마음을 감추고 넌지시 물었다.

"그대에게도 꿈이 있을 터. 나를 추대해 황제의 자리에 앉히고 나면 그 공으로 얻고자 하는 무엇인가 있지 않겠소?"

"신은 다만 만백성이 황덕을 입어 무사하고 태평하게 사는 세상이 오기를 바랄 뿐입니다."

"격식을 차릴 자리가 아니지 않소? 그대의 심중을 말해보시오."

"왕야께서 정 그렇게 물으신다면 말씀드리지 않을 수 없지요. 신은 왕야를 대신해 천하의 도관을 보살필 수 있게 되기를 바랍니다."

"도록사를 관장하겠다는 거요?"

"신의 출신인 모산파는 오래된 도교의 정맥을 이어받아 왔으나 오늘날에 이르러서는 그 존재가 미미해지고 말았습니다. 신은 모산파를 부흥시켜 천하도문의 종주로 삼고자 하는 것입니다."

"그렇다면 그대는 도교 일맥의 대종사가 되려는 것이로군.

세상은 내가 다스리고 선계의 일은 그대가 다스리겠다는 것이니 이는 매우 공평하다고 할 수 있지. 좋소. 대업이 이루어지면 도록사를 해체하고 천하의 도관을 그대의 손에 맡겨서 그대가 마음껏 뜻을 펼칠 수 있게 해주겠소.”

“황공합니다.”

도중문이 제 본심은 감쪽같이 감춘 채 감격한 얼굴을 하고 허리를 깊이 숙였다. 그를 바라보는 영복왕의 두 눈 가득 의기양양한 기색이 어렸다.

왕부로 향하는 마차 안에서 영복왕은 곧 이루어질 것 같은 꿈에 부풀어 마치 구름을 타고 가는 양 기분이 황홀했다.

처음 도중문으로부터 은밀히 만나자는 밀서를 받았을 때는 그가 귀양부에 와 있다는 데에 놀랐고, 갑작스런 비밀 회동 제안에 놀랐다.

이놈이 흉심이 있어서 그러는 게 아닌가 하는 의문과 함께, 어쩌면 협상을 원하는 건지도 모른다는 한 가닥 기대감도 있었다.

신변의 안전을 책임지겠다는 그의 언약도 있었거니와, 대담하게 행동하는 것도 나의 그릇을 크게 보이는 일이라고 판단한 영복왕은 모험을 감행했던 것이다. 그리고 그 결과 뜻밖의 커다란 수확을 얻었다.

왕금과 도중문 사이에 무슨 일이 있었는지 모르나, 왕금의 수족이자 힘으로 알려진 그가 등을 돌렸으니 왕금과 황제는 절로 끈 떨어진 뒤웅박 신세가 될 수밖에 없다.

그런 생각이 영복왕을 더욱 들뜨게 했다. 왕금과 황제가 힘을 잃는다면 천하는 스스로 자신에게 굴러 들어올 것이기 때문이다.

영복왕은 품속을 더듬어보았다. 도중문이 건네준 작은 옥병이 손에 잡힌다.

"그 안에는 무색무취(無色無臭)하고 무미(無味)한 약이 들어 있습니다. 귀혼옥정(歸魂玉瀞)이라고 하는 것인데 산공독(散功毒)과 같지만 효력은 훨씬 빠르고 강합니다. 차나 음식에 두어 방울만 떨어뜨리면 그것을 먹는 자는 아무리 미각과 후각이 뛰어나도 절대로 알지 못할 것입니다. 먹고 나서 일각이 지나면 약효가 온몸에 퍼져 모든 공력이 봄날 눈 녹듯 사라져 버리지요. 워낙 자연스럽고 은밀하게 진행되는지라 약을 복용한 자는 조금도 눈치 채지 못하게 된답니다."

도중문의 말이 귓가에 쟁쟁 울렸다.

모산파의 온갖 희귀한 비결과 비방 중에서 취하고, 자신만의 연구 결과를 덧붙여 만들어낸 것으로 천하에 오직 그 한 병만 있을 뿐이라던 말도 뚜렷이 기억된다.

불과 이십여 방울에 지나지 않는 그것을 얻기 위해 다섯 달 동안 천하를 뒤져서 무려 일천여 가지의 독물과 약재를 수집하고 한꺼번에 소모했다니 그 정성만으로도 믿음이 간다.

"이것을 먹이면 천하의 자운곡주도 쓸모없는 늙은이로 돌아가 버린단 말이지?"

손가락만 한 옥병을 쓰다듬으며 중얼거리는 영복왕의 두 눈이 야망으로 활활 불타올랐다.

자운곡주와 그를 따르는 몇몇 강호의 무리들, 그리고 도수백만 무기력하게 만들어 버린다면 왕부에 들어와 있는 다른 자들이야 저의 병사들만으로도 충분히 제압할 수 있는 것이다.

그래서 자운곡주와 도수백을 꽁꽁 묶어 도중문에게 넘겨주면 그와의 밀약이 그 즉시 발효된다.

도중문은 제 계획을 실행시키기 전에 영복왕에게 그런 요구를 했던 것이다.

도중문은 영복왕에게 그가 백련교와의 인연을 끊겠다는 단호한 의지를 증명해 보이라고 했다. 하지만 그게 실은 자운곡주를 없애기 위한 핑계라는 걸 눈치 채지 못할 만큼 아둔한 영복왕이 아니었다.

'이제는 상관없다.'

그는 그렇게 생각했다.

도중문과의 밀약이 실행된다면 백련교 따위야 어떻게 되든 상관없는 것이다. 백련교와 왕부의 중계자로서 와 있는 자운곡주도 마찬가지다. 그를 따르고 있는 도수백이라는 자에 대해서야 첫 대면에서부터 좋지 않은 감정을 품게 되었던지라 더 말할 것도 없다.

魔風俠星

第十章

홍문(鴻門)의 연회(宴會)

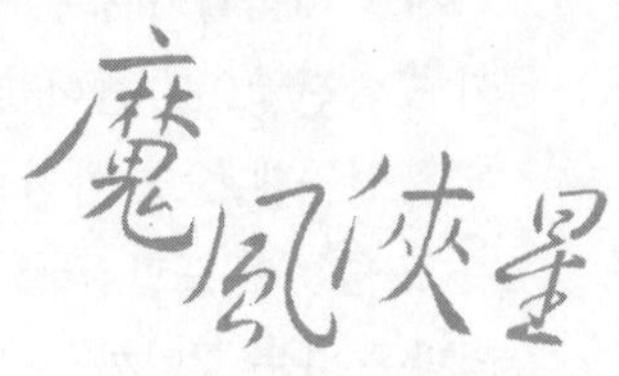

"**움**직여!"

엽건신의 매서운 한마디에 열 명이 바람처럼 자리를 떴다.

그들은 이제 더 이상 검은 옷에 검은 죽립을 눌러쓰지 않고 있었다. 더러는 떠돌이 장사꾼 복장이고 더러는 금방 논에서 나온 듯한 농투성이 차림이었으며, 느긋해 보이는 지방 유생의 모습으로 바뀐 자도 있다.

엽건신은 동창과의 일체 연락을 끊은 채 귀양부 밖 이십여 리 떨어진 곳의 폐가를 근거지로 삼아 은신해 있었다.

하지만 그의 눈과 귀를 대신하는 수하들은 귀양부중에 널리 퍼져 있어서 모든 일들을 직접 보고 듣는 것과 같이 환히 알고 있었다.

지난 새벽녘에 왕부에서 수상한 마차 한 대가 나왔고, 그것이 도합진궁으로 들어갔다는 연락을 받은 즉시 수하들을 그곳에 풀었는데, 오늘 아침에 기막힌 사실을 들은 것이다.

'도중문이 도합진궁에 숨어 있었군. 그들은 그곳에서 무슨 밀담을 나눈 것일까?

마차에 타고 있던 자가 영복왕이라는데에 엽건신은 바짝 긴장했다.

그의 생각에 영복왕과 도중문은 물과 기름 같은 사이라야 옳았다. 두 사람이 은밀히 만날 이유가 없는 것이다.

그런데 세상의 이목을 피해 만났다. 무언가 있을 것이다. 그게 무엇인지 알아내는 게 엽건신의 당면과제가 되었다.

그는 희미하나마 도중문이 무언가 음모를 꾸미고 있다는 심증을 갖고 있었다. 그렇다면 왕금을 위해서일 것이고, 그건 곧 황제에게 해가 되는 일일 것이라고 막연히 생각한다.

왕금이 실은 허깨비에 지나지 않다는 것을 다른 사람들과 마찬가지로 엽건신 또한 까맣게 모르고 있는 것이다.

그래서 그는 도중문이 획책하고 있는 일을 밝힌다면 그와 왕금을 한꺼번에 몰락시킬 수 있다고 굳게 믿고 있었다. 그렇게 되면 동창은 다시 과거의 영화를 되찾고, 자신의 명예도 지키게 된다.

소출부(疏出夫) 엄대량(嚴大量).

그가 사라졌다.

영복왕의 호위무장 중 한 사람으로서 무예가 출중함은 물론, 호탕하고 대범했다. 그래서 그를 아는 사람들은 날 때부터 속이 탁 트인 사내라는 뜻으로 소출부라고 불렀다.

지난 새벽녘, 영복왕의 마차를 호위해 도합진궁에 다녀왔는데, 오후 무렵에 감쪽같이 사라진 것이다.

왕부 내의 숙소에서는 물론, 평소 그가 잘 가던 기방에서도 그의 모습은 보이지 않았다. 그를 마지막으로 보았다는 사람은 그가 남통로의 저자에서 누군가와 이야기를 나누더니 그 사람을 따라갔다고 했다. 그리고 사라진 것이다.

영복왕은 저물녘에야 그 보고를 받았지만 대수롭지 않게 생각했다.

"워낙 계집을 밝히던 자 아니더냐? 어디서 또 지분 냄새에 절어 있겠지."

그의 머릿속에는 온통 도중문의 말들이 가득 차 있어서 다른 아무것도 들어오지 않았던 것이다. 그는 벌써 삼십만의 대군을 이끌고 북경성에 당당히 입성하는 꿈에 흠뻑 젖어 있었다.

왕이 제 심복의 실종에마저 무관심해져 있을 때, 소출부 엄대량은 낯선 곳에서 죽어가고 있었다. 아니, 차라리 죽게 되기를 갈망하고 있는 중이다.

음침한 굴속이었다.

귀양부에서 멀리 떨어진 곳이라는 짐작만 할 뿐, 이곳이 어디인지 알 수가 없다.

굵은 나무토막에 묶여 사지가 기묘하게 꺾이고 뒤틀려 있으며, 얼굴은 찢어지고 부어올라 원래의 모습을 알아볼 수 없게 되었다.

벌거벗겨진 몸에 굵은 힘줄이 불끈불끈 일어서 있는 것이, 마치 지렁이들이 달라붙어 꿈틀대고 있는 것처럼 징그럽다.

그는 이를 악물고 고통을 참았지만, '으, 으……' 하는 신음이 새어 나오는 건 어쩔 수 없었다.

그의 앞에는 엽건신이 팔짱을 낀 채 서 있었고, 그의 좌우에는 두 명의 사내가 얼음장 같은 얼굴로 서 있었다. 긴 꼬챙이를 엄대량의 겨드랑이 아래, 극천혈(極泉穴) 속에 천천히 찔러 넣고 있는 중이다.

극천혈은 수소양신경(手少陽神經)에 속하는 사혈(死穴) 중의 하나다. 가볍게 건드려도 고통을 느끼는 건 물론, 충격을 가하면 숨질 수도 있게 되는 그곳에 젓가락 같은 쇠꼬챙이가 박혀들고 있으니 그 고통이야 말할 수 없을 것이다.

하지만 엄대량은 잘 버티고 있었다. 신음을 흘릴 뿐, 악다문 입을 끝내 열지 않는다.

그에게 고통을 가하고 있는 두 명의 얼음장 같은 사내들도 대단했다. 사혈 깊숙이 쇠꼬챙이를 찔러 넣으면서도 엄대량의 목숨만은 보존해 주고 있는 것이다.

"말해. 그러면 끝난다."

엽건신이 무감정한 어조로 말하자 엄대량이 고통으로 부들부들 떨리는 얼굴을 들어 그를 똑바로 바라보았다.

"주, 주, 죽…… 여……."

"영복왕이 도합진궁에서 도중문을 만났지?"

"죽여라."

엄대량이 길게 한숨을 내쉬고 나서 쉰 음성으로 그렇게 말했다. 이번에는 발음이 똑똑하다.

엽건신의 눈짓을 받은 두 명의 사내가 그의 몸에 박아 넣고 있던 쇠꼬챙이를 멈춘 것이다.

"너에게 마지막 기회를 주겠다. 내가 원하는 걸 말해주기만 하면 즉시 너를 풀어주지. 아무도 찾지 못하는 곳으로 가 숨어 살면 평생 안락하게 살 수 있다. 물론 그만한 돈도 주겠어."

"죽여라."

"영복왕이 그와 무슨 말을 했는지 그것만 말해."

"이제는 지겹다. 벌써 몇 번이나 대답해 줬어. 나는 아무것도 알지 못한다고. 왕야가 누구를 만났는지도 모른다. 그저 도관의 뜰에서 왕야를 기다리고 있었을 뿐이야. 왕야 외에는 본 사람도 없다. 그런데 대체 너희는 누구지?"

"흠—"

엽건신이 낯을 찌푸렸다. 그의 얼굴에 처음 나타나는 표정이다.

'이놈은 정말 아무것도 모르는군.'

이제는 엄대량의 말을 믿을 수밖에 없었다. 아무 쓸모도 없는 놈을 잡아온 것이다. 게다가 제법 강단이 있고 호기가 있는 놈이어서 고문하는 데 아까운 시간만 더 들었다.

엄대량의 인내심에는 감탄하지 않을 수 없지만 엽건신에게
는 여기가 끝이었다. 더 이상 미련을 갖고 매달려 있을 수 없
는 것이다.

"죽여줘라."

그가 차갑게 말하고 돌아섰다. 몇 걸음 걸어나갔을 때 등 뒤
에서 우두둑, 하고 엄대량의 목뼈 부러지는 소리가 들렸다.

'다른 놈이 필요하겠어.'

엽건신은 영복왕의 측근을 통해서 무언가 알아내려는 일은
포기하는 게 좋겠다고 생각했다.

그렇다면 영복왕을 곤란하게 해서 스스로 마각을 드러내게
하는 수밖에 없다. 그게 성공한다면 도중문 또한 꼬리를 드러
내지 않고는 못 견딜 것이다.

'기요성이라는 놈……'

엽건신에게 불쑥 그의 이름이 떠올랐다.

그는 도수백의 둘도 없는 친구이면서 영복왕부의 귀빈이기
도 하다. 또한 수라신군 나부춘을 꺾었을 만큼 대단한 자이기
도 하다.

영복왕의 한 팔인 줄 알았는데, 그자가 온다 간다 말도 없이
왕부를 떠났다는 보고를 받고 얼마나 놀랐던가.

그놈을 이용하면 영복왕부에 분란을 일으킬 수 있을지도 모
르겠다는 생각이 들었다.

정보에 의하면 영복왕과 도수백 간에 알력이 있다고 하니
그렇다. 기요성이 끼게 되면 그가 왕을 택하든 친구를 택하든

왕부에는 갈등이 생기게 된다.

영복왕을 택한다면 도수백이 발끈해서 반발할 것이고, 그러면 자운곡주 또한 영복왕과 갈등하지 않을 수 없게 될 것이다.

그렇지 않고 그가 도수백을 택한다면 영복왕은 더욱 경계할 것 아닌가. 두려워진 왕야는 서둘러 기요성과 도수백을 쫓아내려 할 게 뻔했다. 역시 갈등이 생기지 않을 수 없다.

그 어느 쪽이든 엽건신에게는 유리한 일이었다. 왕부에 갈등이 생기면 이쪽에서 비집고 들어가 원하는 걸 얻어낼 기회가 많아지기 때문이다.

"그가 지금 어디에 있지?"

"예?"

엽건신의 뜬금없는 물음에 그의 그림자인 암영이 어리둥절한 얼굴을 했다.

"기요성 말이다. 그자를 찾아내. 다시 왕부로 돌아가게 만들어라."

"……!"

"귀양부에 내행창의 제독 도중문이 와 있다는 말을 들으면 아무리 급한 일이 있더라도 반드시 돌아올 것이다."

"존명!"

암영이 복명하고 소리없이 사라졌다.

그는 각지에 거미줄처럼 뻗어 있는 동창의 정보와 연락망을 최대한 이용할 것이다. 아직 북경 본영에서는 엽건신과 그의 수하들이 제독태감의 명에 불복하고 있다는 걸 알지 못할 테니 문제없다.

"조금씩, 천천히 올가미를 조여가는 거야."

엽건신이 희미한 미소를 띠고 노을이 짙어져 가는 하늘을 바라보았다.

*　　　*　　　*

"대체 내가 왜 이곳에 있는 건지 모르겠어."

왕소령의 얼굴에 불만이 가득 떠올랐다. 도수백이 맞장구치듯 머리를 끄덕인다.

"나도 이곳은 당최 마음에 들지 않는다."

"벌써 몇 번이야? 얼굴 한 번 마주 대하기가 그렇게 힘들어?"

그녀의 투덜거림은 오늘도 영복왕과의 대면에 실패했기 때문이었다. 무슨 일이 그렇게 바쁜 건지 영복왕은 그녀의 독대 요청을 번번이 물리쳤던 것이다. 벌써 사흘째다.

왕소령이 입술을 잘근잘근 깨물다가 말했다.

"이래서는 그에게 북경에서의 일을 말해줄 흥미조차 사라지고 만다."

영복왕에게 왕금을 만났던 일을 말해주어야 한다고 한 사람은 자운 노도였다. 하지만 이제는 자운 노도 역시 회의를 느끼고 있었다.

한쪽에서 묵묵히 찻잔을 만지작거리고 있던 노도가 중얼거렸다.

"왕야에게는 말하지 않는 게 나을지도 모르겠다."

도수백이 반색을 했다.

"그렇다면 이곳에 더 있을 필요가 없지 않습니까? 당장 떠나지요."

"일이 그렇게 간단치 않다."

자운 노도가 한숨을 쉬었다. 그로서는 어떻게 해서든 영복왕을 등에 업어야 하는 형편이었던 것이다. 그와 백련교를 맺어주는 역할을 포기할 수 없다.

영복왕 주수도의 깃발을 내걸지 못하고서는 백련교의 봉기가 과거와 다름없이 마교도들의 반역 정도로 전락해 버리기 때문이다. 그래서는 아무리 대의명분이 바르다고 해도 민심을 얻기가 힘들다.

"어떻게 하실 겁니까? 이 일은 영복왕보다 오히려 초 형님에게 알리는 게 급하지 않겠습니까?"

도수백의 말에 자운곡주가 '끙' 하고 된 숨을 쉬었다. 그로서는 정말 영복왕의 애매한 태도가 답답할 뿐이었다.

"내가 한 번 더 갔다 오지."

자운곡주가 자리를 털고 일어섰다. 그가 손수 영복왕에게 대면을 청한다면 왕도 차마 거절하지 못할 것이라고 생각한 도수백과 왕소령은 잠시 참아보기로 했다.

하지만 반 시진쯤 지난 뒤에 돌아온 자운곡주의 어깨가 축 처져 있는 걸 보고는 마음이 바뀌었다.

“노사부께서 정 미련을 버리지 못하시겠다면 저 혼자서라도 초 형님을 찾아가겠습니다.”

“백련교주 초자생을 만나러 가는 거라면 나도 동행하겠어. 이따위 왕부는 정말 지긋지긋해.”

왕소령도 발끈해서 검을 쥐고 일어선다.

자운 노도는 아직도 마음을 정하지 못하고 망설였다. 여태까지 왕부에 있으면서 다져온 친교와 미련을 쉽게 버리지 못하는 것이다.

결정하라는 듯 도수백이 눈으로 재촉했다. 한동안 침묵하던 자운 노도가 한숨을 쉬었다.

“나 혼자 이곳에 남는다는 것도 썩 마음에 내키지는 않는구나.”

“그러면 같이 가시겠습니까?”

“초자생을 본 지 오래되었으니 궁금하기도 해. 그의 준비가 어떻게 진행되고 있는지 이쯤에서 한번 직접 보고 오는 것도 좋겠지.”

노도는 잠시 왕부를 떠나지만 다시 돌아올 마음인 것이다. 도수백은 그건 상관없다고 생각했다. 노도는 마음속에 계획이 있을 테니 그걸 따르면 되고, 저는 제 마음이 끌리는 대로 따르면 될 뿐이라고 생각하자 속 편해진다.

자운 노도가 빙긋 웃었다.

“그래도 예의는 차려야지. 나가고 들어오는 게 반듯하지 못하면 어딜 가나 버릇없는 놈이라는 욕을 먹는 게야.”

지필묵을 당겨 급하게 몇 자 써 갈긴 자운 노도가 밖에서 기웃거리고 있는 운지를 손짓해 불렀다. 그녀는 안에 왕소령이 있는 걸 보고 들어오기를 꺼려하는 것이다.

"가서 왕야께 전해 드려라. 뵐 수가 없으니 이렇게 서찰로 작별 인사를 대신한다고 해."

운지가 잔뜩 골이 난 얼굴로 들어와 사부의 서찰을 받아 들고 나갔는데, 한 번도 도수백을 돌아보지 않았다.

"소저, 소저!"

다급히 부르며 따라오는 발소리를 들었건만 운지는 모른 척하고 잰걸음으로 앞만 보고 걸었다.

그녀의 마음속에도 이까짓 왕부 빨리 떠나 버렸으면 좋겠다는 생각이 벌써부터 들었던 것이다.

자기를 바라보는 왕세자 주소룡의 눈길이 마음에 들지 않았고, 영복왕의 그것 또한 불쾌하기만 했다. 벌써 여러 날 전부터의 일이다.

"소저, 잠시 말씀을 듣고 가시오."

숨을 헐떡이며 다가온 집사가 운지의 옷자락을 붙잡았다.

"왜요?"

"왕야께서 이대로는 보내 드릴 수 없다고 하십니다."

"아니, 그 바쁘신 분이 벌써 사부님의 서찰을 다 읽었대요? 별일이네?"

"소저의 말을 듣고 제가 직접 왕야의 집무전으로 달려갔지요. 꾸중 들을 각오를 하고 서찰을 올렸답니다.”

“수고하셨군요. 하지만 늦었어요. 사부님은 벌써 짐을 다 꾸려놓으셨을걸요? 등에 지고 나서기만 하면 끝나요.”

“소저, 왕야께서 곧 기별을 하실 겁니다. 그러니 잠시만 기다리시라고 전해주세요. 이대로 훌쩍 가버리시면 저는 큰 벌을 받게 된답니다.”

집사가 울상을 하고 매달린다.

마음이 여린 운지는 차마 매정하게 그 청을 뿌리칠 수 없었다.

“알았어요. 가서 사부님께 그렇게 전하지요. 하지만 그분의 마음이 어떻게 바뀔지는 저도 몰라요.”

“고맙소이다. 정말 고맙소이다.”

집사가 희끗희끗한 머리를 숙이며 감사하는 게 민망해진 운지는 도망치듯 그 자리를 떠났다.

비로소 영복왕에게서 기별이 왔다.

오늘 저녁 송별연(送別宴)을 베풀어주겠다는 것이었다.

그 소식을 들은 자운 노도가 쓴 입맛을 다셨다.

“왕야에게는 그동안 우리가 계륵(鷄肋)이었던 게로군.”

버리자니 아깝고, 먹자니 먹을 게 없는 계륵. 그런데 그 계륵이 스스로 알아서 떠나주겠다고 하니 반가운 모양이라고 생각한 것이다.

마음 같아서는 당장 박차고 일어나고만 싶었다. 하지만 자

운 노도는 최소한 영복왕에게 좋은 인상을 주고 가야 했다. 앞
으로의 일을 위해서다.

"어떻게 하겠느냐, 왕야가 송별연을 베풀어준다니 이별주
한잔은 나누고 떠나야 하지 않겠느냐?"

못마땅한 얼굴로 잔뜩 인상을 쓰고 있는 왕소령과 도수백을
돌아보며 천연덕스럽게 말하는 것도 그런 이유 때문이었다.

갑자기 거창한 연회가 베풀어졌다.

왕부 깊숙한 곳에 있는 입정헌(立政軒)에서였는데, 영복왕
의 거처에 속해 있는 후원이다.

차려진 음식이 모두 정갈하고 풍성했으며, 술은 오래 묵혀
둔 것인 듯 입에 착착 감기는 맛이 일품이었다.

영복왕과 왕세자 주소룡, 그리고 왕야의 심복 무장 세 명이
북쪽 줄에 앉았고, 남쪽에는 자운 노도 일행이 마주 앉았다.

노도는 도수백과 왕소령, 운지를 좌우에 두고 묵묵히 앉아
있다.

벌써 두어 순배의 술이 돌았다. 술이 약한 운지는 벌써 얼굴
이 복사꽃처럼 붉게 달아올라서 가쁜 숨을 쌕쌕 내쉬고 있었
다.

그 모습이 더욱 아름답고 매혹적이다. 처음 사부를 따라 왕
부에 왔을 때만 해도 청초한 한 송이 들꽃 같은 아가씨이더니
이제는 활짝 핀 모란꽃 같고 부용꽃 같아진 것이다.

주소룡이 홀린 듯 그런 운지를 바라보고 있었다. 그의 두 눈

가득 뜨거운 열망이 이글거리지만 그것은 안타까움이기도 했
다.

주소룡이 힐끔 영복왕을 흘겨보았다. 아버지가 이 사람들을
붙잡아두었으면 하는데, 아무 미련 없다는 듯 떠나보내려고
하니 원망이 든 것이다. 오직 운지가 그들과 함께 멀리 가는
게 싫기 때문이다.

벌써 대여섯 순배나 술이 돌았다. 날이 완전히 저물어 머리
위에 별들이 가득해진 지 오래전이다.

사방에 이글거리며 타오르는 횃불 사이로 파란 불똥을 매단
반딧불이가 무리 지어 날아다니고 바람은 서늘하게 불어온다.

불콰해진 얼굴을 숙이고 내내 별말이 없이 앉아 있던 자운
노도가 일어나 영복왕에게 포권하고 말했다.

"이제 밤도 깊었으니 연회를 마칠 때도 된 것 같군요. 노부
등은 왕야의 환대를 잊지 않겠습니다. 날이 저물면 아침이 다
가오듯 이 밤이 지나면 왕야의 밝은 세상이 활짝 열릴 것을 믿
소이다. 끝나지 않는 잔치란 없는 법이라 오늘은 이렇게 물러
가지만 다시 만날 때의 기쁨을 기약할 수 있으니 서운하지 않
습니다. 부디 보중하시기 바랍니다."

한껏 정중하고, 말 중에 의미심장함이 있다.

취한 눈으로 묵묵히 자운 노도를 바라보던 영복왕이 그럴
수 없다는 듯 손을 내저었다.

"영웅호한은 바람과 같고 구름과 같아서 한 번 흩어지면 다
시 모이기 힘들다고 들었소. 이제 이렇게 노도와 여러 영웅들

이 떠난다니 과인의 가슴은 찢어지는 듯할 뿐이오. 어찌 한 잔의 술을 더 나누지 않을 수 있으리오.”

호기롭게 말한 영복왕이 들고 있던 술잔을 집어던졌다. 그것이 깨지는 날카로운 소리에 반딧불이 무리가 와르르 흩어진다.

“새 잔을 가져와라!”

곧 치렁한 옷을 입은 아리따운 시비들이 쟁반에 황금 술잔을 담아 가지고 나왔다. 영복왕이 그것에 손수 술을 따라 일일이 권한다.

영복왕이 잔을 높이 들고 소리쳤다.

“이 한 잔의 술로 우리가 영영 이별하는 게 아님을 천지신명께 고하겠소. 각자의 길을 찾아 지금은 뿔뿔이 갈라지나 머지않아 반드시 다시 모여 서로의 흉금을 털어놓고 밤새 취해볼 날이 오리라 믿소!”

호기롭게 말하고 단숨에 술잔을 비워 버린다.

썩 내키지 않는 일이었지만 영복왕이 저렇게 권하고 몸소 마시니 마다할 수도 없었다. 자운 노도가 천천히 술잔을 기울였고, 그것을 본 도수백과 왕소령, 운지도 술잔을 깨끗이 비웠다.

“하하하하—”

영복왕이 몸을 흔들며 하늘을 보고 대소를 터뜨렸다.

좌우에서 영복왕을 보좌하고 있던 심복 무장들이 모두 자운 노도 등에게 작별의 인사말을 건넸다. 한두 사람이 아니다 보

니 그렇게 서로 격식을 차리고 나자 어느새 일각이 훌쩍 지나
버렸다.

"그럼 이제 떠나오."

일어선 자운 노도가 비틀, 했다. 아주 잠깐 동안의 일이라
아무도 그것을 눈여겨본 사람은 없었다. 오직 영복왕만이 음
침한 눈빛을 번쩍이며 훔쳐보았을 뿐이다.

'이상하군.'

자운 노도가 머리를 흔들었다. 잠깐 현기증을 느낀 모양이
라고 생각한다.

'이젠 나도 늙었구나, 그까짓 술에 현기증이 오다니.'

절로 쓴웃음이 나온다.

운지와 왕소령도 일어나다가 잠깐 비틀거렸다. 역시 현기증
을 느낀 것이다. 도수백만 아직 자리에 앉아 있었으므로 멀쩡
할 뿐이다.

"이제 그대는 어디로 가려오?"

영복왕이 불쑥 물었는데, 말투가 조금 전과는 확연히 달라
졌다. 음침한 기색이 감도는 얼굴로 비웃듯 자운 노도를 바라
본다.

노도가 살짝 눈살을 찌푸렸지만 그 또한 취한 때문이라 여
기고 별로 마음에 담아두지 않았다.

"말씀드린 것처럼 조카에게 갈까 합니다."

"백련교로 돌아가겠다는 거로군? 흥, 그까짓 마교가 뭐가
그리 좋다고 붙잡는 내 손을 기어이 뿌리친단 말이지?"

“왕야!”

자운 노도가 정색을 하고 꾸짖듯 부르지만 영복왕은 개의치 않았다.

“하하하, 내 마음이 바뀌었다면 어떻게 하려오?”

“……?”

“조금 전까지만 해도 굳이 당신들을 잡아두고 싶은 마음이 없었는데, 이제는 내 곁을 영영 떠나지 못하게 하고 싶군.”

“왕야, 그게 무슨 말씀이오?”

“흐흐흐, 못 알아들었단 말이냐? 너희들은 이곳에서 한 발짝도 나가지 못한다. 나는 마교의 무리들을 모조리 잡아 죽이기로 했다.”

“무엇이? 왕야! 당신이 어찌 그렇게 말할 수 있단 말이오!”

자운 노도가 크게 놀라고 당황해 소리치자 영복왕이 눈을 부릅뜨고 손가락질했다. 평소의 그와는 너무도 달라진 모습이어서 운지와 왕소령은 어리둥절해졌고, 도수백은 살짝 눈살을 찌푸렸다.

“발칙한 것들! 마교의 주구 주제에 감히 나에게 눈을 부라리다니? 저 대역무도한 놈들을 잡아라!”

그의 외침을 들은 호위무장들이 연회 상을 뒤엎으며 뛰어 일어났다. 조금 전까지 웃으며 대하던 얼굴을 싹 바꾼 채 칼을 뽑아 든다.

하지만 그들은 아직 자운 노도와 도수백 등에 대한 두려움을 가지고 있어서 함부로 달려들지 못했다. 영복왕과 주소룡을 둘러싸고 지킬 뿐이다.

횃불 바깥쪽의 어둠 속에서 요란한 발소리와 함께 갑주로 무장한 병사들이 우르르 몰려나왔다. 영복왕은 치밀하게 계획을 세우고 담 밖에 병사들을 숨겨놓고 있었던 것이다.

"이런, 이런!"

자운 노도가 발을 굴렀다. 어이없어하다가 새파랗게 질린다.

그건 운지나 왕소령도 마찬가지였다.

"악!"

운지가 뾰족한 비명을 터뜨리며 굳어버린 듯 꼼짝하지 않았고, 왕소령도 얼굴이 새파랗게 질려서 우뚝 섰다.

"내공이, 내공이 다 사라졌다!"

왕소령이 비통하게 소리쳤다.

"비열한 술수다! 왕야, 당신이 이렇게 비열한 짓을 하다니!"

그녀들은 스스로를 방비하기 위해 내력을 끌어올리다가 크게 놀라고 당황했다. 단전에 용솟음치던 기운이 하나도 남아 있지 않았기 때문이다. 아무리 심법을 되풀이해 운용해도 한 올의 진기도 모이지 않았다.

도수백은 그때까지도 목석처럼 앉아 있기만 했는데, 정신이 나간 사람 같기도 했다.

그러던 그가 병사들이 고함을 지르며 밀려드는 걸 보고 비로소 자리를 박찼다.

"거기 꼼짝하지 마라!"

버럭 소리치자 마치 범이 사냥을 나서기 전에 포효하듯이 멀리까지 그 소리가 쩌르릉, 울린다.

"하하하, 껍데기만 남은 놈이 호기는 살아서 제법 큰소리를 치는구나."

영복왕이 그런 도수백을 한껏 비웃었다.

"두려워할 것 없다. 저놈들은 더 이상 아무 힘도 쓰지 못한다."

새파랗게 질린 얼굴로 부들부들 떨고 서 있던 자운 노도는 마음을 가라앉히기 위해 안간힘을 썼다.

그 결과 수양이 깊은 그는 참을 수 없는 분노 속에서도 누구보다 먼저 마음의 안정을 되찾을 수 있었다.

"왕야."

자운 노도가 어두운 얼굴로 영복왕을 불렀다.

"대체 이게 어떻게 된 일이오? 언제 독을 쓴 것이오?"

"너희들이 마신 마지막 잔에 귀혼옥정을 두어 방울씩 미리 떨어뜨려 놓았었지."

"귀혼옥정이라고?"

처음 들어본다는 듯 자운 노도가 머리를 갸웃거리고 말했다.

"아무리 교묘한 독이라도 나는 술이 입에 닿는 순간 알아챌 수 있었을 것이오."

"무색무미하고 무취한 것이니 신선이라고 해도 알아챌 수 없을걸?"

잠시 생각하던 자운 노도가 탄식했다.

"휴— 과연 지독한 산공독이로군. 한 올의 진기도 끌어올릴 수 없게 되다니."

노도는 남모르게 다시 한 번 운기해 보았던 것이다. 자신의 비전심법으로도 흩어진 진기를 모을 수 없다는 걸 알고 이제는 절망을 넘어 체념하는 마음이 되었다.

"왕야께서는 이렇게 지독한 독을 어디에서 구하셨소? 오래 전부터 마음속으로 이미 계획하고 있었던 것이오?"

"곧 알게 될 텐데 뭘 그리 궁금해하는 것이냐?"

비웃은 영복왕이 다시 병사들을 재촉했다. 그는 자운 노도가 자꾸 말을 거는 게 수상하다고 생각했다. 시간을 벌려는 수작일지 모른다는 의심이 든 것이다.

도중문은 한 번 귀혼옥정에 중독되면 누구도 그것을 스스로 해독할 수 없다고 했다. 그러나 영복왕은 자운 노도가 워낙 공력이 깊은 고수라는 걸 잘 알기에 안심할 수 없었다.

만에 하나 그가 스스로의 힘으로 독기를 해소한다면 오늘 왕부는 피바다가 되는 걸 면할 수 없다.

"무얼 그리 꾸물대는 것이냐? 어서 모두 잡아 꿇려라! 반항하는 자는 죽여도 좋다!"

영복왕의 채근을 받은 병사들이 다시 함성을 지르며 벌 떼처럼 몰려들었다.

운지와 왕소령은 분노로 파들파들 떨 뿐, 어떻게 해볼 수가 없었다. 한 가닥의 내공도 끌어올릴 수 없는 건 물론, 몸마저 무기력하게 가라앉기만 했던 것이다.

병사들의 번쩍이는 창검이 십여 걸음 앞에까지 몰려왔다. 운지는 눈을 질끈 감아버렸다. 사부님마저 저렇게 무기력해져 있는 이상 누구도 무사할 수 없다고 포기한 것이다.

곧 창에 찔려 피를 쏟으며 죽어갈 것이라고 생각하자 두려움이 왈칵 밀려들었다. 제 목숨과 인생에 대한 애착 때문은 아니었다. 오직 한 사람 때문이다.

죽으면 그를 다시는 볼 수 없게 된다는 게 그녀의 두려움이었다.

도수백은 바윗덩이처럼 굳은 얼굴로 입술을 꽉 깨문 채 우뚝 서 있었는데, 운지는 눈을 떠서 그를 마지막으로 한 번 쳐다볼 용기조차 내지 못했다.

魔風俠星

第十一章

영복왕(英福王)의 흉심(凶心)

"에잇!"

도수백이 노성을 터뜨리며 훌쩍 몸을 날렸다. 그는 조금도 귀혼옥정에 중독된 것 같지 않았다.

그의 칼이 코앞에 밀려든 몇 자루의 창대를 단번에 잘라 버리고, 그 여력이 남아 앞선 무사 두 명의 갑주를 두부 베듯 쪼갰다.

"으악!"

최초로 처절한 단말마가 밤하늘로 솟구치고, 비릿한 선혈이 왈칵 뿜어져 허공을 물들였다.

"저, 저놈이?"

영복왕은 믿을 수 없었다.

자운 노도마저 중독된 마당에 어떻게 저놈 혼자 멀쩡한 건지 이해가 되지 않는다.

'분명 저놈도 귀혼옥정이 섞여 있던 술을 마셨는데?'

제 눈으로 똑똑히 본 일이다. 하지만 도수백이 중독되기는커녕 분노로 인해 더욱 사납고 흉포해졌으니 미칠 노릇이었다.

"막아라! 막아!"

영복왕이 도수백을 가리키며 마구 소리 질렀다. 그사이에도 도수백의 칼은 네 명의 무사를 더 찍어 쓰러뜨리고 있었던 것이다.

낮고 힘찬 기합성과 함께 내뻗는 차디찬 칼빛 아래에서 일합을 제대로 견디는 자가 없었다.

찔러대는 창대를 고목의 잔가지 쳐내듯 거침없이 잘라 버리며 종횡으로 움직여 들어오는데, 그 신법이 눈을 어지럽게 할 만큼 신묘했다.

무사들의 창은 언제나 도수백이 지나가고 난 뒤의 빈 허공을 찌를 뿐이다.

도수백이 소류신공이라고 알고 있는 비급 속의 신법은 어느덧 대성지경에 이르러 있었다. 그것을 전해주었던 원도 화상이 보았다면 혀를 내둘렀을 것이다.

비급 안에는 칠성의 방위를 기본으로 한 신법 하나와 운기심법이 있었을 뿐인데, 운기심법마저 오로지 신법의 영활함을 위해 존재했을 만큼 그것은 대단한 공부였다.

도수백은 그것의 이치를 염두에 두고 합(合), 리(離)의 묘법을 응용하며 자유롭게 변화시켰다.

불쑥불쑥 찔러오는 창들을 헤치며 나아가는 것이 거친 물살을 타고 올라가는 잉어처럼 힘차고 교묘하기 짝이 없다.

게다가 그의 칼에 실려 있는 힘은 그 어느 때보다 완강했다. 벼락이 떨어지듯 하는 시린 칼빛 앞에는 오직 죽음이 있을 뿐 활로가 전혀 없었다.

도수백은 귀혼옥정의 영향을 전혀 받지 않았다. 그에게는 처음부터 내공이라는 게 없으니 그럴 수밖에 없는 일이다.

귀혼옥정은 내공을 흩쳐놓고 억눌러 놓는 산공독의 효능을 극대화시킨 것이었다. 때문에 자운 노도 같은 절세의 고수도 꼼짝하지 못했지만, 오직 저의 힘과 원기에 의지하여 싸우는 도수백에게는 아무 효력도 발휘하지 못했던 것이다.

싸움이 계속될수록 지치기는커녕 그의 힘과 투지는 더욱 맹렬하게 치솟기만 했다.

수많은 전쟁터를 전전하며 스스로 터득한 살법(殺法)은 강호의 어떤 문파에서도 찾아볼 수 없는 직선적이고 실전적인 도법으로 변해 있었다.

형식의 멋과 투로의 정교함과 초식에서의 자부심을 모두 빼버리고 오직 죽이기 위한 살벌함만 극대화시킨 것이다.

그것이 왜구들의 검법에 들어 있던 정신이고 검의(劍意)였는데, 도수백은 오랫동안 그들과 싸우면서 그러한 지독함을 제 칼에 옮겨 담을 수 있었던 것이다. 그리고 필살(必殺)만이 필생(必生)이라는 집념으로 그것을 더욱 단련시켜서 이제는 저만의 다른 무엇으로 만들었다.

그의 그러한 실전적인 도법 앞에서 영복왕의 호위무사들은 당황하고 두려워했다.

도수백은 이미 이러한 혼전 속에서 반드시 승리하는 묘법을 체득하고 있었다. 그것은 잠시도 한자리에 머물러 있지 않고 계속하여 움직이는 것이고, 실낱같은 두려움도 마음속에 담아두지 않는 것이었다.

내가 악착같으면 적은 겁을 먹게 마련이라는 게 수없이 생사의 경계를 넘나들며 배웠던 교훈인 것이다.

언제나 다수의 적에게는 도수백만큼의 악착같음이 없었다. 그들에게는, '나는 홀로이고, 반드시 살아야겠다' 는 절박함이 없기 때문이다. 그러니 혼자라는 두려움만 이길 수 있다면 나의 기세가 다수를 제압하는 건 어려운 일이 아니다.

"이얍!"

도수백의 낮고 힘찬 기합성이 터져 나왔다. 그리고 몇 마디의 비명이 그것에 답한다.

도수백의 온몸은 벌써 적의 피로 흠뻑 젖어 혈인(血人)으로 변해 있었다. 그 끔찍한 모습으로 어금니를 악물고, 때로는 부드득 하고 갈아대며 칼을 후려치고 찍어대는 모습은 악귀 야차의 그것이었다.

누구라도 보는 것만으로도 오금이 저려서 제대로 그의 칼을 받아내지 못할 것이다.

몇 번 숨을 쉬는 사이에 벌써 십여 명의 병사들을 찍어 쓰러뜨린 도수백이 성큼 방향을 바꾸었다. 그와 직면하게 된 자들이 주춤거리며 물러선다.

도수백은 비로소 저의 본심을 드러냈다. 그가 핏발 선 눈으로 주소룡을 바라본 것이다.

그의 끔찍함이 몇 년 전 토옥림의 밀림 속에서 보았던 것보다 적어도 열 배는 더 지독해졌다는 생각에 주소룡은 새파랗게 질려 버리고 말았다.

도수백의 핏발 선 눈을 대하자 온몸이 굳어버리고 등줄기에 소름이 돋는다.

그의 눈에 도수백이 힘껏 도약하는 게 보였다. 한 번 발을 굴러 뛰어오르더니 병사들의 투구를 걷어차며 재차 도약했는데, 그것만으로 무려 십여 장의 거리를 단숨에 접어버린다.

와락, 코앞에 닥쳐드는 도수백의 악귀 같은 형상에 주소룡은 저도 모르게 '으악!' 하고 비명을 터뜨리고 말았다.

"이놈!"

"감히 여기가 어디라고 날뛴단 말이냐!"

함께 연회를 즐겼던 세 명의 무장이 일제히 소리치고 나섰다. 주소룡을 가로막지만 도수백의 눈에는 오직 한 사람만 보일 뿐이다.

"흥!"

코웃음을 친 그가 아무 두려움 없이 그들의 도검에 부딪쳐 갔다.

“이얏!”

무장들이 좌우로 벌려 서며 일제히 도수백을 향해 도검을 뿌린다. 그들의 삼엄한 칼빛과 검광이 눈을 어지럽게 하지만 도수백을 가로막기에는 역부족이었다.

챙—

처음으로 칼과 칼이 부딪쳐 날카로운 소리를 냈다. 밤하늘로 새파란 불똥들이 화르륵, 피어 날릴 때 도수백의 칼은 허공에 흰 빛의 원호를 그리며 유성처럼 날아와 왼쪽 놈의 어깻죽지에 여지없이 틀어박혔다.

“으아악!”

가슴까지 사선으로 쩍 벌어진 놈이 참혹한 비명을 터뜨리며 쿵쿵거리고 뒤로 물러났다. 그의 모습과 비명 소리가 모두에게 더욱 끔찍한 공포를 불러일으켰다.

“이놈!”

도수백의 핏발 선 눈이 번들거리고, 그의 칼이 낙뢰가 되어 사정없이 떨어진다.

정면에서 주춤거리던 자는 이미 투지를 잃어버리고 있었는데, 도수백의 칼은 그렇다고 비켜가지 않았던 것이다.

“으악!”

다시 참혹한 비명성.

정수리가 쩍 벌어진 놈이 풀썩 주저앉았고, 도수백은 성큼 걸음을 떼어 주소룡의 면전에 다가섰다.

정신을 차린 주소룡이 애써 두려움을 떨쳐 버리며 버럭 소리쳤다.

"감히 나에게 손을 대려고 하느냐!"

그가 급히 진기를 끌어 모아 힘껏 일장을 뻗어냈다.

그는 오래전부터 명가를 사부로 모시고 호신을 위한 무공을 배워왔었다. 그 내력이 지금은 제법 위력을 발휘할 정도가 되어 있어서, 뻗어나가는 장력이 바위라도 부술 만큼 강맹했다.

두 줄기 막강한 암경이 가슴에 부딪쳐 오건만 도수백은 모르는 사람처럼 무방비했다.

오히려 불쑥 가슴을 내밀어 고스란히 주소룡의 일장을 맞는다.

펑!

그의 가슴에서 요란한 소리가 터져 나왔다. 주소룡은 내심 회심의 미소를 지었다. 아무리 몸이 돌덩이처럼 단단한 놈이라도 아무 방비 없이 자신의 일장을 맞았으니 견디지 못하고 쓰러지리라는 기대감이다.

그러나 도수백은 이미 소류신공을 대성한 뒤였다. 그의 몸에 닥쳐온 장력은 무의미했다.

소류신공의 운기 비결은 흡(吸)과 정(精), 산(散)의 묘법으로 이루어진 것이었다. 상대의 내가진기를 빨아들이는 사악한 흡성대법(吸星大法)과 비슷한 면이 있다.

그래서 원도 화상은 그것을 도수백에게 전해주며, 전문적으로 상대의 내력을 분쇄하는 것이니 너에게 큰 도움이 될 것이라고 했던 것이다.

도수백의 몸에 스며든 주소룡의 내력은 소류신공을 만나자 안개처럼 흔적없이 흩어져 버렸다. 그대로 경락을 통과해 밖으로 흘러나가 버리니 도수백의 몸은 주소룡의 내력을 투과시키는 어떤 물질인 셈이었다.

그리고 경락을 스쳐 나간 내력의 일부가 몸 안에 남았다. 하지만 그의 체내에 있는 독기가 그것을 쓸어버린다.

도수백에게는 상관없는 일이었다.

억새밭에서 엽건신과 그 수하들에게 쫓길 때 목숨이 오락가락하는 중상을 입었고, 그 덕분에 소류신공이 더욱 촉발되어 몸 안에 흩어져 있던 원기들을 남김없이 끌어내지 않았던가.

그것이 도수백의 활기이자 끊이지 않는 힘이었다. 오랜 수련을 통해서 인위적으로 축적해 온 내공과는 다른 것이니 귀혼옥정도 효력을 발휘하지 못했던 것이다.

그 사실을 아는 사람은 도수백과 자운 노도밖에 없다. 그러니 영복왕은 사색이 될 수밖에 없었다.

"저놈이? 저놈이?"

그가 도수백을 손가락질하며 무어라고 말하는 순간 도수백의 새파란 칼날은 주소룡의 목젖에 달라붙어 있었다. 조금만 힘을 주어 밀면 그의 목이 뎅겅 잘려 나갈 것이다.

촌각의 시간에 벼락처럼 움직여 수많은 적을 뚫고 나아가 주소룡을 사로잡아 버렸으니 눈부시다고밖에는 할 말이 없다.

"왕야, 당신은 이제 어쩌시겠소?"

도수백이 이글거리는 눈으로 영복왕을 노려보며 비웃었다.

영복왕은 기가 막혀 할 말을 잃었다. 멍하니 도수백을 바라볼 뿐, 어떻게 해야 할 건지 아무 생각도 하지 못한다.

그가 느릿느릿 저쪽에 우두커니 서 있는 자운 노도와 운지, 왕소령을 바라보았다. 그들 또한 도수백의 벼락같은 움직임에 놀라고, 그의 흉포함에 질린 것처럼 넋이 나가 있었다.

"저 녀석은 내가 처음 보았을 때도 무시무시하더니 지금은 몇 배나 더 무서워졌구나. 그의 칼을 과연 누가 당할 것인가?"

자운 노도가 머리마저 설레설레 흔들며 중얼거렸다.

왕소령도 머리를 흔든다.

그녀는 도수백에 대해서 처음부터 두려움과 증오를 동시에 가지고 있었다. 그러다가 미안함을 갖게 되었고, 쑥스러움으로 변하더니 어느덧 그에 대한 친밀한 감정을 갖게 되었다.

그건 믿음이기도 하지만 그래서 스스로 갈등하게 하는 괴로움이기도 했다. 미움과 사랑을 동시에 가졌기 때문이다.

도수백에 대한 그런 복잡한 감정 때문에 그녀가 지금 느끼고 있는 놀라움은 누구보다 더 클 수밖에 없었다.

'나는 아직도 그의 칼을 이길 수 없을지 몰라.'

그녀는 그렇게 생각했다.

마도흑선 장유기로부터 내공을 전해 받아 점창파의 신공을 대성하고, 검법의 새로운 경지에 올라섰지만 여전히 도수백의 칼이 보여주는 저 끔찍함에는 기가 질릴 뿐이다.

'도대체 저 사람의 무모한 용기와 투지는 어디에서 나오는 것일까?

그게 그를 처음 보았을 때부터 지금까지 풀 수 없는 의문이
다.

영복왕은 기가 막혔다. 기껏 심계를 써서 꾸며놓은 일이 성
사 직전에 도수백 한 놈 때문에 물거품이 될 처지에 몰렸으니
분통이 터지기도 한다.

하지만 이제는 하나밖에 남지 않은 아들이 그의 칼 아래 사
로잡혀 있는 터라 함부로 대할 수도 없다.

“도, 도…… 형…….”

주소룡이 새파랗게 질린 얼굴로 간신이 입술만 달싹여 말했
다.

“우리가 그래도…… 생사를 함께한 옛정이…… 있지 않습
니까?”

“흥!”

“제발 이 칼 좀 치우고 말을 하면 안 될까요?”

“옛정 따위는 없다. 새로 생긴 원한이 있을 뿐이다.”

도수백의 냉정한 말에 가슴이 철렁하지만 주소룡은 말하는
걸 멈출 수 없었다.

목젖에 닿아 있는 싸늘한 칼날을 통해 죽음의 공포가 점점
깊숙이, 점점 구체적으로 밀려들고 있었기 때문이다.

무슨 말이든 하지 않으면 제풀에 놀라 기절해 버릴 것 같았
다.

‘이 많은 사람들이 지켜보는 앞에서 그런 약하고 추한 몰골

을 보일 수는 없지 않은가.'

그의 마지막 자존심이었다.

"도 형, 형은 이 일과 별 상관이 없다는 걸 나는 알고 있소. 이 칼만 치우면 아버님께서는 형을 은인으로 생각하고 크게 쓰실 것이오."

"헛소리."

"저 사람들이 형에게 중요한 사람들이라는 걸 아오. 하지만 저 사람들이 형에게 가져다줄 수 있는 건 매일매일 쫓겨다녀야 하는 처량한 신세일 뿐이지요. 잘 생각해 보시오."

주소룡은 필사적으로 말하고 있지만 도수백의 귀는 한마디도 듣지 않고 있었다.

그가 영복왕을 향해 느긋하게 말했다.

"우선 해약을 그들에게 주시오."

"해약이라고?"

영복왕이 어리둥절한 얼굴을 한다. 도수백이 차갑게 비웃었다.

"독약을 가졌으니 당연히 해약도 가졌겠지."

영복왕의 얼굴에 당황함이 떠올랐다. 그는 도중문에게서 귀혼옥정만을 받았을 뿐 해약 같은 건 받지 않았던 것이다. 처음부터 해약이 존재하지 않는 건지도 모른다.

하지만 그런 내색을 할 수 없다. 영복왕이 떨리는 손으로 주소룡을 가리키며 말했다.

"우선 그 아이를, 그 아이를 풀어주어라. 그러면 나도 해약을 주고 너희들을 모두 무사히 보내주겠다.”

“헛소리!”

도수백이 흰 이를 드러내고 으르렁거렸다.

“한 번 속은 것도 분한데 또 속으란 말이오? 왕야 같으면 그렇게 하겠소?”

“타협할 여지가 없단 말이냐?”

“내가 왕야에게 묻고 싶은 말이오. 왕야는 하나뿐인 혈육의 목숨과 우리 모두의 목숨을 기꺼이 바꿀 수 있소? 그렇다면 더 말할 것도 없지. 내가 당장 이 녀석의 목을 그어버리고 한바탕 원없이 싸워보겠소. 어차피 다 죽을 테니 저 사람들의 생사야 어떻게 되면 어떻소?”

자운 노도와 운지, 왕소령이 죽든지 말든지 신경 쓰지 않고 죽을 때까지 싸우겠다는 지독한 말에 영복왕은 기가 질리고 말았다.

병사들이 입을 피해야 아무렇지도 않게 생각할 수 있다. 하지만 주소룡은 하나뿐인 아들 아닌가. 이곳에서 죽는다면 그동안 와신상담하며 몸을 굽히고 있던 일이 모두 허사가 된다.

그가 꼼짝하지 않고 귀양부에 웅크리고 있었던 것은 오직 제 혈육을 지키기 위한 것이었다. 그렇지 않으면 황제가 그에게 무슨 죄를 덮어씌워 죽일지 모르기 때문이다.

영복왕이 깊이 생각하더니 한숨을 쉬고 말했다.

“좋다. 해약을 주마. 하지만 그것을 먹는다고 즉시 약효가 나는 건 아니다. 귀혼옥정이 워낙 지독한 것이라 해약을 먹어도 사흘 뒤에나 완전히 해독된다고 들었다."

"누구에게서?"

"그건 말할 수 없다."

"흥, 그렇다면 그 말을 신뢰할 수도 없군. 왕야가 당장 지금의 상황을 면해보려고 아무 약이나 던져 줄지 어떻게 안단 말이오? 사흘이 지난 뒤에 그게 가짜였다는 걸 깨달아봐야 말짱 헛일이지."

도수백이 단번에 저의 음흉한 속셈을 짚어내자 영복왕은 더욱 기가 막혔다.

무지막지하기만 한 줄 알았더니 심계 또한 깊은 놈이라는 게 더 마음에 걸린다.

"그럼 대체 어쩌자는 것이냐?"

이제는 짜증이 난다. 천하를 목전에 두고 있는 지금인데, 이런 일로 발목을 잡혀 꼼짝하지 못한다면 도중문이 얼마나 비웃을 것인가.

도수백이 눈짓으로 왕소령 등을 불렀다. 그녀와 자운 노도, 운지가 모두 도수백 곁으로 모이지만 영복왕은 그걸 막지 못했다.

제가 자운 노도와 운지, 왕소령을 인질로 잡아도 저 고집스러운 놈이 주소룡을 내줄 리도 없거니와, 화가 나서 당장 목을 그어버릴지도 모른다는 불안감 때문이다. 그래서 영복왕은 애가 탈 뿐, 이러지도 저러지도 못하는 어정쩡한 꼴이 되었다.

그에게는 열 명의 자운 노도, 열 명의 운지가 있다고 해도 주소룡 하나의 목숨보다 못한 것이다.

"이제 길을 트라고 하시오. 우리가 무사히 귀양부를 떠난 뒤에 주소룡을 돌려보내 주겠소."

도수백이 여전히 주소룡의 목에 칼을 댄 채 말했다. 영복왕은 마지막 결정을 해야 할 때가 다가왔음을 절실히 느꼈다.

이대로 그들을 놓아 보낸다면 자신의 계획에 막대한 차질이 생기게 될 것이다. 또 그들을 보내준다고 해도 과연 저놈이 제 말대로 주소룡을 풀어줄지도 알 수 없다.

그가 어떻게 해야 할지 망설이는데, 어둠 속에서 한 사람이 소리없이 다가왔다.

횃불 아래로 다가온 그를 알아본 도수백이 버럭 소리쳤다.

"영복왕! 이제 보니 당신은 도중문과 손을 잡았군!"

영복왕은 물론 자운 노도와 왕소령이 모두 깜짝 놀랐다. 그건 도수백에게 사로잡혀 인질이 되어 있는 주소룡도 마찬가지다.

그는 자신의 아버지가 도중문과 손을 잡았다는 걸 까맣게 모르고 있었던 것이다. 영복왕이 그에게도 사실을 말해주지 않은 탓이다.

도수백이 그렇게 소리친 건 지금 막 영복왕 곁에 다가와 무어라고 귓속말을 하고 있는 사람 때문이었다.

그는 잊을 수 없는 자였다. 도중문의 그림자인 유성추혼 강무명인 것이다.

강무명은 어둠 속에 숨어서 상황을 낱낱이 지켜보고 있었는데, 일이 자신과 영복왕이 원하는 방향으로 흐르지 않고 엉뚱하게 흘러갈 조짐을 보이자 참지 못하고 모습을 드러낸 것이다.

그가 영복왕에게 속삭였다.

"왕야, 이 일은 매우 중요합니다. 도 제독께서 멀지 않은 곳에 와 결과를 기다리고 계신 것만 봐도 알 수 있지요. 자, 이제 어떻게 하시겠습니까?"

"나는, 나는…… 모르겠소. 일이 이렇게 될 줄이야……. 대체 어떻게 해야 하겠소?"

그는 평소의 냉정하고 품위있던 모습을 잃어버린 듯 허둥거리고 멍청해져 있었다. 마음속으로 그를 비웃은 강무명이 다시 속삭였다.

"대사를 눈앞에 두고 있습니다. 왕야께서는 천하가 중요하십니까, 아니면 피붙이가 중요하십니까?"

"그런, 그런 말을…… 하다니?"

"잘 생각해 보십시오. 지금의 기회를 놓치면 왕야는 모든 걸 잃게 될 것입니다. 도 제독께서는 왕야를 떠날 것이고, 그러면 왕야의 수하가 되기로 했던 광서제도사의 총병 이근이 즉시 정병을 이끌고 쳐들어와 왕부를 토벌하게 될 것입니다. 왕부는 잿더미가 되고, 개미새끼 한 마리 살아남지 못하게 되겠지요. 주 공자는 목이 잘려 함에 담기고, 왕야께서는 반역죄를 쓰고 북경으로 압송되어 가는 신세를 면치 못할 것입니다. 결국 왕야는 아들도 잃고 여태까지 다져 온 기반도 잃게 됩니다.”

“으음—”

“하지만 큰 결단을 내리셔서 대업을 이루게 된다면 왕야께서는 황위에 오르십니다. 그때는 천하의 절세가인이 모두 왕야를 받들 테니 그들에게서 열 아들인들 다시 낳지 못하겠습니까? 지금은 열 명의 혈육보다 하나의 천하가 더 크고 중요하다고 생각됩니다만…….”

“으으음—”

영복왕의 마음속에 깃들어 있는 한 가닥 양심은 강무명의 속삭임이 마귀의 유혹이라고 소리쳐 알리고 있었다. 하지만 그의 귀에는 강무명의 말이야말로 천상의 소리처럼 달콤하게 들리기만 했다.

이곳에서 저들을 풀어주면 주소룡을 살릴 수 있을지 모른다. 하지만 강무명의 말처럼 머지않아 토벌대의 공격을 받게 될 것이고, 그러면 주소룡은 물론 자기 자신의 목숨마저 잃게 될 것이 분명했다.

강무명이 다시 속삭인다.

“하나를 버리면 열을 얻을 것이고, 하나를 지키고자 하면 천하를 잃을 것입니다. 이게 현실이지요. 왕야께서는 현명하시니 잘 생각해 보시기 바랍니다.”

“끄응—”

영복왕의 입에서 신음 같은 한숨이 흘러나왔다.

도수백은 그와 강무명이 얼굴을 맞대고 속삭이는 걸 보며
바짝 긴장했다.

강무명이 얼마나 무서운 노인인지 이곳에서 그보다 잘 아는
사람은 없을 것이다. 그래서 도수백은 더욱 긴장하고 초조해
졌다.

'저 늙은이가 나서기 전에 빨리 이곳을 떠나야 한다.'

혼자 몸이라면 어떻게 해서든 강무명을 따돌리고 몸을 뺄
수 있다는 자신이 있었다. 하지만 지금은 무기력해진 사람들
을 보호해야 한다.

영복왕이 초조해하는 것만큼이나 도수백의 마음도 초조해
졌다. 주소룡의 목에 칼을 바짝 붙인 채 영복왕의 결정을 기다
리는 시간이 억겁인 것처럼 길게 느껴진다.

"저놈이 누구냐?"

자운 노도가 슬며시 다가와 물었다. 도수백이 눈은 영복왕
에게 둔 채 말했다.

"유성추혼 강무명입니다. 도중문의 그림자 같은 노인이지
요."

"유성추혼 강무명이라고?"

자운 노도가 깜짝 놀라 유심히 그를 바라보았다. 그러더니
이를 부드득 간다.

"저놈이 바로 그 강무명이로구나. 십오 년 전에 의창의 남진
관에서 장초운을 합공했던 황궁의 일곱 고수 중 한 명이었어.
저놈은 지독하고 끈질기게 장초운을 괴롭혔지."

장초운이 백련교도들을 이끌고 봉기했을 때의 일이다. 그는 도수백이 원각 화상이라고 알고 있는 정료 대사의 도움을 받아 간신히 그곳을 빠져나올 수 있었으나 부상이 워낙 심해 오래 살지 못하고 숨졌다.

그때의 일을 들어서 알고 있는 도수백은 새삼 강무명에 대한 살의를 느꼈다.

며칠 전 기요성이 수라신군을 물리치던 일도 떠오른다. 도수백은 '나도 그렇게 할 수 있다!' 하고 마음속으로 자기 자신에게 외쳤다.

기요성이 했다면 나도 할 수 있다는 오기가 솟구친다.

왕부에 오기 전 도중문 앞에서 강무명에게 모욕을 당했던 때와 지금의 자기는 크게 달라졌다는 걸 스스로 느낄 수 있기 때문이기도 하다.

하지만 지금은 기분만으로 냅다 달려들 때가 아니었다. 어떻게 해서든 자운 노도와 운지, 왕소령을 데리고 무사히 이곳을 떠나야 한다.

그가 어떻게 해야 할지 부지런히 염두를 굴리는데 영복왕이 비로소 강무명에게서 떨어져 이쪽으로 돌아섰다.

'좋지 않다!'

도수백은 영복왕의 표정이 밀랍처럼 창백해져 있고, 입을 악다물고 있으며, 그 눈에 살기가 이글거리는 걸 보았다.

불길한 생각이 머릿속을 스친다.

영복왕이 스산한 음성으로 말했다.

"지금 당장 그 아이를 놓아주어라. 이것이 마지막 기회다. 그렇지 않으면……."

"그렇지 않으면?"

"호호호, 땅을 치며 후회해도 그때는 돌이킬 수 없을 것이다."

"왕야, 내 요구 조건은 한 가지 뿐이오. 해독약이 없다니 그건 포기하겠소. 이 사람들을 무사히 이곳에서 떠나도록 해주기만 하면 되오. 그러면 왕야는 하나뿐인 소중한 아들을 무사히 돌려받게 될 것이오."

도수백은 저도 모르게 약해진 모습을 보이고 말았다. 말속에 그런 마음이 드러난 건 역시 그가 그만큼 초조해져 있다는 반증이기도 했다.

그것을 눈치 챈 강무명이 희미하게 웃었고, 영복왕의 얼굴은 더욱 창백하게 변해갔다.

그가 핏발 선 눈으로 무섭게 도수백을 노려보며 천천히 말했는데, 마치 철천지원수를 대하는 듯했다.

"내 요구 조건도 한 가지뿐이다. 그것을 들어주느냐 마느냐에 따라서 너희들의 처지가 달라질 테니 잘 생각해라. 지금 즉시 그 아이를 풀어주고 항복해라. 그 외의 길은 없다."

"항복하면?"

"호호호, 죽게 되겠지."

"흥, 그렇다면 달라질 게 없군."

"항복하지 않으면 지금 즉시 가장 처참한 죽음을 맞게 될 것이다. 항복하면 며칠은 더 살 수 있겠지."

"아, 아버지……."

주소룡이 무엇인가 눈치를 채고 울먹이는 음성으로 불렀으나 영복왕의 싸늘한 얼굴은 바뀌지 않았다. 그가 입술을 바들바들 떨더니 쩍쩍 갈라지는 음성으로 말했다.

"아들아, 큰 뜻을 좇는 자는 모질고 독해져야 할 때를 반드시 맞게 되는 법이다. 그때는 그렇게 할 줄 알아야 하느니라. 우유부단해서는 결코 큰일을 할 수가 없지. 반드시 이루어야 할 일이라면 제 살을 뜯어내고, 제 사지를 잘라내는 한이 있더라도 해야만 하는 것이 대장부이고, 그것이 왕재(王才)이니라."

"허—"

자운 노도도 그가 무엇을 생각하는지 알았다. 기가 막혀서 말은 하지 못하고 입만 딱 벌린다.

도수백도 영복왕의 생각을 읽었다. 하지만 믿어지지 않아서 멍해져 버리고 말았다.

"흐흐흐, 끝내 항복하지 않겠단 말이지? 좋다. 항복을 하든 그렇지 않든 너희들은 이곳에서 절대로 살아 나가지 못한다. 나를 위해서도 그렇게 하지 않을 수 없는 일이지."

영복왕이 뒤로 물러섰다.

"아버지!"

주소룡이 비통하게 부르짖지만 듣지 못한 것처럼 외면한다.

"쳐라! 모두 죽여 버려!"

영복왕이 미친 듯 악을 썼다. 그 즉시 호각 소리가 높이 울려 퍼지고, 담장 너머에서 함성이 치솟았다.

횃불이 하늘 끝까지 붉은 불기운을 뿌려댄다.

이내 왕부의 후원은 시커먼 병사들로 가득 찼다. 그들의 창검이 횃불 빛을 받아 번쩍이며 이글거린다.

"허, 어찌, 어찌 이럴 수가 있단 말인가……."

자운 노도가 탄식했다.

자신의 야망을 위해서 혈육마저 외면하는 영복왕의 행위에 대하여 노여움보다는 연민이 앞선다.

"에잇!"

도수백이 주소룡을 힘껏 밀어버렸다. 그가 바닥에 쓰러져 나뒹구는 것과 함께 도수백은 자운 노도 등을 이끌고 뛰기 시작했다.

魔風俠星

第十二章

몰락(沒落)

쉬이이—

허공에 날카로운 휘파람 소리가 가득해졌다.

언제 준비했던 것인지, 이십여 명의 궁수가 후원의 담장 위에 올라서서 활을 쏘아대고 있었던 것이다.

"아앗!"

제일 먼저 운지가 비명을 터뜨리며 풀썩 엎어졌다. 화살 하나가 그녀의 어깻죽지를 꿰뚫었는데, 가슴 앞으로 반쯤이나 빠져나왔을 정도로 강한 궁시였다.

도수백이 돌아서서 맹렬하게 칼을 휘둘렀다. 땡강거리며 튕겨지고 부러져 나가는 화살 소리가 소나기 소리처럼 들렸다.

왕소령도 검을 뽑아 정교하고 재빠른 검초를 펼치며 제 몸을 보호했다. 하지만 내공을 쓸 수 없으니 위력이 보잘것없었다.

그녀는 다급했으므로 오직 팔 힘에 의지하여 검을 휘두를 수밖에 없었는데, 잠시는 그렇게 버틸 수 있을 것 같았다.

자운 노도 역시 허리띠를 풀어 들고 춤을 추듯 휘둘러대고 있었다. 그의 내공이 실렸더라면 허리띠는 철벽처럼 단단한 방호벽을 허공에 둘렀으련만 지금은 겨우 근접해 오는 화살들을 휘감거나 쳐서 떨어뜨릴 뿐이었다.

그나마 늙은 기력으로 얼마나 버텨줄지 알 수 없다.

운지를 한 팔로 안아 든 도수백이 다시 연회가 열렸던 정자 위로 뛰어올라 갔다. 식탁을 뒤집어 세우니 겨우 방패막이가 된다.

텅텅거리며 그곳에 박히는 화살 소리가 귀청을 먹먹하게 했다.

곧 자운 노도와 왕소령도 식탁의 방패 뒤로 뛰어들었다. 거친 숨을 헐떡이는 것이 그 짧은 동안에 기력을 다 써버린 듯하다.

도수백은 과연 이렇게 해서 얼마 동안이나 버틸 수 있을 것인지 불안해졌다.

와아, 하는 함성이 진동하고, 수십 명씩 줄을 이루고 길게 늘어선 병사들이 창과 방패를 앞세우고 밀려오기 시작했다.

파도 뒤에는 또 파도가 있듯이, 그렇게 밀려드는 병사들의 무리가 몇 겹인지 셀 수도 없다.

‘여기서 죽는 건가?’

불쑥 그런 생각이 들었다. 그의 눈이 식은땀을 흘리며 고통스러워하고 있는 운지를 찾았다. 그녀의 눈에서 눈물이 흘러내리고 있었다.

그녀는 이와 같은 일을 처음 겪거니와 이와 같은 고통도 처음 겪을 것이다. 그 생각이 도수백의 마음을 참을 수 없이 아프게 했다.

그가 이번에는 왕소령을 바라보았다. 그녀는 창백해진 얼굴로 입술을 악물고 있었는데, 검을 쥔 손을 바들바들 떨고 있었다.

아무리 심성이 모질게 변했어도 그녀는 역시 여자였다. 죽음을 목전에 두자 두려움으로 떠는 것이다.

자운 노도의 얼굴에는 체념의 기색이 가득했다. 도수백과 눈이 마주치자 희미하게 웃으며 턱을 끄덕인다.

자신의 부주의했음에 대한 자책이 미안함으로 그렇게 드러난 것이다. 하지만 도수백은 이것이 노도의 잘못이라고 조금도 생각하지 않았다.

교활한 적의 함정에 빠졌던 적이 어디 한두 번이던가. 그때마다 죽을 각오를 하고 싸웠고, 수단과 방법을 가리지 않았다. 그리고 매번 살아 나왔다.

도수백은 이번에도 그런 각오를 했다. 까짓 죽으면 죽는 것이다. 산다는 것과 죽는다는 게 어디 별다를 것 있겠는가? 조금 일찍 죽을 뿐인데, 억울할 것도 없다. 나보다 훨씬 먼저 죽은 자들도 많으니까.

"으음—"

도수백이 깊은 침음성을 토해내고 이를 부드득 갈았다. 이들과 함께 이곳에 뼈를 묻겠다는 각오를 한 것이다.

높은 지붕 위에서 두 명의 흑의인이 용마루에 납작 엎드려 그와 같은 일들을 모두 염탐하고 있었지만 아무도 그곳에 신경 쓰는 자는 없었다.

주걱턱의 흑의인이 동료에게 머리를 끄덕였고, 그가 곧 소리없이 그곳을 떠났다. 남은 자는 여전히 용마루에 찰싹 달라붙어서 저만큼 떨어진 곳, 환한 횃불 아래 낱낱이 드러나 있는 상황을 주시했다.

"우리는 모두 쇠심줄처럼 질긴 인연으로 엮여 있는 게 틀림없어."

도수백이 풀썩 웃으며 그렇게 엉뚱한 소리를 했다. 자신의 긴장을 풀고, 운지와 왕소령의 긴장과 두려움을 풀어주려는 의도였다.

"그러기에 이런 개 같은 꼴을 함께 당하고 있는 거지. 그렇지 않아?"

곁에 붙어 앉아 있는 왕소령에게 묻자 그녀가 새파랗게 질린 입술을 바르르 떨더니 겨우 대답했다.

"여기서 죽겠지?"

"다 함께 뼈를 묻는 거야. 적어도 저승길이 심심하지는 않겠지."

입술을 악물고 무언가 생각하던 왕소령이 결심한 듯 말했다.

"그렇게 되기 전에 이 말은 꼭 하고 싶어."

"말해봐."

"너를 증오하고 귀찮게 했던 걸 용서해 줘."

"뭐라고?"

그녀의 엉뚱한 말에 도수백이 어리둥절해서 눈을 크게 떴다. 왕소령의 눈에는 어느덧 맑은 눈물이 가득 고여 있었다.

그렁그렁해진 눈으로 도수백을 바라보며 또박또박 말한다.

"내가 속이 좁고 생각이 짧았던 탓이야. 아버지를 죽인 건 네 칼이 아니었어."

"……."

"그전에 아버님은 이미 돌아가셨던 거야. 도중문 그자가 아버님을 역적으로 몰아 척살하려 했고, 내 가족들을 모두 도살했을 때 아버님도 그들과 함께 돌아가신 거였어. 그러니 이해(洱海)의 중이도(中洱島)에서 네 칼에 죽은 사람은 허깨비였을 뿐이야. 나는 그것을 이제야 깨닫게 된 걸 정말 후회해. 미안해."

"으음—"

도수백이 깊은 한숨을 내쉬었다. 하나의 은원이 이렇게 사라졌다는 기쁨보다 왕소령에 대한 미안함이 더 커졌던 것이다. 가슴이 답답해진다.

왕소령이 살며시 손을 뻗어 도수백의 손을 잡았다. 차가운 그녀의 손바닥에 불덩이처럼 뜨거운 도수백의 체온이 그대로 옮겨왔다.

"거기, 두 사람……."

저쪽에서 운지가 고통으로 얼굴을 잔뜩 찡그린 채 말했다.

"이제 묵은 감정을 푼 거야? 그래?"

손을 맞잡은 왕소령과 도수백이 그녀에게 머리를 끄덕여 보인다. 두 사람의 얼굴은 그 어느 때보다 밝았다.

왕소령은 제 본심을 털어놓은 순간 두려움에서 벗어날 수 있었던 것이다. 이제는 죽어도 좋다는 마음이 되었다. 껍질을 깨기가 어려웠지, 한 번 이렇게 깨뜨려 버리고 나자 날아갈 듯 홀가분해졌다.

그러나 운지는 잔뜩 얼굴을 찌푸렸다. 이제는 어깨를 지지는 불같은 고통은 그녀에게 아무것도 아니었다.

질투가 끓어올라 머리가 어지럽고 가슴속에 미움이 난마처럼 얽힌다. 왕소령에 대한 질투였고, 도수백에 대한 미움이었다.

'나는 아무것도 아니었던 거야.'

그런 원망과 함께 왠지 서러움도 왈칵 밀려드는 것이어서 운지는 뜨거운 눈물을 줄줄 흘려대며 이를 악물고 있었다.

도수백은 그것이 상처의 고통 때문인 줄 알지만 자운 노도는 누구보다 운지의 마음을 잘 알았다. 그가 한숨을 쉬고 사랑하는 제자의 머리를 쓰다듬어 주며 말했다.

"그러기에 사부가 뭐라고 했더냐? 세상은 너에게 번민을 주

고, 번민은 고통을 줄 뿐이라고 하지 않았더냐? 사부의 말을
듣고 자운곡에 남아 있었더라면 지금쯤 얼마나 즐겁고 행복했
을 것이냐? 세상의 꿈은 달콤한 것 같아도 그 속을 들여다보면
그 순간부터 고통이 되지. 꿈이 곧 고통이고, 사랑이 원망에 다
름 아니니 세상이 과연 아름다운 것일까?"

운지가 어깨를 들썩이며 흐느끼기 시작했다. 그러더니 사부
의 말이 끝났을 때는 와앙— 하고 목놓아 울어버렸다.

도수백의 마음도 편치 못했다. 왕소령과의 원한을 풀었다는
기쁨도 잠시, 운지의 울음이 비로소 그의 가슴속으로 박혀들
었던 것이다.

'나는 아무 짓도 하지 않았다.'

그렇게 스스로에게 말해보지만 그것이 거짓이라는 걸 누구
보다 이제는 도수백 자신이 잘 알았다.

사랑이라는 것이 어찌 누가 누구에게 무엇인가를 행해서만
이루어지는 것일까. 나의 존재 그 자체로도 사랑의 감정은 사
뭇 누군가의 가슴을 설레게 할 수 있고, 나 또한 그렇다.

'그렇다면 우리는 모두 누군가에게 몹쓸 짓을 하면서 사는
것이로군.'

불쑥 그런 생각이 들었다.

나를 바라보는 것만으로도 사랑의 고통을 느끼는 여자가 있
다면 나의 존재가 그녀에게 어찌 선할 것인가. 내가 생각하는
것만으로도 사랑의 고통을 맛보아야 하는 여자가 있다면 그녀
의 존재가 어찌 나에게 선할 것인가.

‘노도의 말이 맞아. 세상은 오직 번민과 고통으로 가득 차 있을 뿐이다.’

도수백은 저도 모르게 그런 생각을 갖게 되었다. 돌이켜 보면 자신의 삶이 바로 그랬다.

앞으로의 삶도 그렇다면 이제는 지겹다는 생각이 불쑥 들었다. 대체 무엇 때문에 그렇게 아등바등 살아야 하는 건지, 산다는 게 허무해진다. 그래서 정자 아래에까지 밀려와 있는 왕부의 병사들을 바라보는 그의 눈이 무심해졌다.

삶에 대한 지겨움 때문에 차라리 죽음을 달가워해서가 아니었다. 도수백은 불쑥 엉뚱한 곳에서, 엉뚱한 순간에 허무를 느낀 것이다.

밀려오고 있는 병사들의 모습에서 허무가 보였다. 후회하고 있는 왕소령과 고통스러워하고 있는 운지, 자운 노도에게서 보이는 것들도 모두 허무였다.

짜증이 치밀었다.

적들에 대한 미움 때문이 아니라 지금 이렇게 허무에 눈떠 버린 자기 자신에 대한 짜증이었다.

왜 하필 지금이어야 한단 말인가. 이 난관이 지나간 다음이었다면 좋았을 것 아닌가 하는 생각에 따른 짜증이다.

하지만 다음은 없다. 도수백도 그걸 잘 알고 있었다. 늘 다음이라고 말하지만, 그때가 되면 역시 마찬가지일 뿐이다.

‘그러므로 허무란 없다!’

도수백은 자기 자신에게 그렇게 목청껏 부르짖었다.

매 순간순간이, 모든 기억이 다 허무할 뿐인데 다가오는 시
간과 앞날도 역시 그럴 것이다. 그렇다면 이 광막한 우주 전체
가 허무일 뿐이다. 그러니 허무는 없다.

"그따위는 없어!"

버럭 소리친 도수백이 몸을 숨기고 있던 탁자를 박차고 뛰
어나갔다. 다분히 발작적이고 충동적이다.

"안 돼!"

왕소령이 그를 잡으려고 손을 뻗었으나 도수백은 이미 정자
를 뛰어내려 가 병사들 속으로 떨어지고 있었다.

"이야아—!"

그의 굉량한 외침이 왕부에 쩌르릉 울려 퍼진다.

*　　*　　*

"역시 도중문이다!"

외친 엽건신이 자리를 박차고 벌떡 일어섰다. 허공을 노려
보며 이를 부드득 간다.

"영복왕과 암계를 맺고 반역하려는 거였어."

막 영복왕부에서 염탐을 하고 돌아온 수하의 보고를 받자마
자 엽건신은 확신했다.

그는 누구보다 판단력이 빠르고 결단력이 있었으며 직감이
발달했다. 동창 내에서도 가히 독보적인 존재였던 것이다.

그가 젊은 나이에 첩형이라는 최고위직에 오른 건 단지 무

공 실력 때문만이 아니었던 것이다.

잠시 생각하는 것으로 엽건신의 머릿속에는 모든 그림이 그려졌다.

그가 자신의 수신위들에게 빠르게 말했다.

"암영과 묵혼에게 연락해라. 절대로 도중문의 행적을 놓쳐서는 안 된다. 그가 귀양성 밖으로 나가도록 해서도 안 돼. 염화빙의 조 열 명의 창위를 지원해 준다."

"존명!"

수신위 한 명이 명을 받고 날 듯이 폐가를 떠났다. 엽건신의 명령은 숨 돌릴 새 없이 떨어졌다.

"귀양성 중에서 암약하고 있는 자들의 위치는 모두 파악하고 있겠지?"

저쪽에 서 있던 번역, 왕응창과 이가위가 앞으로 나서더니 동시에 말했다.

"낱낱이 파악하고 있습니다. 지금 이 시각에도 그들 한 사람당 두 명의 창위가 붙어서 감시하고 있습니다."

"좋다. 너희 두 사람의 조 스무 명은 지금부터 그놈들을 하나씩 척살한다. 한 명당 세 명의 창위가 달라붙으면 충분할 거야. 가라!"

"존명!"

왕응창과 이가위가 큰 소리로 복명하고 즉시 폐가를 떠났다.

엽건신의 명령은 그칠 줄 모르고 떨어진다.

"문배걸!"

"합!"

또 한 명이 크게 복명하고 앞으로 나섰다. 네 번째 번역이다.

"너는 귀양성을 빠져나가는 놈을 잡아라. 그놈은 도중문의 밀명을 가지고 북경성으로 가는 놈이 틀림없을 것이다. 그 자리에서 척살하도록!"

"존명!"

문배걸의 수하 창위 열 명이면 충분할 것이다. 밀명을 가지고 북경성으로 가는 자는 많아야 한 번에 두 명을 넘지 않을 것이기 때문이다.

도중문이 북경에서부터 데리고 온 심복 수하들은 모두 스무 명이었다. 그에 비해 엽건신이 데리고 온 동창의 무사들은 육십 명이다. 내행창의 무사들이 아무리 고수라고 해도 동창의 창위 세 명이 펼치는 합공을 감당할 수 없을 것이다.

게다가 그들은 드러나 있고, 동창의 창위들은 철저히 자신을 감추고 있지 않은가. 숨어 있다가 암습을 가하는 데 당해낼 수는 없는 것이다.

엽건신은 이건 필승의 싸움이라고 생각했다. 도중문의 흉심이 드러난 이상 망설일 것도 없다.

엽건신에게 도중문은 이제 더 이상 내행창의 제독도, 권력자도 아니었다. 잡아서 구족을 멸해야 하는 반역도의 수괴일 뿐이다. 그리고 그러한 일을 하기 위해 동창이 존재한다.

잠시 생각하던 그가 중얼거렸다.

"그놈의 목숨은 당분간 붙여둬야겠군."

도수백을 생각한 것이다.

지금 상황에서 도수백만이 영복왕과 도중문에 대하여 명확하게 증언해 줄 자이니 그가 죽어서는 안 된다.

도수백에게 품고 있는 원한이 크지만 큰일을 위해서라면 나의 사사로운 원한쯤 아무렇지도 않게 잊을 수 있는 사람이 엽건신이었던 것이다.

"이충문과 서국봉이 번갈아 왕부를 감시하고 있지?"

"그렇습니다."

"좋아."

머리를 끄덕인 엽건신이 수하에게 명령했다.

"그들에게 지금 즉시 수하들을 모두 왕부에 집결시키라고 전해라. 내가 직접 가겠다."

"존명!"

명을 받은 수하가 우렁차게 대답하고 달려나갔다. 무언가 긴박하게 돌아가고 있는 일이 엽건신은 물론 동창의 창위들에게도 활기를 가져다준다.

"드디어 마각이 드러난 것이야."

엽건신은 흥분으로 입술이 탔다.

'도중문을 내 손으로 잡는다.'

그것을 생각만 해도 가슴이 마구 뛰었다. 천하제일의 권력을 쥐고 있는 자를 쫓고, 잡아서 무릎을 꿇린다는 건 얼마나 통쾌한 일인가. 동창이 아니면 감히 할 수 없는 일이기도 하다.

왕부에 분란을 일으킬 생각으로 기요성을 이용하려 했는데, 그럴 필요도 없이 절로 분란이 생겼으니 더욱 기쁘다.

그의 얼굴에 흥분과 기대감이 가득 떠올랐다. 드디어 일다운 일을 하게 된 까닭이다.

*   *   *

"이야아—!"

도수백의 포효가 왕부를 뒤흔들었다. 상처 입은 짐승이 발악하는 것처럼 날뛰는 그였기에 더욱 상대하기가 어려웠다.

정자 아래에는 벌써 수십 구의 주검이 즐비하게 깔려 있었다. 도수백은 정자 위와 아래를 번갈아 뛰어다니며 홀로 수많은 병사들을 상대하고 있었는데, 벌써 두어 잔의 뜨거운 차를 마셨을 만큼 시간이 흐르고 있었다. 아무리 철인(鐵人) 같은 사람이라고 해도 지치지 않을 수 없는 일이다.

점차 창을 쳐내는 칼이 느려지고, 방패를 두드리는 칼날이 무디어져 갔다. 숨을 쉴 때마다 입에서는 단내가 훅훅 뿜어져 나온다.

하지만 도수백은 멈추지 않았다. 남아 있는 힘이 모두 사라진다고 해도 그는 결코 멈추지 않을 것이다. 힘이 다했을 때는 의지와 악이 그를 떠밀어댈 것이기 때문이다.

그의 지쳐 가는 모습을 보면서 왕소령은 자신이 그에게 아무런 도움도 될 수 없다는 게 너무 분했다. 그래서 눈물이 났다. 운지 또한 그와 같았다.

자운 노도는 지그시 눈을 감은 채 아무런 내색도 하지 않고 있었다. 그는 운명을 하늘의 뜻에 맡기고 태평해져 있는 것 같았지만, 실은 전심전력을 다해서 흩어져 버린 내공을 모으기 위해 노력하고 있는 중이었다.

그러나 귀혼옥정이라는 독은 너무 지독해서 좀체 내력을 모을 수가 없었다.

하지만 소득이 아주 없는 건 아니었다. 자운 노도는 도수백이 조금만 더 시간을 벌어주기를 바랐다. 그러면 체내의 독성이 어떤 것인지 그 성질을 파악할 수 있다는 자신이 생겼기 때문이다.

모산파에는 대대로 전해져 내려오는 도가의 온갖 방술, 비법들이 있는데, 연단과 제약이 특히 뛰어났다. 그러한 지식에 누구보다 해박한 자운 노도는 제 침의 맛을 보고, 혀를 깨물어 입 안에 고이는 피의 맛과 냄새를 맡으면서 조금씩 귀혼옥정의 정체를 파악해 가고 있는 중이었던 것이다.

약의 성질을 파악하면 그것을 해소할 수 있는 또 다른 약을 제조할 수도 있다고 확신했는데, 자운 노도의 그런 생각은 틀린 게 아니었다.

하지만 그것도 도수백이 살아 있어야 하고, 그가 자신들을 데리고 무사히 이곳을 빠져나가야 한다. 그렇지 못하면 아무리 묘책이 떠올랐다고 해도 소용없는 것이다.

자운 노도는 그 일은 이제 제 손을 떠난 것이라고 생각했다. 하늘이 주재할 것이고 운명이 이끌 뿐이다. 그래서 그는 주변의 온갖 소음에 상관없이 조용히 묵상하며 제 일에 몰두할 수 있었다.

텅, 텅, 텅—

다시 몇 개의 화살이 날아들어 정자의 기둥이며 세워놓은 탁자에 꽂히는 소리가 끔찍하게 들려왔다.

도수백이 정자 위로 뛰어오르면 담장에 올라서 있는 궁수들이 일제히 활을 쏘았고, 정자 아래로 뛰어내리면 창병과 도부수들이 벌 떼처럼 달려든다.

이러지도 저러지도 못하는 절박한 상황 속에서 도수백은 이제 눈에 띄게 지쳐 갔다. 헐떡이는 그의 숨소리가 풀무질하는 소리처럼 들려왔다.

온몸이 피와 땀으로 흠뻑 젖었고, 근육들이 지나친 긴장과 피곤으로 제멋대로 떨리고 있다.

그러나 그 모든 것보다 도수백을 더 당황하게 하는 건 칼을 쥐고 있는 손아귀에 점점 감각이 사라져 가고 있다는 것이었다.

제 힘이 한계에 곧 다다르게 되리라는 걸 그는 잘 알았다. 그러면 그때가 마지막일 것이다.

도수백은 밀려드는 병사들을 멍하니 바라보았다. 과연 몇 명이나 더 죽일 수 있을까? 하는 생각이 잠깐 들었지만 쓸데없는 짓이라는 걸 곧 깨달았다.

저기, 수많은 병사들에게 에워싸여 영복왕이 저렇게 버티고
있기 때문이다. 이쪽을 보며 득의의 웃음을 띠고 있다.

주소룡은 어디로 달아났는지 보이지 않았다. 아버지에 대한
놀람과 실망으로 그는 모든 게 싫어진 것인지도 모른다.

도수백의 눈에는 이제 물밀듯 밀려들고 있는 병사들이 무의
미하게 보였다.

열 명, 백 명의 병사들을 죽인다 한들 영복왕이 저렇게 살아
있고, 도중문이 살아 있는 이상 헛되이 힘을 쓴 것밖에는 되지
않는 것이다.

사정이 그런데, 병사들의 창에 찔리고 칼에 맞아 죽는다면
개죽음이 아니고 무엇이랴.

"천하의 불사귀가 이곳에서 개죽음을 당하게 되는구나."

어이없어서 헛웃음마저 새어 나왔다.

도수백은 마지막 싸움을 준비했다. 부들부들 떨리는 두 손
으로 칼을 움켜쥐고, 정자에 우뚝 서자 기다렸다는 듯 담 위에
있는 궁수들이 활을 쏘아댔다.

쏴아아아―

화살이 도수백을 노리고 일제히 날아들었다. 도수백은 이를
악물었다. 가슴 앞에 세웠던 칼을 맹렬하게 휘둘러 화살들을
쳐내며 정자 아래로 뛰어내린다.

"죽여! 죽여 버려라!"

저쪽에서 영복왕이 악을 썼다. 도수백은 가슴을 찔러오는
장창 한 자루를 밀어내며 눈으로 영복왕을 찾았다.

그와 자신 사이에는 병사들의 바다가 가로놓여 있었다. 아득한 저쪽에 서서 주먹을 휘두르며 악을 쓰고 있는 영복왕이 다른 세상의 사람인 것처럼 느껴진다.

'갈 수만 있다면……'

도수백은 저곳까지 달려가 단칼에 영복왕을 쳐 넘겨 버리고 싶었다. 그와 자기 사이에는 불과 이십여 장의 공간이 있을 뿐인 것이다.

하지만 지금 도수백에게는 그 공간이 너무 아득하게만 여겨졌다. 평소 같으면 두어 번 힘껏 뛰는 것으로 접어버릴 수 있는 공간인데, 지금은 그것이 바다의 이쪽과 저쪽처럼 멀기만 하다. 평생을 달려가도 도달할 수 없을 것이다.

생각의 와중에도 또 한 개의 창을 후려쳤다. 하지만 그것은 이제 더 이상 잘라지지 않았다. 옆으로 밀려났다가 다시 찔러온다.

도수백의 칼이 그만큼 무뎌졌고, 힘이 그만큼 다했다는 것을 영복왕의 호위병들도 눈치 챘다.

"와아—"

함성을 지르며 일제히 달려들기 시작한다.

'여기가 끝이군. 제기랄.'

도수백은 그들을 바라보면서 툴툴거리고 웃었다. 고작 여기에서 이렇게 개죽음당하기 위해 여태까지 악귀처럼 살아왔던가? 하고 생각하자 다시 가슴 깊은 곳에 허무의 그림자가 짙게 드리운다.

　도수백은 아예 칼을 놓아버렸다. 두 팔을 활짝 벌리고 가슴을 내민다. 눈마저 질끈 감았다. 깨끗하게 죽음을 맞겠다는 생각뿐, 다른 모든 것은 허무의 깊은 어둠 속으로 가라앉아 사라졌다.

　시잇—

　그 순간, 그의 머리 위에서 귀에 익은 활시위 소리가 울렸다.

　"으악!"

　그리고 병사들의 바다 저 건너에서 참혹한 비명성이 터져나왔다.

　"응?"

　도수백이 눈을 떴다. 믿을 수 없는 걸 보았다는 듯 점점 커지고 입마저 딱 벌어졌다.

　저 건너, 영원히 닿지 않을 것 같았던 그곳에서 영복왕이 무너지고 있었던 것이다.

　이마 한복판을 뚫고 뒤통수로 빠져나온 화살이 보인다.

　무장들이 무어라고 아우성치며 영복왕을 감싸고 있는 중이지만, 그는 다시 살아날 수 없을 것이다.

　그렇게 순식간에 죽음을 맞이할 운명이었다면 도대체 그는 무엇 때문에 여태까지 이토록 아등바등하며 살아왔을까.

　도수백은 그런 의문을 느끼며 막 제 가슴에 와 닿는 창을 내려다보고 있었다. 이제 한 푼만 더 다가온다면 가슴을 뚫어버릴 수 있는 새파란 창날이다.

시잇―

또다시 들려오는 귀에 익은 시위 소리.

"으악!"

막 첫 번째 창을 도수백의 가슴속에 찔러 넣으려던 자가 비명을 터뜨리며 뒤로 벌렁 나가떨어졌다. 역시 화살 한 대가 이마 복판을 관통하고 뒤통수로 삐죽 삐져 나와 있었다.

'기요성?'

도수백은 의아하고 어리둥절해졌다. 그는 무한으로 가지 않았던가. 그런데 이 활솜씨며 시위 소리는 기요성의 그것이었다.

도수백이 어리둥절해 있는 동안 거푸 시위 소리가 들렸고, 그때마다 그를 위협하던 자들이 벌렁벌렁 나가떨어졌다.

순식간에 그렇게 십여 대의 화살을 날려 영복왕을 죽이고 병사들을 죽이는 솜씨가 가히 신궁이라고 불릴 만하다.

병사들이 와아, 소리 지르며 일제히 물러섰다. 도수백을 세워두고 그렇게 썰물처럼 빠져나가자 휀한 공간이 생겼다.

담장 위에서 기회만 노리고 있던 궁수들이 일제히 시위에 화살을 걸었다. 그들의 눈에는 도수백이 우뚝 서 있는 고정 표적으로 보일 뿐이다.

그들이 만월처럼 활을 당겼고, 도수백은 제 온몸을 활짝 드러낸 채 여전히 넋을 잃고 서 있었다.

그리고 그때, 다시 한 번 요란한 파공성이 도수백의 머리 위에서 쏟아져 나갔다.

삐이이이―

그것은 마치 수십 마리의 휘파람새가 일제히 울어대는 것 같은 소리였는데, 쏜살같이 멀어지는 그것들의 울음 끝에서 참혹한 비명성이 거의 동시에 연거푸 터져 나왔다.

담장 위에서 궁수들이 무더기로 떨어지고 있었다. 도수백은 제 머리 위를 지나가 궁수들을 떨어뜨린 게 무엇인지 똑똑히 보았다.

무려 스무 개나 되는 월표(月鏢)였다.

"동창?"

도수백이 얼빠진 사람처럼 우두커니 서서 중얼거렸다.

그것이 동창의 무사들이 사용하는 전문적인 암기라는 걸 들어 알고 있었기 때문이다.

월표는 손바닥에 감추어지는 초승달처럼 생긴 암기였다. 등에 두 개의 작은 구멍이 뚫려 있어서 줄을 연결해 승표(繩鏢)처럼 쓰기도 하고, 지금과 같이 먼 거리를 격하고 비월(飛月)처럼 던져서 살상하기도 하는 암기인 것이다.

그것을 능숙하게 연마한 자는 월표가 표적을 맞히고 다시 돌아오게 할 수도 있다.

과연 스무 명이나 되는 궁수들을 벤 월표는 요란한 휘파람 소리를 내며 허공을 날아 일제히 되돌아오고 있었다.

그리고 정자의 지붕 위에서 스무 명의 흑의복면인이 일제히 뛰어내리며 그것을 받았다.

"으아악!"

사방에서 참혹한 비명들이 불길처럼 솟구치기 시작했다. 월표를 갈무리한 흑의복면인들이 아무 소리도 없이 펴져 나가며 무자비한 살수를 펼치기 시작한 것이다.

그들의 검이 번쩍일 때마다 병사들의 비명이 터져 나오고 선혈이 허공을 붉게 물들이며 뿜어졌다.

도수백은 여전히 멍한 모습으로 서서 그러한 광경을 바라보고 있기만 했다. 꿈을 꾸는 듯한 얼굴이었다.

시잇—

또 한 번의 시위 소리가 허공을 울렸고, 막 영복왕을 안고 달아나려던 무장의 뒤통수가 여지없이 꿰뚫렸다.

도수백이 천천히 고개를 돌려 화살이 날아온 곳을 바라보았다.

저 건너 서쪽 담장 너머 높이 솟아 있는 대전의 지붕 위에 한 사람이 우뚝 서서 천천히 활시위를 당기고 있었다. 밤바람에 옷자락이 펄럭인다.

"기요성……."

도수백은 멀리서도 그를 알아볼 수 있었다. 과연 기요성이었다. 무한으로 가던 그가 왜 이 절묘한 때에 이곳에 나타났는지 알 수 없다.

*　　　*　　　*

"엽건신!"

복면을 벗는 사내를 바라보던 도수백이 놀라 소리쳤다.

그는 동창의 좌첩형 엽건신이 틀림없었다. 그러자 이자가 왜 자기를 살려준 건지 더욱 어리둥절해졌다.

"불사귀라고 불린다지?"

엽건신이 히죽 웃고 도수백의 어깨를 툭, 쳤다.

"과연 그 말이 맞는가 보다. 용케도 죽을 고비를 넘기고 이렇게 살아 있으니 말이다."

다시 히죽 웃는 그의 얼굴을 물끄러미 바라보던 도수백이 머리를 흔들었다.

그들의 도움이 없었다면 귀양성을 빠져나올 수 없었을 것이다.

죽음 직전에 불쑥 뛰어든 그들에 의해 도수백과 자운 노도 등은 목숨을 건질 수 있었다.

강호에는 적도 동지도 없다더니 그 말이 옳다고 생각할 수밖에 없는 일이었다. 어제까지만 해도 잡아 죽이려고 안달을 하던 동창의 무리가 오늘은 생명의 은인이 되었으니 대체 무엇이 진실이고 거짓인지 알쏭달쏭해진다.

한쪽에 묵묵히 서 있는 기요성을 바라본 도수백이 한숨을 쉬었다.

무한으로 향하던 그가 도중문이 귀양부중에 있다는 말을 듣고 급히 달려온 건 역시 도수백이 걱정되어서였던 것이다.

도중문이 왕부에 해를 가할 것이고, 그러면 영복왕은 물론 도수백 등이 모두 위험해질 것이라는 생각에 떠날 때보다 더

급하게 되돌아왔다. 그리고 귀양성에 들어서자마자 기다리고 있던 엽건신을 만나 상황이 완전히 뒤바뀌었다는 걸 듣고 놀랐다.

도중문이 영복왕과 밀약을 맺을 줄은 꿈에도 생각하지 못했던 것이다.

기요성은 제 생각과 전혀 다르게 진행된 일에 놀랐지만 그뿐, 조금도 망설이지 않았다.

"그래? 그렇다면 도수백의 편에 서야지. 어찌 영복왕을 위해 싸울 것인가."

그리고는 활을 달라고 해서 들고 그 길로 왕부의 담을 뛰어넘었던 것이다.

기요성에게는 도중문을 죽여서 왜곡된 세상을 바로잡겠다는 원대한 포부 따위는 없었다. 강호의 삶이라는 게 늘 그렇듯이 조정의 대신이라는 것들이 무슨 짓을 하든, 관에서 어떤 분탕질을 치든 관심이 없었던 것이다.

민초들의 삶이 가슴 아프기는 하지만 고작 검 한 자루를 차고 강호를 떠도는 자가 어떻게 해줄 수 있는 일이 아니다.

하지만 도수백은 달랐다. 그에게는 맹렬한 의협심이 있었는데, 개인의 원한을 뛰어넘는 커다란 것이었다.

그는 도중문과 왕금을 죽여서 세상을 바로잡고, 아첨과 토색질을 일삼는 조정의 무리들에게 경종을 울려주려 하는 것이다.

기요성은 그의 그런 뜻을 나무라지도, 칭찬하지도 않았다.

그게 그가 택한 길이라면 놔두는 것만이 상책이라고 생각했던 것이다.

다만 도수백이 제 꿈을 이루기도 전에 개죽음을 당하도록 보고 있을 수는 없었다.

하지만 도수백을 바라보는 기요성의 마음속에는 여전히 '쓸데없는 일을 해서 스스로를 번거롭게 하는 어리석은 놈'이라는 불만이 깃들어 있었다.

도수백과 기요성이 묵묵히 서로를 바라보기만 하고 있을 때, 엽건신이 한쪽에 앉아 있는 자운 노도에게 물었다.

"얼마나 걸리겠소?"

"열흘."

"열흘? 그건 너무 긴데……."

"재료가 갖추어지고 즉시 준비가 된다면 사나흘쯤은 앞당길 수도 있겠지."

"말씀해 보시오."

자운 노도가 곧 마음속에 생각해 두고 있던 약재들의 이름을 줄줄이 말했다. 무려 이십여 가지에 달하는 각종 약재들이었는데, 매 재료마다 양이 각기 다르고, 재료에 따라서 묵은 햇수와 질이 다 다르니 까다롭기 짝이 없는 주문이다.

묵묵히 듣고 있던 엽건신이 곁에 있던 번역 서국봉에게 불쑥 말했다.

"다 기억했겠지?"

낯을 잔뜩 찌푸리고 혼잣말로 약재들의 이름을 중얼중얼 되풀이해 보던 서국봉이 활짝 웃었다.

"기억했습니다."

"그럼 즉시 준비해."

"존명!"

그는 동창의 번역들 중에서도 가장 기억력이 뛰어난 자였던 것이다.

자운 노도가 떠나는 서국봉의 등에 대고 급히 말했다.

"화로와 흙솥도 잊지 말게. 잘 마른 흑탄과 유황 열 근도 있어야 해."

魔風俠星
第十三章
운명의 날

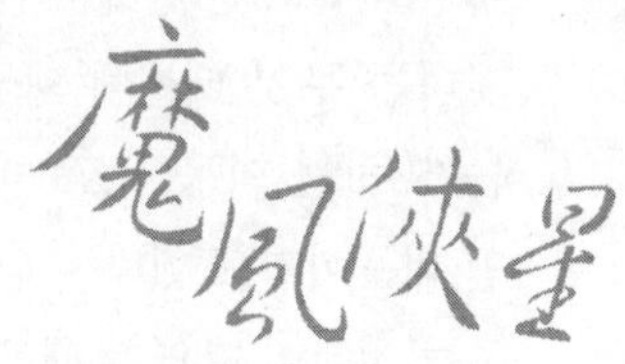

"너는 꼭 그 일을 해야만 하겠느냐?"

기요성의 얼굴에 그늘이 져 있다. 도수백이 결연하게 말했다.

"내가 그것 말고 무엇을 할 수 있겠어? 여태까지 병영에서 자라고 살아온 나다. 너와는 다르지."

"뭐가 어떻게 다르단 말이냐?"

"나는 철들면서부터 전장의 진흙바닥에서 뒹굴며 살아왔다. 그게 세상의 전부인 줄 알았어. 그러면서 왜구들과의 지겨운 싸움이 언제나 끝날 것인가 하는 것만 생각했지."

그러다가 점점 자신의 목적에 대한 것으로 생각이 옮겨갔다. 머리가 커지고 사물을 바라보는 눈이 깊어지면서 그것은 자기 자신의 존재에 대한 의문으로 발전해 가기도 했다.

나는 무엇 때문에 왜구들과 이처럼 죽기 살기로 싸워야 하는가, 하는 의문은 도수백에게 세상의 모든 것에 대한 근본적인 의문이기도 했다. 그가 알고 있는 세상은 삶과 죽음이 공존하는 전장이 다였기 때문이다.

도수백은 스무 살 무렵에 벌써 언제나 죽음을 마주하고 살아가야 하는 그 삶에 지쳐 가기 시작했다. ‘차라리 죽어버릴까? 그러면 모든 걸 잊고 평화로워지지 않을까?’ 하는 유혹에 시달렸다.

하지만 그건 비겁이었다. 병사로서의 삶에 길들여져 있는 그에게 스스로 목숨을 버리는 비겁한 짓은 용납되지 않았다.

그래서 도수백은 삶을 택했는데, 그것을 당연한 것으로 만들어줄 ‘뚜렷한 목적’이 필요해졌다. 삶에 대한 의욕과 투지를 잃지 않기 위해서라도 내가 살아야 하는 목적이 있어야 한다는 걸 깨달은 것이다. 죽지 말아야 할 이유 같은 것이라도 좋다.

‘나는 이 지옥 같은 하루하루를 왜 참고 견뎌야 하는가. 나는 왜 살아야 하는가.’

그건 그 자신이 만들어 가진 화두(話頭)였다. 그것에 매달리는 동안 그의 머리와 가슴속에는 점차 하나의 답이 자리 잡아 갔다.

단지 살아남기 위해서라는 이유보다 더 크고 값진 것. 그것을 도수백은 왜구들에게 처참하게 도륙당한 백성들의 주검에서 찾았다.

어미를 잃고 우는 아이와 죽은 자식을 앞에 두고 통곡하는 어미를 보면서 마음속에 자연스럽게 생긴 분노이기도 했다.

'나는 불쌍한 백성들을 위해서 싸운다.'

도수백은 그게 제가 목숨을 내놓고 왜구들과 싸우는 이유라고 못박았다. 그러자 갈등과 번민이 씻은 듯 사라졌다.

장군이 병사들을 모아놓고 수없이 되풀이하여 강조해 주던 게 바로 그와 같은 말이었다. 그러나 같은 말이라도 자신의 절실한 마음에서 우러나 깨달은 것과 피상적으로 듣기만 하던 것과는 하늘과 땅만큼이나 차이가 났다.

언제나 왜구들의 침략 앞에 무방비로 노출되어 있는 백성들. 그들은 왜구의 좋은 먹잇감이고 노리개일 뿐이었지만, 도수백에게는 나와 피와 살을 함께 나누고 있는 형제들이었다.

아무 힘 없이 이리저리 내몰리고 죽어가는 그 백성들의 분노를 도수백은 자기가 모두 짊어진다고 생각했다. 그래서 더욱 악착같이 싸웠다. 왜구들에게 백성들의 원한을 갚아주는 일이기 때문에 보람과 자부심도 있었다.

그러는 동안 그의 머릿속에는 점차 자신이 억울하게 당하기만 하는 민초들을 위해서 존재한다는 관념이 생겼다. 그것은 신념이면서, 자기 자신에게 건 최면 같은 것이기도 했다.

지금 왜구는 해안에서 근절되었지만, 내륙에는 그보다 몇 배나 더 사악하고 잔인한 민초의 적이 들끓고 있었다.

황제의 눈과 귀를 가리고 전횡을 자행하며 힘없는 민초들을 억압하고 수탈하는 무리들이다.

그자들은 관이라는 단단한 보호막을 두르고 온갖 구실로 백성들의 고혈을 쥐어짠다. 백성들의 삶이 지옥 같아지고, 견디다 못해 집과 땅을 버리고 유민이 되어 떠도는 사람들이 많아지지만 그자들은 아랑곳하지 않았다.

그 정점에 있는 자가 바로 도중문이다.

그자는 음지에서 최고의 권력을 쥐고 그것을 휘두른다. 그자에게서 관의 권위와 정의가 시작되니 재상으로부터 지방 현령에 이르기까지 제대로 된 생각을 갖고 있는 자가 없는 게 당연했다.

그 머리를 자르는 것이 지금 도수백에게는 하나의 사명이었다. 그것만이 자신이 살아온 날들에 대한 일관성을 지키는 일이고, 그것만이 제 죽음을 가치있게 해줄 유일한 일이라고 믿는 것이다.

그러나 병사로서의 삶보다 강호의 생리에 익숙해져 있는 기요성에게는 그게 이해할 수 없는 일이기도 했다.

도수백이 그에게 말했다.

"네가 가치있다고 생각하는 일을 해. 내 일이 무가치하다고 여겨졌다면 너는 하지 않아도 된다."

"가라는 거냐?"

"……."

"빌어먹을 놈. 내가 왜 다시 돌아왔는데?"

"……."

"네가 하면 나도 해. 의리야말로 강호의 가치거든. 최고의 덕목이지."

"그렇다면 좋다."

도수백은 더 말하지 않았다. 기요성은 그가 최고라고 여기는 자신의 가치를 위해 싸우는 것이다. 꼭 민초들을 위한다는 명분이 있어야 하는 건 아니다.

두 사람 모두 이번 일에는 목숨을 잃게 될지도 모른다는 걸 알고 있었다. 어쩌면 이것이 살아서 할 수 있는 마지막 일인지도 모르는 것이다.

하지만 도수백에게 죽음에 대한 두려움이 없듯, 기요성에게도 그랬다. 그에게는 죽음보다 친구에 대한 신의를 등지는 것이 더 지독한 일이기 때문이다.

엽건신의 보호 아래 폐가에 몸을 숨긴 지 닷새가 지났다. 그동안 자운 노도는 매일 화로의 불을 지키며 해약을 조제했고, 드디어 그 일이 끝났다.

다섯 알의 단약이 만들어졌는데, 역겨운 냄새가 났다. 자운 노도가 한 알을 먹고 운지와 왕소령에게도 한 알씩 나누어 주어 복용하게 했다.

그리고 그들은 꼬박 사흘 동안 식음을 전폐하고 운기조식을 했다. 그 결과는 신통했다.

사흘 뒤 봉문했던 문을 박차고 자운 노도가 나왔는데, 혈색이 이전과 같아져 있었다. 그가 하늘을 우러르며 껄껄 웃었다.

"도중문 이놈이 아무래도 나를 너무 얕보고 있는 것 같단 말이야."

도수백은 운지와 왕소령의 상태가 궁금해서 방 안을 기웃거렸다.

그녀들도 곧 밖으로 나왔다. 운지는 여전히 토라진 얼굴을 풀지 않았고, 왕소령이 그녀의 손을 꼭 붙잡은 채 무어라고 낮게 속삭이며 걸어나왔던 것이다.

"어떻게 되었어?"

도수백이 다가가며 급히 묻자 운지가 콧소리를 내며 외면했고, 왕소령이 배시시 웃었다. 그리고 대뜸 묻는 게 도중문의 행방이었다.

"그놈은?"

"아직 귀양부중에 있다."

도중문은 아직도 북경으로 돌아가지 않고 있었다. 왕부에서의 일이 그에게 적지 않은 충격을 준 게 틀림없었다.

그는 전력을 다해 왕부에서 빠져나간 자들과 영복왕을 암살한 자를 찾고 있는 것인데, 동창의 보이지 않는 방해공작 때문에 애를 먹고 있는 중이었다.

저쪽에서 창위 한 명이 바쁜 걸음으로 다가오더니 포권하고 말했다.

"엽 대인께서 기다리고 계십니다."

그는 기요성과 마주 앉아 있었는데, 무언가 밀담을 나누고 있던 모양이었다. 자운 노도와 도수백 등이 들어오자 급히 일어서 자리를 내준다.

엽건신은 다른 사람들에게는 거만하게 굴었지만 기요성과 자운 노도에 대해서만큼은 예의를 갖추려 노력하고 있었다.

"때가 되었습니다."

엽건신이 불쑥 그렇게 말했다. 그의 말뜻을 알아듣지 못할 사람은 아무도 없다. 순식간에 방 안의 공기가 싸늘한 긴장으로 경직된다.

"그를 끌어내겠습니다."

자운 노도에게 말하고 있었는데, 엽건신은 노도가 나서주기를 바라고 있기 때문이었다.

자운 노도가 나선다면 도중문을 잡는 건 문제가 아니라고 믿는 것이다.

묵묵히 생각에 잠겼던 노도가 빙긋 웃고 나서 말했다.

"공을 세우는 일은 역시 젊은 사람들의 몫이지. 나 같은 늙은이는 이제 뒷전으로 물러나서 채마밭이나 가꾸며 사는 게 어울릴 게야."

의외의 말에 엽건신이 깜짝 놀라 바라보았다. 노도가 여전히 웃는 낯으로 말했다.

"세상이 마귀들로 혼란해져서 더 참을 수 없게 되면 부처님은 사천왕을 내려보내 불법을 수호하게 하고 마귀들을 모두 짓밟아 죽이도록 하시지."

언젠가 원도 화상에게서 들은 말이다. 도수백이 빙긋 웃었다.

"사천왕 중에 나 같은 늙은 도사는 없어야 정상이야. 그렇지 않은가?"

자운 노도가 말을 마치고 도수백과 기요성, 왕소령을 차례로 돌아보았다. 그리고 엽건신에게 시선을 멈춘다.

"저까지 말입니까?"

엽건신이 눈살을 찌푸렸다. 자운 노도가 다시 말했다.

"여기 이렇게 네 명의 젊은이가 모였으니 이거야말로 부처님이 이 땅에 내려보낸 사천왕이지. 다섯 명도 아니고 세 명도 아니니 정말 공교롭지 않은가?"

"사부님, 저는요?"

운지가 발끈해서 제 코를 가리키며 눈을 매섭게 치떴다. 자운 노도가 혀를 찼다.

"쯧쯧, 이것아, 아무 때나 그렇게 끼어들어서는 안 되는 거야. 아가씨가 되려면 먼저 내숭을 떠는 법부터 배워야겠다."

"뭐라고요?"

"너는 사천왕이 될 자격이 없느니라."

"어째서 왕 소저는 되고 저는 안 된다는 거지요?"

운지가 더욱 발끈해서 대들지만 자운 노도는 완강하게 머리를 가로젓기만 했다.

"네 가슴에 물어보아라. 네가 정말 도중문에게 검을 겨누고 그 못된 놈을 망설임없이 찌를 수 있겠느냐?"

"……."

그 말에 운지가 얼굴을 푹 숙였다.

지금 도수백 등이 하려는 일이 무엇인지 비로소 절실히 깨닫고 번민하는 것이다.

그들은 도중문을 죽이려 하고 있었다. 그들에게는 대적(大敵)이고 원수이지만 운지에게는 아버지처럼 따르던 자상한 사숙이었다.

아직도 그의 등에 업히고, 목에 걸터앉아 들꽃을 꺾으러 다니고 물고기를 잡으러 다니던 어릴 때의 기억이 생생하게 남아 있다.

그때의 도중문은 유일한 친구였으며 부성을 느끼게 해주었던 믿음직한 보호자였다.

그러나 지금은 세상을 어지럽게 하는 마귀의 우두머리가 되고 말았으니 운지로서는 안타까울 뿐이었다.

운지는 사부가 이 일에서 빠지려고 하는 이유도 알 것 같았다. 아무리 미워도 그에게는 도중문이 하나밖에 없는 사제 아닌가.

그녀가 눈물 가득한 눈으로 도수백 등을 둘러보더니 머리를 가로저었다.

"역시 저는 하지 않는 게 낫겠어요."

그녀가 결심하자 도수백이 칼을 움켜쥐고 벌떡 일어섰다.

"먼저 유성추혼 강무명을 처치하겠어. 그 늙은 괴물은 내 거야. 아무도 손대지 마라."

'도대체 이게 뭐란 말인가?'

도중문은 골치가 지끈거렸다.

왕부에서 자운 노도 등을 잡기 위한 소란이 있었을 때 영복왕이 암살당했다니 기가 막히는 일이었다. 그 소식을 들은 즉시 왕부로 수하를 보냈으나 그가 가져온 건 아무것도 없었다.

정체를 알 수 없는 자들이 월장해 들어와 자운 노도와 도수백 등을 구해 달아났는데, 그 와중에 누군지 알 수 없는 자에게 영복왕이 암살당했고, 주소룡은 실종되었다는 보고가 전부였던 것이다.

도중문은 즉시 수하들을 모두 풀어 주소룡을 찾는 일에 주력하게 했다.

사흘 뒤에야 수하들이 겨우 귀양성의 구석진 곳 사창가에서 술에 절어 인사불성이 되어 있는 주소룡을 찾아냈다.

그러느라고 도중문은 아무런 대책도 세우지 못한 채 사흘을 꼬박 보냈다. 그것이 그의 일생일대의 실수였지만 그때는 전혀 알지 못했다.

도중문은 다섯 명의 수하들에게 주소룡을 맡겨 즉시 북경으로 데려가도록 했다. 비밀리에 자신의 사저로 호송해 그곳에 머물게 하고, 자신이 북경으로 돌아갈 때까지 외부의 아무도 그 사실을 알지 못하도록 하라고 단단히 일렀다.

특급의 함구령을 내렸으니 비밀은 감쪽같이 지켜질 것이다.

　도중문에게 주소룡이 갑자기 가장 중요한 인물이 된 것은 이제 그가 세상에 유일하게 남아 있는 황제의 혈육이고, 황통을 계승할 수 있는 유일한 사람이기도 한 때문이었다.

　야심을 품고 있는 도중문으로서는 반드시 앞에 내세워야 할 인물인 것이다.

　도중문은 생각했다.

　어리석은 왕금은 자신이 슬쩍 흘려준 모산파의 비방대로 황제를 위한 단약을 열심히 제조하고 있을 것이다.

　하지만 그것은 서서히 황제를 죽게 하는 독약이었다. 한 알을 먹을 때마다 원기가 충실해지는 것 같지만 음독은 뼛속 깊은 곳에 잠재하게 된다. 그래서 다섯 알을 먹으면 대라신선이라고 해도 중독이 깊어져 숨이 끊어지고 마는 것이다.

　한 알을 제조하는 데 보름이 걸릴 테니 지금쯤 왕금은 세 알째의 단약을 황제에게 진상했을 것이었다.

　한 달 뒤면 황제는 마지막 단약을 먹고 잠자듯 죽게 되리라. 그때까지는 북경에 가 있어야만 모든 일을 제 손으로 마무리할 수 있게 된다는 생각에 도중문은 마음이 급해졌다.

　그는 영복왕 대신 주소룡으로 하여금 황권을 이양받게 할 작정이었다. 그런 다음 한동안 그의 후견인 노릇을 하면서 자연스럽게 저에게 모든 걸 의지하도록 만들 속셈인 것이다.

　어쩌면 더 잘된 일인지 모른다고 생각했다. 노회한 영복왕보다 아직 세상 물정 모르는 주소룡을 주무르는 게 훨씬 수월할 것이기 때문이다.

'아직도 하늘은 내 편에 있다.'

그래서 도중문은 회심의 미소를 지었는데, 주소룡을 북경으로 보내고 영복왕을 암살한 흉수를 수색하는 데 다시 사흘을 잡아먹었다.

그 엿새 동안 자운 노도 등은 엽건신의 은신처에서 귀혼옥정의 독을 완전히 해독했으니 도중문에게는 절호의 기회가 사라진 것과 마찬가지였다.

도중문이 그동안 꼼짝하지 못하고 귀양부중에 있었던 것은 그런 이유 외에 정체를 알 수 없는 자들의 훼방 때문이기도 했다.

귀양부중에 흩어져 활동하던 수하들이 하나둘 소리없이 죽어나갔던 것이다.

도중문이 북경에서 데리고 온 스무 명의 고수는 내행창의 무사들 중에서도 뛰어난 자들로, 강호에서 일류로 꼽히고도 남을 자들인데 감쪽같이 죽어가고 있었으니 기가 막힐 일이었다.

그것이 엽건신의 밀명을 받고 움직이는 동창의 무사들 짓이라고는 조금도 생각하지 못했다.

도중문 자신이 동창의 제독태감에게 압력을 넣어 귀양부에 와 있는 동창의 무사들을 모두 불러들이도록 했기 때문이다.

동창의 엄격한 지휘 체계는 내행창으로서도 부러워할 만큼 확고했다. 상관의 명령이 곧 지상명령이 되는 것이다. 그러니 제독태감의 명령은 하늘의 그것이나 마찬가지다. 죽으라면 그

즉시 스스로 목숨을 끊어야 하는 곳이 동창의 위계질서인데,
복귀하라는 제독태감 양우명의 명을 누가 거역할 것인가.

그래서 도중문은 귀양부중에 동창의 무사들이 신분을 감추고 아직 숨어 있으리라고는 꿈에도 생각하지 않고 있었다.

도중문은 암중에서 제 수하들을 척살하고 있는 게 백련교의 암살자들일 것이라고 짐작했다. 그들이 자신과 영복왕이 밀약을 맺은 걸 알고 그를 암살했으며, 내행창의 무사들을 암살하고 있는 것이다.

그런 추리는 도중문에게 지극히 당연하고 자연스러운 것이었다.

처음 며칠 동안 도중문은 그 백련교의 암살자들을 찾아내라고 수하들을 닦달했다. 그러나 손에 잡히는 건 아무것도 없었고, 처음 스무 명이던 수하들이 십여 명 남짓으로 줄기만 했다.

분노가 치솟아 길길이 날뛰었던 도중문은 점차 이상하다는 생각을 갖게 되었는데, 그때는 이미 사면초가에 몰리고 있었다. 어디를 가든 감시의 눈길을 느낄 수 있게 되었던 것이다.

"동창이다!"

도중문은 그제야 그들의 정체를 눈치 챘지만, 그때는 이미 완전히 귀양부중에 고립되어 버렸다.

엽건신의 의도대로 된 것이다.

그러는 동안에도 도중문의 수하들은 날마다 줄었고, 지금은 고작 네 명만 남아서 그를 지키고 있는 형편이었다.

북경으로의 연락마저 중간에서 철저히 차단되고 있었으니

미칠 노릇이었다.

권좌에 있으면서 다른 대신들과는 달리 유유하게 강호에 출입하는 걸 커다란 특권이자 자랑인 것처럼 여겨왔던 게 지금처럼 후회된 적이 없었다.

만약 북경성 중에 머물러 있었더라면 누가 감히 자신을 이처럼 곤경에 처하게 할 수 있었을 것인가 하고 생각하자 더욱 화가 난다.

당장이라도 광서에 주둔하고 있는 총병 이근에게 밀명을 내려 십만 정병을 불러들이고 싶었지만 연락을 취할 길이 없으니 그림 속의 떡이나 다름없었다.

엽건신이 지휘하는 동창의 무사들은 그들의 오랜 경험을 최대한 살려서 도중문을 철저하게 고립시키고 있었던 것이다.

외곽에서부터 서서히 몰아오는 전형적인 몰이꾼 수법이다. 그것을 뻔히 알면서도 당할 수밖에 없다는 게 도중문을 더욱 화나게 했다.

오늘 아침 밀명을 띠고 광서로 가던 수하가 참혹한 주검이 되어 귀양부중의 저자에서 발견되었을 때 도중문은 더 이상 발버둥 치는 일을 포기했다.

이 상태에서는 안간힘을 쓸수록 스스로가 초라해지고 비참해지는 일이라고 생각했기 때문이다.

그가 단단히 믿던 좌우 두 봉공 중에서 수라신군 나부춘은 불구의 몸이 되어 떠나 버렸고, 이제는 유성추혼 강무명 혼자 남아 외롭게 도중문을 지키고 있었다.

세 명밖에 남지 않은 내행창의 고수들은 이제 한 발짝도 도중문 곁에서 떠나지 않았다. 도중문이 그렇게 하라고 지시한 것이다.

제 곁에 두고 있으면 안전하지만, 따로 떨어져 행동했다가는 언제 또 의문의 죽임을 당해 저자 한복판에서 발견될지 모르기 때문이기도 하다.

도중문은 엽건신이 이미 자신의 역천지계(逆天之計)에 대하여 낱낱이 알고 있다는 걸 짐작했다. 그렇지 않고서야 자신에게 이렇게 대할 수가 없는 것이다.

이제 길은 하나뿐이다. 엽건신을 제거하고, 그가 데리고 있는 동창의 무리들을 모조리 죽여 없애야 한다. 그래야만 시치미를 뚝 떼고 북경으로 돌아가 역천의 계획을 차근차근 실행할 수 있다.

"으음─"

도중문이 잔뜩 눈살을 찌푸렸다. 자신이 직접 나설 수밖에 없다는 게 불쾌했던 것이다.

네 사람이 느릿느릿 귀양부의 서쪽 저자를 걸어간다.

하나같이 굳은 얼굴이고, 도검을 지녔으며, 걸음걸이가 침착한 중에 예리한 긴장을 띠고 있으니 그들을 본 사람들이 모두 길을 피해 숨었다.

삼남일녀. 도수백과 기요성, 왕소령, 엽건신이다.

그들은 성 서쪽 거리 끝에 있는 낙일주가(落日酒家)로 향하

고 있었다. 귀양부에서 가장 오래된 주루인데, 후원에 별채를
두고 여각업(旅閣業)을 겸하고 있는 곳이다.

대낮에 행인들의 왕래가 많은 거리를 병장기를 지닌 자들
이, 그것도 으스스한 기운을 뿌리며 활보한다면 당장 관병들
이 달려올 텐데 귀양부중은 쥐 죽은 듯 조용하기만 했다.

다시 동창의 첩형 신분으로 돌아온 엽건신이 지부대인과 수
성총감(守城摠監)을 꼼짝하지 못하도록 눌러둔 탓이었다.

그동안 영복왕의 통제를 받아왔던 그들은 하늘같이 믿었던
왕야가 자객의 화살에 맞아 비명횡사한 뒤부터 불안감을 지우
지 못하고 전전긍긍하고 있었다. 그러던 차에 동창의 첩형이
찾아와 꼼짝하지 말고 제자리를 지키라고 협박을 하니 오금이
저려왔다.

그런 그들에게 엽건신은 자신의 말을 들으면 과거의 일은
묻지 않겠다고 사면령까지 내려주었다. 그런 터라 그들, 귀양
부의 최고 실력자들은 그저 죽은 듯 엎드려 있을 수밖에 없었
다.

성안 곳곳에 다시 검은 옷에 검은 죽립의 복장으로 돌아온
창위들이 살기를 뿌리며 기세등등하게 버티고 서 있으니 더욱
겁에 질려서 아예 지부며 병영의 문을 꼭꼭 닫고 내다보지도
않았다.

훼방꾼은 아무도 없다. 귀양부의 성안은 이제 서통로를 천
천히 걷고 있는 네 사람의 것이었다.

낙일주가 앞은 텅 비어 있었다. 십여 명의 창위가 삼엄한 눈

빛을 빛내며 서 있다가 다가오는 엽건신을 맞았다.

"아무도 들어오지 마라."

"존명!"

엽건신의 무심한 말에 창위들이 일제히 고개를 숙였다. 상관이 그렇게 하라면 하는 것이다. 이유 따위는 알 필요 없고, 궁금해해서도 안 된다.

선두에 서서 을씨년스럽게 변해 버린 낙일주가의 계단을 뚜벅뚜벅 걸어 올라간 엽건신이 굳게 닫혀 있는 문을 힘껏 걷어찼다.

꽝!

요란한 소리와 함께 두터운 문짝이 안으로 떨어졌다. 풀썩, 먼지가 날린다.

주청 안에는 세 명의 내행창 무사와 유성추혼 강무명이 앉아 그들을 기다리고 있었다.

강무명이 노여움으로 얼굴을 일그러뜨린 채 문을 부수고 들어오는 네 사람을 노려보았다.

"당신이 그 유명한 강무명이로군."

엽건신의 입꼬리에 비웃음이 실린다.

"저리 비켜!"

그의 뒤에서 강무명을 노려보던 도수백이 엽건신을 밀어내고 나섰다.

"늙은이, 나를 기억하고 있겠지?"

"죽일 놈."

도수백의 도발적인 말에 강무명이 부드득 이를 갈았다. 나이가 들었다고 고수로서의 자존심마저 무뎌지는 건 아니다.

"오늘은 내가 그때 당한 수모를 갚아주고 말 테다. 목을 쳐 버리겠어."

끄응, 하고 된 숨을 내쉰 강무명이 천천히 자리에서 일어났다.

도수백이 주위에 있는 탁자들을 걷어차 버렸다. 한동안 우당탕거리는 요란한 소리가 나고, 주청 복판에는 제법 넓은 공간이 생겼다.

칼자루를 움켜쥔 도수백이 그 복판에 우뚝 서서 눈을 부릅뜨고 강무명을 노려보았다. 어서 오라고 재촉하는 것이다.

강무명에게는 그런 도수백이 가소롭게 보일 뿐이었다. 자신의 일 초도 제대로 받아내지 못하고 처박혀 뒹굴던 놈 아닌가. 그런 놈이 몇 달이 지났다고 그때의 일을 까맣게 잊은 듯 저렇게 호기를 부리고 있으니 가엽게 생각되기도 했다.

하지만 이번에는 단지 제압하는 것으로 끝낼 수 없다.

'죽이겠다.'

강무명은 오랜만에 살기를 불러일으켰다. 누군가에게 이처럼 살의를 가져 본 게 언제인지 잘 기억나지도 않는다.

그가 옷자락을 떨치고 천천히 걸어나왔다. 한 걸음 한 걸음이 대가의 풍모를 담고 있었다. 웅장하고 당당한 그 걸음을 보고 누가 강무명을 늙은 노인이라고 얕잡아볼 수 있을 것인가.

"괜찮겠어?"

뒤에서 왕소령이 걱정된다는 듯 속삭였다. 도수백이 이를 악물고 웅얼거렸다.

"저 늙은이는 내 거야. 아무도 나서지 마라."

왕소령과 기요성, 엽건신이 뒤로 물러섰고, 사방 다섯 장의 텅 빈 공간에는 도수백과 강무명만 우뚝 서 있게 되었다.

"으흐흐흐―"

강무명의 악다문 입술 사이로 음산한 웃음이 낮게 새어 나왔다. 그는 단번에 도수백을 쳐죽일 작정이었다. 자신의 섬전파옥수(閃電破玉手) 일격이면 충분할 것이라고 자신한다.

강무명은 은밀히 두 손에 공력을 잔뜩 운집시켰다. 그가 평생 연마한 마환신기(魔幻神氣)는 이미 절정의 경지에 이르러 있었다. 강호의 그 어떤 것보다 강하다는 자부심을 가지고 있는 신공절학이다.

도수백은 그런 강무명의 심중을 그의 이글거리는 눈 속에서 읽었다. 그의 본능이 위험하다고 아우성치지만 외면한다.

그의 머릿속에는 문득 창산 중턱에 있는 법화사에서의 일이 떠올랐다. 그곳에서 원도 화상을 만났고, 그의 종이 되어서 여섯 달 동안 살면서 소류신공을 전해 받았다.

도수백이 원도 화상에게 소림사의 내공심법을 가르쳐 달라고 졸랐을 때 원도 화상은 딱 잘라 거절했었다.

"제대로 칼을 먹이면 고수 아니라 고수 할아비라도 저승으로 직행할 수밖에 없는 거다. 칼 앞에 산 놈과 죽은 놈은 있어도 고수

니 하수니 하는 건 없는 거야. 네 칼은 이미 그런 일을 잘할 수 있
도록 충분히 단련되었다.”

도수백이 빙긋 웃었다. 그의 앞에 서 있는 건 이제 강무명이
아니었다. 나무토막이고 볏짚단이다.
'내 칼은 그를 쪼갤 수 있을 만큼 강하다.'
그런 자부심이 자신감과 필승의 투지를 더해준다.
도수백이 천천히 칼을 뽑아 들었다. 번쩍이는 칼빛이 눈을
어지럽게 하련만, 강무명은 조금도 동요하지 않았다. 여전히
두 손을 무릎 아래로 늘어뜨린 채 태연히 서서 도수백을 응시
하고 있을 뿐이었다.
하지만 그는 내심 긴장의 강도를 높여가고 있었다. 두 손에
응집시킨 내력을 한순간에 폭발시킬 때를 노리고 있다.
그 한 번으로 저 하룻강아지 같은 놈을 짓이겨놓겠다고 작
정했다. 그리고 모두가 놀라는 틈을 타 들이쳐 저 어린것들을
모조리 쳐죽여 버릴 생각이었다.
유성추혼 강무명의 이름을 오랜만에 다시 한 번 강호에 드
날리는 통쾌한 일이 될 것이다.
“와! 어디 그때처럼 다시 한 번 보여줘 봐!”
도수백이 칼을 세워 든 채 버럭 소리쳤다. 그리고 그것에 대
답하기라도 하듯 강무명이 발끝으로 마룻바닥을 밀며 힘껏 몸
을 던졌다.
두 손을 뿌리자 잔뜩 움켜쥐고 있던 마환신기가 뇌전처럼

폭사되어 나갔다. 눈앞에 흰 빛이 가득하고, 지옥의 겁화처럼 뜨거운 열기로 공간이 후끈 달아오른다.

몸으로 그것을 뚫으려는 듯이 도수백도 망설이지 않고 달려 나갔다.

"무모한 짓이야!"

저 뒤에서 왕소령이 깜짝 놀라 소리치지만 도수백의 귀에는 아무것도 들리지 않았다. 오직 윙윙거리는 파공성과 온몸을 태울 듯한 열기가 느껴질 뿐이다.

콰앙—

그의 몸에 강무명의 섬전파옥수가 그대로 작렬했다. 다섯 걸음이나 남아 있는데, 노인의 장력에 실려 있는 마환신기의 암경이 먼저 도달한 것이다.

바윗돌이라고 해도 가루가 되어버리고 말 강맹한 장력이었다.

도수백의 몸이 꿈틀 하고 주춤거렸다. 한 번인 것 같았는데, 무려 다섯 번이나 장력을 맞은 것이다.

"악!"

그의 무모한 충돌을 본 왕소령이 비명을 지르고 두 손으로 얼굴을 가렸다. 엽건신도 눈을 부릅떴지만 기요성은 태연할 뿐이었다. 무심한 얼굴로 바라본다.

'흐흐흐, 끝났어.'

자신의 장력이 도수백의 몸에 적중한 것을 본 강무명이 회심의 미소를 지었다. 저놈은 이제 허깨비처럼 날려가 버릴 것이고, 그 즉시 나머지 세 놈을 들이쳐서 끝내 버릴 작정으로 내력을 급하게 다시 끌어 모았다.

그러나 도수백은 쓰러지지 않았다. 잠시 주춤했을 뿐 여전히 맹렬하게 부딪쳐 온다.

"억!"

그 모습에 강무명이 깜짝 놀랐다.

그는 도수백이 소류신공을 지니고 있다는 걸 몰랐고, 그것이 어떤 효용이 있는 건지를 몰랐다.

도수백은 소류신공 속의 흡(吸)과 산(散)의 비결로 제 몸에 부딪친 강무명의 장력을 안개처럼 흩쳐 버린 것이었다. 그것이 기혈을 통해 밖으로 흘러나가 버리니 마른 모래가 가득한 통에 물을 부운 것과 같았다.

"이얍!"

도수백의 우렁찬 기합성이 주청 안에 쩌르릉 울렸다.

번쩍, 하고 그의 칼이 지척의 거리에서 낙뢰처럼 떨어진다.

강무명의 얼굴이 사색이 되었다. 이럴 수는 없다고 부정하지만 눈앞의 일은 환상이 아니었다.

魔風俠星
第十四章
종국(終局)

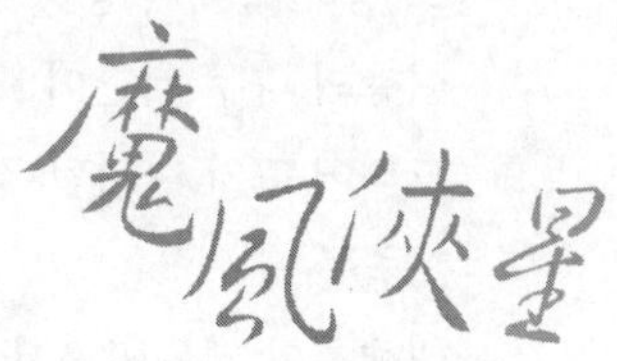

강무명은 도수백의 그 일격에 덧없이 쓰러졌다.

목덜미를 찍은 칼이 그대로 가슴까지 대나무처럼 가르고 내려왔던 것이다.

일격에 끝나 버린 허망한 싸움이었다. 그것이 천하를 오시하던 노고수, 유성추혼 강무명을 저세상으로 보내 버렸다.

그의 삶이 어떤 것이었든 죽음 앞에서는 허망하고 허무할 수밖에 없다.

엽건신은 믿을 수 없는 도수백의 일격에 놀라 입을 딱 벌렸고, 왕소령은 그 끔찍함에 눈살을 찌푸렸다.

그리고 무거운 적막이 주청을 가득 메웠다. 숨 쉬기조차 답답한 침묵 속으로 피비린내가 은은히 퍼져 나가고 있었다.

그 침묵 속에서 쿵쿵거리는 발소리가 울렸다.

이층의 나무 계단이 삐걱거린다.

드디어 그가 나타난 것이다.

도중문.

내행창의 제독이면서 왕금의 그늘에 몸을 숨기고 황제의 권력을 대신 누리던 자.

도수백으로 하여금 온갖 위험과 역경을 넘어 이곳까지 오게 만든 사람.

그가 눈처럼 깨끗한 도복을 입고, 검은 모자를 쓴 채 천천히 이층의 계단을 밟고 내려오는 것이었다.

마치 선계에서 하강하는 신선 같았다. 온화하고 인자해 보이는 얼굴과 허허로운 풍채가 그렇다.

그가 주청에 널브러져 있는 강무명의 주검을 보고 살짝 눈살을 찌푸렸다. 그러자 세상이 온통 암흑에 잠기고 슬픈 감정이 모두의 가슴을 두근거리게 했다.

"으으음—"

도수백과 엽건신, 기요성, 왕소령이 동시에 침음성을 흘렸다. 그의 몸에서 풍기는 범접할 수 없는 기도와 알 수 없는 마력에 마음이 진탕되는 걸 느꼈기 때문이다.

'섭령술(攝靈術)이다!'

엽건신이 제일 먼저 그것을 느꼈다.

"정신 차려! 다른 생각을 했다가는 모두 끝장이다! 아무것도 생각하지 마!"

그의 외침이 모두에게 경각심을 불러일으켰다. '아!' 하고 놀란 소리를 내며 퍼뜩 정신을 차린다.

"너희들 네 명이서 내 앞길을 막으려는 것이냐?"

주청에 내려와 마주 선 도중문이 빙긋 웃으며 천천히 말했다. 인자하고 푸근한 음성이다. 듣는 것만으로도 절로 온몸의 맥이 풀려 나른해지고 만다.

처음 세상에 드러낸 그의 진면목에 모두는 경악하고 당황했다. 그는 평소 알고 있던 도중문이 아니었다. 전혀 다른 사람이고, 다른 세계에 존재하는 무엇이다.

'이건 뭔가?'

도수백이 가장 먼저 그의 존재에 대한 의문을 품었다.

그가 알기로 도중문은 모산파의 제자로서 자운곡주 매청헌의 사제였다.

자운곡주는 누구나 천하제일의 고수로 꼽아주는 사람이었다. 소림이나 무당, 화산과 같은 유서 깊은 문파에서도 그에게는 한 걸음 양보해 주는 바가 있었던 것이다.

하지만 자운곡주에게서는 저러한 느낌과 불길함을 받은 적이 없었다.

도중문은 마치 인간 세계를 떠난 신선 같지 않은가. 그것도 어둠 속에 존재한다는 악선(惡仙)의 화신과 다름없다.

'그의 경지가 이미 자운 노사부를 뛰어넘었단 말인가?'

그런 의문이 들 수밖에 없다.

도수백은, 그렇다면 그가 자운곡을 떠나 황궁에 있던 지난 십여 년의 세월 동안 무언가 큰 변화를 겪은 게 틀림없을 것이라고 생각했다.

그것이 그를 인간과 신선의 경계에 올려놓았지만, 바른길을 버렸으니 악선의 세계로 한 걸음 내밀고 있는 존재가 된 것이다.

"나의 본래 모습을 본 것은 너희가 처음이고 또 마지막이 될 것이다."

그 거대한 존재가 무심하게 말했다. 따뜻함과 너그러움 속에 음산한 어둠을 감추고 있는 절대적인 존재다.

그 존재가 한 손을 들었다. 어느새 맑은 옥처럼 투명하게 변해 있는 세 개의 손가락을 가볍게 말아 쥐었다가 슬쩍 튕겼다.

피잉—

그 순간 허공을 찢는 날카로운 파공성이 울렸고, 저쪽에 서서 어리둥절한 얼굴을 하고 있던 세 명의 내행창 소속 고수들이 비명 한마디 지르지 못한 채 숨이 끊어져 주저앉았다.

이마 한복판에 콩알만 한 구멍이 뻥 뚫렸던 것이다.

"소수철지(素手鐵指)!"

엽건신이 지나친 놀람으로 저도 모르게 버럭 소리쳤다.

그가 듣기로 소수철지는 황궁의 무고에 격리되어 있는 금서(禁書) 속의 무공이었다. 누구도 그것에 접근할 수 없는 것인데, 오늘 도중문의 손가락이 그것을 현실로 보여준 것이다.

"지독하군."

도수백이 부드득 이를 갈고 말했다. 자신의 진면목을 감추

기 위해서 서슴없이 수하들마저 죽여 버리는 도중문에게 혐오
감이 든다.

저 인자하게 미소 짓고 있는 얼굴의 가죽을 벗겨 버리고 싶
다는 충동이 강하게 일었다. 그 한 꺼풀 아래 있는 추악하고
사악한 본래의 모습을 만천하에 알리고 싶다.

도중문이 여전히 온화한 미소를 띤 채 느릿느릿 말했다.

"한 번의 기회를 주겠다. 지금이라도 내 앞에 무릎을 꿇고
충성을 맹세한다면 나는 너희들을 이 세상 누구보다 크고 중
하게 쓰겠다. 나와 함께 인간을 뛰어넘는 무공을 나누어 갖고
부귀와 영화를 나누어 갖는 것이다."

"그렇지 않으면 죽음뿐이겠지?"

내내 침묵하고 있던 기요성이 불쑥 말하고 나섰다. 그를 바
라보는 도중문의 눈 깊은 곳에 싸늘한 기운이 일렁인다.

"내가 먼저 하겠어."

기요성이 선뜻 검을 뽑았다.

"명심해. 기회는 한 번뿐이다."

그의 말이 무엇을 의미하는 건지 모두는 잘 알아들었다. 하
지만 그 속에 감추어져 있는 또 하나의 의미는 오직 기요성 자
신만이 알고 있을 뿐이다.

"간다!"

날카롭게 외친 그가 수라문의 쌍검식 중 절정의 쾌검법인
전뇌칠격(電雷七擊)의 수법으로 검을 휘둘렀다.

허공에 짜아악— 하는 날카로운 검명(劍鳴)이 걸리고, 눈에

보이지도 않는 검격이 종횡무진으로 떨어지고 날았다. 그것이
쏟아내는 기파의 해일이 너울처럼 넘실거리는 중에 번갯불 같
은 섬광이 하늘에서부터 내리꽂힌다.

"흠!"

그 놀라운 검법에 도중문이 감탄의 신음을 흘렸고, 나머지
세 사람도 기요성을 뒤따라 삼면에서 도중문을 들이쳤다.

엽건신이 뿜어내는 검기 또한 기요성의 그것에 못지않았고,
이미 점창파의 검법을 대성한 왕소령의 검에서도 이제까지 보
지 못했던 무시무시한 검기가 뻗어 나와 이리저리 도중문을
휘감았다.

그 속에서 도수백의 칼이 위에서부터 아래로 거대한 도끼처
럼 떨어졌다.

콰앙—!

천번지복(天飜地覆)의 굉음이 세상을 온통 깜깜한 암흑으로
뒤덮어 버렸다.

＊　　　＊　　　＊

우르르르, 하는 굉음을 내며 낙일주가의 서쪽 모퉁이가 칼
로 벤 듯 떨어져 나갔다.

구름처럼 피어오르는 먼지 속에서 삐걱거리고 우지직거리
는 소리가 천둥소리처럼 흘러나온다.

낙일주가는 당장이라도 모래성처럼 무너져 버릴 것같이 위

태로웠다.

그 속에서 몇 사람이 걸어나왔다. 비틀거리는 걸음마다 선명한 핏자국이 찍힌다.

금방이라도 거꾸러질 듯 휘청거리다가 기어이 풀썩, 무릎을 꺾고 심하게 기침을 해대는 사람은 엽건신이었다.

그의 곁에서 왕소령은 넋이 나간 사람처럼 멍하니 서 있었는데, 여기저기 찢어지고 흩어진 옷자락 사이로 핏물에 젖어 있는 맨살이 드러나 있었다.

도수백은…….

*　　　　*　　　　*

하늘 가득 기요성의 활짝 웃는 모습이 걸려 있다.

그것을 바라보는 도수백의 얼굴에도 웃음이 떠올랐다.

"내가 너를 기억하는 한 너는 죽은 게 아니야."

그는 기요성의 마지막 모습을 기억했다. 잊을 수 없는 모습이다. 죽을 때까지 악몽이 되어 자신을 괴롭힐 그런 모습이라는 걸 잘 알면서도 떨쳐 버릴 수가 없다.

기요성의 검법은 오직 자기 자신을 죽이기 위한 것이었다. 도중문을 노리고 있었지만 실은 자기 자신을 노린 것이다. 그가 도중문을 기어이 제 검법 안으로 끌어들였기 때문에 그렇다.

기회는 단 한 번뿐이라던 그 말속에 숨겨두었던 뜻은 도중문이 기요성의 가슴에 창처럼 세운 다섯 손가락을 박아 넣었을 때 드러났다.

도중문으로서는 기요성의 검법이 가장 귀찮고 까다로웠으리라. 이놈만 제거하면 나머지는 맥을 잃을 것이라고 생각하는 게 당연했다.

그래서 그는 세 사람의 합공을 무시한 채 오직 기요성을 상대했고, 그의 검로를 쳐낸 다음에 활짝 열린 가슴에 수도(手刀)를 박아 넣었던 것이다.

그게 기요성이 노리던 바였다.

그는 누군가의 자발적인 희생이 없이는 결코 도중문을 이길 수 없다고 생각하고 있었다.

누가 희생할 것이냐를 두고 서로 눈치를 보기에는 허락된 시간이 너무 촉박하다는 것도 잘 알았다.

단번에 도중문을 끌어들이고, 그를 붙잡아두지 않는다면 기회는 영영 없는 것이다. 그가 눈치 채기 전에 그렇게 해야 하기 때문이다.

그래서 기요성은 제 가슴으로 도중문의 한 손을 단단히 붙들어놓았다. 가슴이 뚫리는 고통 속에서 이를 악문 채 오히려 팔을 뻗어 도중문의 두 어깨를 꽉 붙잡아 버렸던 것이다.

그게 그가 말한 단 한 번의 기회였다. 이제는 모두가 그것을 알았다.

도중문의 움직임이 멈춘 그 아주 잠깐의 순간을 절대로 놓칠 수 없었다.

엽건신의 검이 그의 등을 뚫고 심장을 찢어버렸으며, 왕소령의 검이 그의 옆구리를 뚫고 반대쪽으로 빠져나왔다.

그리고 도수백의 칼이 정수리 깊이 박혔다.

눈 깜짝할 사이에, 단번에 이루어진 세 사람의 합공은 미리 연습이라도 해놓았던 것처럼 완벽했다.

도중문은 분노로 떨며 포효했다. 아직도 제 몸에 달라붙어 있는 기요성을 끌어안고 마지막 힘을 일시에 터뜨려 버렸다.

스스로를 터뜨려 주위의 모든 사람을 저승으로 끌고 가려는 악독한 심계였던 것이다.

"떨어져!"

엽건신의 외침에 도수백과 왕소령이 칼과 검을 버린 채 본능적으로 펄쩍 뛰어 물러섰고, 도중문이 갑자기 부풀린 자신의 마지막 내력을 일시에 폭발시켰다.

콰!

거대한 화탄이 터진 것처럼 그의 몸이 산산이 부서졌다. 그에게 달라붙어 있던 기요성의 몸도 그와 같이 형체를 찾아볼 수 없을 정도로 분해되어 피와 살과 뼛조각들을 허공에 자욱하게 뿌렸다. 그리고 그 여력이 남아 삼 층의 누각이 무너진 것이다.

그때의 그 끔찍하던 모습이 도수백의 눈앞에 가득 떠오르더니 눈물이 되어 주르륵 흘러내렸다.

기요성.

그는 끝내 그토록 그리워하던 수라옥녀 상초혜를 찾아가지 못했다. 하지만 어쩌면 그녀를 만나지 않은 게 그를 위해서는 더 잘된 일인지도 모른다.

"이제 그만 가."

왕소령이 그의 손을 잡았다. 저쪽에서 바라보고 있는 운지의 얼굴이 가득 눈에 잡힌다.

왕소령은 도수백의 손을 잡고 나루에 서 있고, 운지는 자운곡주의 손을 잡고 언덕 위에 서 있었다. 바람에 늘어진 버드나무 가지가 출렁거린다.

도수백과 왕소령을 태운 배가 천천히 반짝이는 강물을 타고 미끄러졌다.

그들은 남쪽으로 방향을 잡았는데, 창산으로 돌아가려는 것이다.

운지가 한 손을 흔든다. 도수백은 물끄러미 그것을 바라보기만 했고, 왕소령이 대신 손을 흔들어주었다. 보이지 않을 때까지 그렇게 손을 흔들고 서 있는 운지의 모습이 내내 아릿한 아픔으로 도수백의 가슴에 새겨졌다.

그녀는 이제 다시는 자운곡을 떠나지 않을 것이다. 자운 노도의 진전을 모두 이어받고 모산파를 이끄는 도고(道姑)로서의 삶에 충실할 것이다.

왕소령 역시 사문으로 돌아가 다시는 강호에 나오지 않을 것이다. 그녀 스스로가 그렇게 결심하고 있기 때문이다.

도수백이 그녀와 함께 창산으로 향하고 있는 건 그곳에 법화사가 있는 까닭이었다.

도수백은 법화사에서 원도 화상과 함께 살았던 여섯 달이 자신의 삶 중에서 가장 평화로웠던 때라고 생각했다. 그러자 원도 화상이 그리워지고 법화사가 그리워졌던 것이다. 아니, 피와 땀과 주검으로 가득 찬 세상의 삶이 싫어진 것이라고 해야 하리라.

돌아보면 지나온 모든 것이 허무하게만 여겨졌다.

도수백은 법화사로 돌아가면 머리를 깎고 승복을 입을 작정이었다. 그리고 불전을 지키며 살리라고 결심했다. 한 발짝도 세상으로는 다시 나오지 않겠다고 도수백도 자기 자신에게 단단히 약속한 것이다.

*   *   *

어리석은 황제, 가정제가 황사 왕금이 바친 단약을 먹고 죽었다는 소문이 온 대륙을 들끓게 했다.

왕금은 어디론가 사라져 버렸는데, 아무도 그를 찾지 못했다고 한다.

다행히 북경성에는 황제의 유일한 핏줄인 주소룡이 와 있었다. 사람들은 내행창의 제독인 도중문이 귀양성에서 적도들에게 암살당하기 직전 주소룡을 구해 북경으로 보냈다고만 알고 있었다. 그래서 도중문은 죽은 뒤에 만고의 충신이요, 열사가 되었다.

주소룡이 황통을 이어받아 새 황제로 등극했는데, 자신의
아버지 영복왕이 선황제로 불리는 걸 결코 허락하지 않았을
뿐 아니라, 그가 받았던 영복왕이라는 작위마저 없애 버렸
다.

도중문이 새 황조에 충신으로 기록된 대신 내행창은 사라져
버렸고, 동창이 다시 음지의 모든 실권을 잡았다. 그 정점에 첩
형 엽건신이 의연하게 버티고 있음을 이제는 세상이 모두 안
다.

점창파로 돌아온 왕소령은 제가 불태워 버렸던 법화사를 다
시 지어서 도수백에게 헌납했다.

스스로를 허무화상(虛無和尙)이라고 부르기 시작한 도수백
은 법화사에서 그 모든 소식을 들었다.

불전에 앉아 목탁을 두드리며 불경을 독송하는 허무화상의
청청한 목소리가 창산 기슭에 널리 울려 퍼졌다.

법화사의 텅 빈 하얀 마당이 내려다보이는 바위 위에 앉아
서 왕소령은 취한 듯 그 소리를 듣고 있었다.

그녀의 붉은 볼을 타고 맑은 눈물이 굴러 떨어질 때, 저 아
래 법화사로 오르는 오솔길에 한 사람이 나타났다.

누더기나 다름없는 꾀죄죄한 바랑을 지고, 잔뜩 술에 취해
서 흥얼흥얼 콧노래를 부르며 이리 비틀 저리 비틀 올라오는
사람은 밤송이머리를 한 늙은 중이었다.

그를 본 왕소령이 얼른 눈물을 훔치고 바위 위에서 뛰어 일

어났다.
"원도 스님!"
반가움으로 발을 구르며 외치더니 훌쩍 몸을 날린다.

〈終〉

드디어 마지막 마침표를 찍었다.

하나의 이야기가 끝날 때마다 남는 건 허무함뿐이고, 늘어나는 건 흰 머리카락뿐이다.

이것으로 나는 어느덧 열 개의 이야기를 독자제현에게 들려준 사람이 되었다. 어느덧 열 질을 썼다는 얘기다.

과연 그중에 몇 개나 제대로 재미있는 이야기를 했는지 모르겠다. 나는 열 개의 서로 다른 이야기 모두를 열과 성을 다해서 썼고, 재미있게 썼노라고 자부하지만 책이 만들어지고 나면 판단은 절대적으로 독자제현의 몫이 되어버린다.

나의 이야기들을 사랑하는 독자도 있었고, 재미없다고 투덜거리는 독자도 있었다. 그것이 나로서는 언제나 기뻐할 수도, 슬퍼할 수도 없는 애매함이었다.

어째서 모두가 재미있어하는 이야기는 쓸 수 없는 것일까?

나의 한계라고 생각해 보지만, 그건 어쩌면 처음부터 불가능한 욕심인지도 모른다는 생각이 더 크다.

그래서 나는 또 다른 상상을 해본다. 내 이야기를 사랑하고 재미있어하는 사람들만을 위해서 글을 쓰고 살 수 있다면 얼마나 행복한 삶이 될 것인가.

하지만 그것 또한 처음부터 불가능한 욕심이라는 걸 너무 잘 알기에 슬퍼진다.

저기 길이 하나 보인다.

수많은 길 중에서 내가 택한 오직 하나의 길이다.

호젓한 오솔길이라면 좋고, 삭막한 자갈길이라면 슬퍼지리라. 그래도 할 수 없는 일이다.

그렇게 한 길을 택해서 여기까지 터벅터벅 걸어왔다. 열 개의 굽이를 돌아온 것이다. 무언가 이제는 다른 세상이 보일 때가 되지 않았을까? 하는 기대감이 조금은 나를 설레게 한다.

그래서 저 앞에 보이는 열한 번째 굽이를 두려움 반, 반가움 반으로 바라보고 있다.

저것을 돌아가면 또 어떤 세상이 있을지…….

부족한 글을 책으로 낼 수 있도록 해주신 사장님께 감사드리고, 끝까지 버리지 않고 교정과 편집에 최선을 다해주신 편집자 분들께도 진심으로 감사드린다.

그리고 여기까지 함께 와주신 독자제현에게 더 큰 감사와 경의를 표한다.

감사합니다.

2007년 가을의 문턱에서 〈꿈꾸는 곰〉 배상.

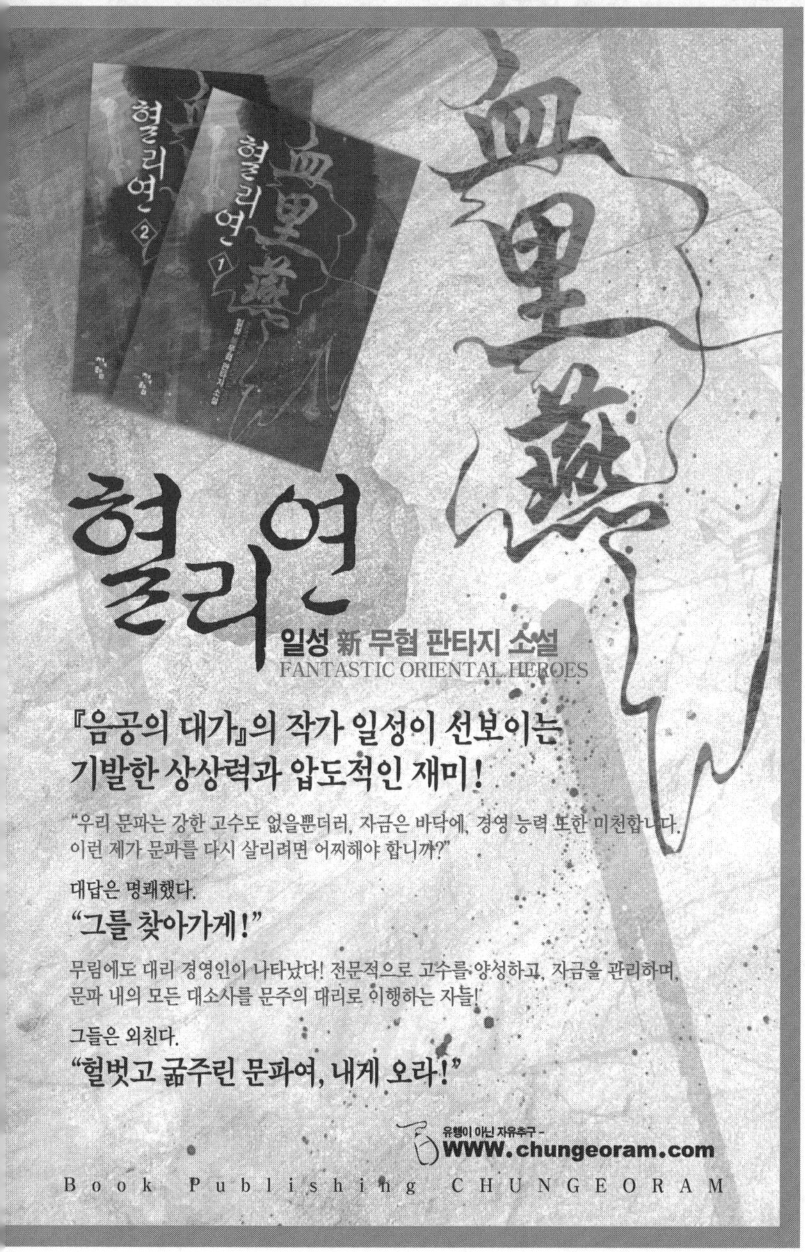
혈리연
일성 新 무협 판타지 소설
FANTASTIC ORIENTAL HEROES
『음공의 대가』의 작가 일성이 선보이는
기발한 상상력과 압도적인 재미!
"우리 문파는 강한 고수도 없을뿐더러, 자금은 바닥에, 경영 능력 또한 미천합니다. 이런 제가 문파를 다시 살리려면 어찌해야 합니까?"
대답은 명쾌했다.
"그를 찾아가게!"
무림에도 대리 경영인이 나타났다! 전문적으로 고수를 양성하고, 자금을 관리하며, 문파 내의 모든 대소사를 문주의 대리로 이행하는 자들!
그들은 외친다.
"헐벗고 굶주린 문파여, 내게 오라!"
유행이 아닌 자유추구 -
WWW.chungeoram.com
Book Publishing CHUNGEORAM

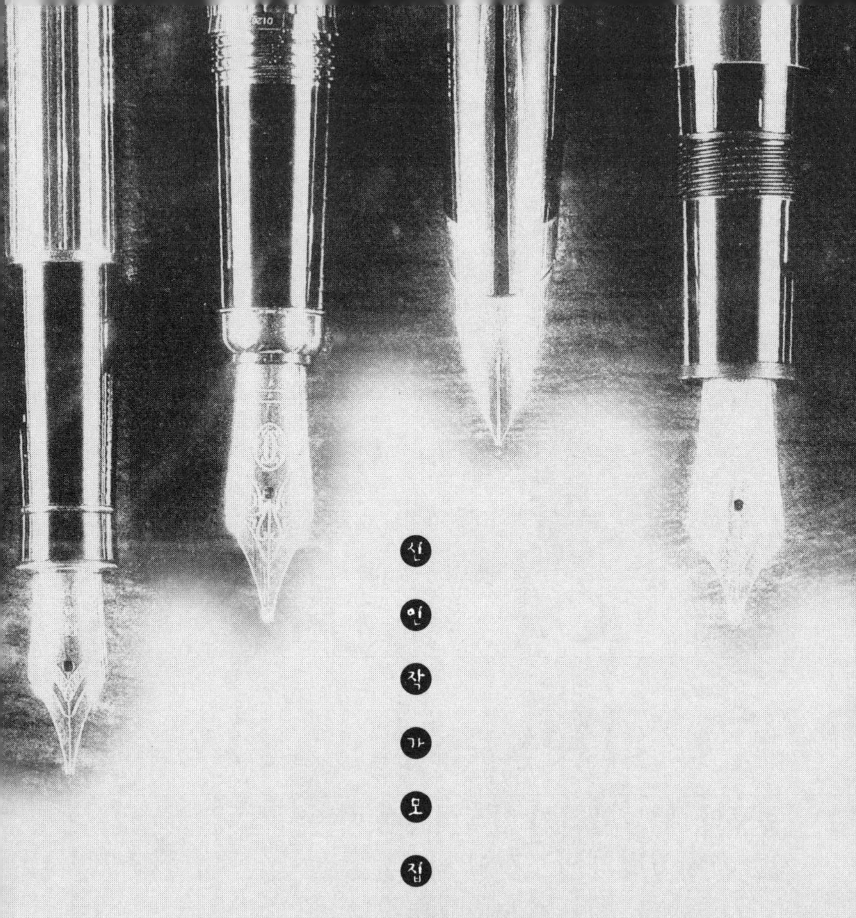

시작이 반이라고 했습니다.
작가의 길에 대한 보이지 않는 벽을 과감히 깨뜨리십시오!
청어람은 작가 지망생 여러분들의
멋진 방향타가 되어드리겠습니다.

저희 도서출판 청어람에서는
소설 신인 작가분들을 모집합니다.
판타지와 무협을 사랑하시는 분들의 많은 참여를 바랍니다.
소정의 원고(A4용지 150매)를 메일이나 우편으로 보내주시면
검토 후 출판 여부를 알려드리겠습니다.

주소:경기도 부천시 원미구 심곡1동 350-1 남성B/D 3F 우편번호420-011
TEL:032-656-4452 · **FAX**:032-656-4453
http://www.chungeoram.com
e-mail:chungeoram@chungeoram.com

초등학생이 반드시 읽어야 할 좋은 책 49권

각 학년별로 초등학생이 반드시 읽어야할 좋은 책을 선정하여 통합논술의 기본이 되는 '올바른 독서법'을 일깨워 줍니다.

교과서와 함께하는
초등학교 통합논술

초등1학년 | 값 12,000원 | 초등2학년 | 값 9,500원 | 초등3학년 | 값 11,000원 | 초등4학년 | 값 9,500원 | 초등5학년 | 값 9,500원 | 초등6학년 | 값 11,000원

♣ 혼자 할 수 있어요.

엄마가 책 읽는 방법을 가르쳐 주어도 좋아요.
독서지도하는 선생님이 가르쳐 주어도 좋답니다.
"초등 교과서와 함께하는 **통합논술 시리즈**"는
아이 스스로 독서할 수 있도록 꾸며진 책이에요.
엄마와 선생님은 요령만 가르쳐 주시면 된답니다.

♣ 교과서의 중요한 내용이 총정리되어 있어요.

각 학년별로 중요한 교과 내용이 함께 수록되어 있어요.
초등학생은 교과서 내용을 충실하게 공부해야 합니다.
아울러 그와 병행한 독서가 대단히 중요하지요.
"초등 교과서와 함께하는 **통합논술 시리즈**"는
두가지 방법 모두 알려준답니다.

♣ 이 책은 훌륭하신 선생님들이 함께 쓰신 책이랍니다.

동화작가 선생님들이 쓰셨어요. 소설가 선생님도 쓰셨답니다.
국어 논술독서지도 선생님들도 함께 쓰셨지요.
"초등 교과서와 함께하는 **통합논술 시리즈**"는
엄마의 마음으로 모든 선생님들이 함께 꾸민 책이랍니다.

입소문을 통해 아는 분은 다 알고 계십니다!
올 한해 공인중개사 최고의 화제작!

1~2권 합본 | 이용훈 지음
3~4권 합본 | 이용훈 지음
5~6권 합본 | 이용훈 지음
용 어 해 설 | 이용훈 지음

수험생 기본 필독서
만화 공인중개사

제목 : 만화공인중개사 쓰신 분에게 감사드립니다.

학원을 두 달 다녔어요. 근데 과연 그 숫자 외우기 그런 게 몇 문제나 나올까 생각을 했어요.
아니라는 생각이 드네요. 학원강의를 뒤로하고 서점을 갔어요. 내 머리에 가장 이해될 수 있는
책이 없나 하구요. 거기서 만화를 발견했어요. 무조건 세 번 봤어요. 3개월 걸렸어요. 문제집을 보라고
했는데 그건 시행을 못했어요. 근데 합격을 했네요.
어떻게 감사의 말을 해야 될지……
도서관에서 만화책 들고 다니니까 사람들이 비웃더라구요. 만화책으로 공인중개사를 공부한다고
미친 사람처럼 보더라구요. 근데 그거 다 감수하고 했던 내가 자랑스럽습니다.
어떻게 감사의 말을 해야 할지… 정말 감사합니다.
부디 행복하세요. 제 나이 41살에 좋은 스승을 만난 것 같습니다.
엎드려 감사드립니다.

-본사 홈페이지에 독자분이 올린 메일 中 에서 발췌-